Choice

編輯的口味
讀者的品味
文學的況味

比利戰爭

完整新譯本

丹尼爾·凱斯 著

趙丕慧 譯

The Milligan War

by

Daniel Keyes

目錄

自序

比利．密利根的公設律師殫精竭其所能，不讓他移送至重警備的利馬醫院（素有「地獄醫院」之稱），但是他仍然意外地移送到利馬。之後我就決定要多了解一下這個地方以及它的歷史。我找到了兩篇《克利夫蘭明報》的文章，第一篇刊登於一九七一年五月二十二日：

利馬二十六件上吊案未驗屍

本報記者愛德華．惠倫、理查．魏德曼報導

【俄亥俄州利馬市】本報獨家取得愛倫郡驗屍官報告，據知州立利馬醫院九年來發生了二十六起上吊自殺案……

諾伯醫師昨日表示為上吊自殺之患者驗屍並不在他的權限之內。

醫院前員工文森．德維塔告訴記者，一九六〇年到六五年他在醫院工作時，期間有兩名患者因為不堪殘酷的對待而自殺……

二十六名死者中多數以極不尋常的方式上吊自殺。這種手法據說全醫院都知道。

「那種死法需要極大的決心。」驗屍官說。「病人只需要站起來就能自救。」

文章並沒有詳述到底不尋常的方式是什麼方式，可能是顧慮讀者看了不舒服，也可能是為防止其他各地的病人仿效。

四天之後，《明報》又刊登了一則頭條：

前員工聲稱是處罰——利馬以電擊體罰

本報記者愛德華・惠倫、理查・魏德曼報導

【俄亥俄州利馬市】據一名已離職之醫院員工說，電擊治療在利馬醫院是用作體罰與威脅之途。

現年四十六歲的珍・紐曼太太說她曾目睹一名病患因電擊而「變成植物人」……紐曼太太曾是二戰的海軍志願兵，口齒伶俐，直言不諱。

紐曼太太勉為其難詳述細節：「我是個很堅強的人，也見過世面。可是絕對沒有比那種事更可怕的了。那個女人在短短幾分鐘內就從一個大活人變成了果凍。連我也忍不住想吐。

「在利馬電擊治療就是拿來體罰跟威脅用的，絕對不是用來幫助病人的。」

我這才明白，為何一年前，史維卡和史帝文生說什麼也不肯讓法院和心理健康局把密利根送進利馬。

而現在，因為兩名俄亥俄州議員施加的政治壓力，密利根終於轉入了利馬。

我知道核心比利就算是在比較和善的環境都有自殺傾向，我不禁擔心，在利馬這種地方他不知會做出什麼事來。多數的多重人格都是一種存活的機制，可是比利，有出生證明、核心人格的這個比利，卻有自殺傾向，他在十四歲那年就想從高中的樓頂跳下去，反倒是靠亞瑟和雷根聯手讓他睡著。

只怕未融合的比利在利馬浮出檯面，毀滅一具身體，一舉消滅了二十四個人。

事情也真的差點走到這一步。

比利轉院後，我想去看他，可是立刻就被新的醫師擋駕，他還是個無照的精神科醫生呢。他的拒絕讓我感受到強烈的敵意，而且依我看來，他好似還唯恐我會發現什麼。

一九七九年秋天，利馬公關室照例開放醫院，供大眾參觀，我也登記了，可是後來路易．林德納醫師又通知我參觀行程取消了，而且他還下令把我的名字通告各病房，不准我進入醫院。

一九八〇年一月三十日，郵差送來比利的信，他在信中會提到近況，此外我也收到一封利馬醫院一位病人寫來的信，他在幾天前曾打電話給我。

先生你好：

跟你通過電話，我決定把信再寫一次。我就不廢話了。比利的律師來看過他之後，不到二十四小時，比利就從密集治療單位五房轉到了密集治療九房，而九房比五房管得更嚴。

轉病房的決定是「小組人員」在每天的小組會議上做的。比利非常意外，也很震驚，可是他表現得還不錯……

我跟比利現在只能在放風的時間交談。我這才知道他的壓力有多大。他說他把律師開除了以後會客、郵件、電話才恢復正常。還有人叫他停止寫書〔就是作者正在寫的這本書〕，醫護人員還威脅他。（我自己也被控幫助比利寫書，我才知道那些人不要這本書出版）……

希望我說的話有用。如果有用得著我的地方，只管開口。

敬祝平安

〔隱其名〕

為了保護個人隱私，比利・密利根的病友、護士、醫護人員、安全人員、某些負責比利病房區的醫院低階員工，這些人的姓名我都隱瞞或是更換了。

後來比利的律師提出抗告，檢察總長打電話通知我針對我的禁訪令已經撤銷了，我可以隨時去看比利。

我寄了掛號信給林德納醫師，想聽聽他這方面的說法，可是去信卻如石沉大海，我只好在此指出對於他我的了解是從何處得來的：他的外貌、面部表情、行為舉止是我在法院開庭期間親眼觀察到的；有他在場的情景是根據密利根對他們的會面的回憶；林德納對比利的行為，大多是引述自林德納自己寫的醫學紀錄；最後一項，評估他身為精神科醫師的能力，則是取材自其他專業人士在報章的評論以及錄音訪問，比方說一九八〇年八月十九日的《明報》文章。

《明報》有一篇系列報導「重訪州立利馬醫院」，第三篇引述了心理健康局局長提摩西・莫利茨的說法，他承認許多病人抱怨在利馬得不到足夠的心理治療，可能言之成理，因為地處偏鄉，醫院沒有足夠的合格員工，報導如下：

「再者，莫利茨也承認現存的某些員工並沒有符合州政府標準的資歷，比如臨床醫師路易．林德納只是一般醫師，而不是合格的精神科醫師。

莫利茨醫師為雇用林德納辯護，他說該醫師是位優秀醫師。『我們的選擇是非林德納醫師莫屬，而不是還有第二人選。』……

莫利茨醫師指出州政府提供的薪水讓他無法吸引最優秀的合格醫師。他抱怨道按規定只能支付精神科醫師五萬五千元的年薪，遠低於他們在別處的所得。

因此利馬的合格專業人員並未達到莫利茨的標準，而其結果是未受過專業訓練的病房醫護人員卻擁有相當的權力……」

在這段限制重重的時期，比利跟我的通訊斷絕。他不能用紙筆做私人用途，也只能在有監護人員在場的時候草草寫幾句話。可是那反倒成了一種挑戰，他想出辦法來寫筆記，描述利馬醫院裡的情況。我在這裡寫下的比利內心的想法、感觸、經驗都是根據他偷偷寫下的文字，交由某些訪客郵寄給我的。

然而，外在的觀點則是直接引述瑪麗日記。瑪麗是位羞澀的年輕女子，也是精神病患者，在艾森斯心理健康中心遇見了比利，以後只要能搭便車，她就會從艾森斯到利馬去探望比利。後來她在利馬醫院附近租了房子，每天都去看比利，並且記錄下他說的話、樣貌舉止，也記錄了她本人對比利的看法。

我十分感激她允許我出版部分的日記內容，讓我證實比利絕大多數的回憶並沒有舛誤。若不是她的日記，只怕有很多地方會讓人覺得匪夷所思。

我也訪問了十二年來與密利根有交集的律師、精神科醫師、公設辯護律師、警探、朋友，他們都提供了我第一手的材料，我盡量融入這本書中，塑造出一個連貫的故事來。在《24個比利》僅僅點到為止的事情現在可以娓娓道來了。

比利的下一個十二年就像是坐雲霄飛車，情緒大起大落，陰晴不定，那是因為他就是這麼過日子的。

丹尼爾・凱斯

一九九三年十月於佛羅里達

謝辭

本書寫作期間見過比利．密利根，認識比利．密利根的人士，有許多人不吝時間，跟我回敘了他們和比利的相處經驗。雖然大多數的人士在書中以真名實姓出現，我還是要再次感激他們的鼎力相助。

此外，我也要在此感謝接受我訪問，提供細節或確認書中情節的人士，包括：

已故的大衛．考爾醫師，艾森斯心理健康中心診療部主任；岱頓司法醫院院長亞倫．佛格；中俄法醫單位診療部主任茱蒂絲．巴克斯醫師；精神病學家史黛拉．凱若林醫師；心理學家席拉．波特博士。

已故的蓋瑞．史維卡辯護律師；俄亥俄公設辯護律師藍道．戴納（以及他的屬下）；富蘭克林郡公設辯護律師詹姆士．庫拉；艾森斯郡民事法庭亞藍．果斯貝里法官，以及他的前同事史帝夫．湯普森。

華盛頓州貝林漢市警局的威爾．紀貝爾警探以及貝林漢市的提姆．柯爾幫忙澄清了密利根逃亡到華盛頓期間發生的事件。恬妲．凱伊．巴特利在和比利結婚之後不久拋棄他之前，大量接受我的訪問，因此為他們結婚時期的情況提供了背景與看法。

感謝瑪麗提供的日記，也謝謝她交由我使用。感謝傑若德．奧斯丁，他是比利第一位贊助人、雇主，最後又擔任他的經紀人。

說到在本書寫作、成形、出版方面，我要感謝班騰圖書的洛．俄隆尼卡，感謝他對這本書的信心，還有珍妮佛．賀西縝密的編輯，以及蘿倫．菲爾德律師的審稿。我很感激威廉．莫瑞斯經紀公司的諸君，支持我，鼓勵我，為本書奮鬥，並且確保本書能在全世界出版：榮．諾特先生，國際版權部主任瑪西．波斯納，尤其是我精力充沛、盡忠職守的經紀人吉姆．史坦因，他在那些怎麼好像都不對的黑暗日子裡鼓勵我寫下去。

也非常感謝早川浩先生，把比利．密利根的故事介紹給日本的讀者。

最後，我要再一次向我的女兒希樂麗和李絲麗表達感激，多謝她們的鼓勵與支持，還有我的妻奧莉亞，孜孜不倦幫我整理手稿和訪談錄音，多虧了她的犀利眼光與果敢堅毅，我才能走過這麼多年的研究、醞釀、寫作，完成這本密利根故事的續集。

我要向以上諸君，還有那些不能夠或不願意提供姓名的人士，說聲謝謝。

本書獻給世界各地奮力求生的人，
無論你是在明在暗，以及那些給予他們希望的人……

[前言]

二十四個比利・密利根

1

一九七七年十月的最後兩個星期，三名年輕女子在俄亥俄州立大學校區遭人持槍挾持，被迫開車進入鄉間，隨後被強暴。第三件挾持案發生後不到四十分鐘，警察向二十二歲的威廉・史丹利・密利根宣讀他的法定權利。「校園之狼」落網，哥倫布市警局居功厥偉。

有位檢察官公開說：「這件案子絕對站得住腳，物證、指紋、受害人指認，可以說是鐵證如山，公設辯護律師卻是什麼都沒有。」該名檢察官自詡，從未打輸過強暴案官司。

可是年輕的公設辯護律師蓋瑞・史維卡及茱迪・史帝文生卻注意到，委託人的行為前後不一。史維卡第一天在監獄見到的是一名飽受驚嚇的年輕人，他要求和女律師談話，因為他一直懼怕男性。回到公設律師辦公室後，史維卡把頭探進了茱迪・史帝文生的辦公室，說：「猜猜看誰找妳。」

第二次見面，密利根卻變了一個人，他的言談舉止在在都像是一個尖刻機靈的老千。之後茱迪告訴史維卡那個孩子氣很重的男孩拿頭去撞牢房的牆壁，意圖自殺，一點也不像那個畏畏縮縮、陷入恍惚狀態的年輕人。

公設辯護律師請求傑．弗勞爾斯法官評估密利根的心理狀態，他們相信委託人人格分裂，沒有受審能力。弗勞爾斯法官命令俄亥俄州哥倫布市的西南社區心理健康中心來鑑定被告。

西南心理健康中心指派心理學家桃樂絲．透納負責這宗案子，而她很快就發現這是一件多重人格疾患的病例。她和大衛談過話，他上場來面對痛苦，一直拿頭撞牆，想把自己撞昏，讓痛苦消失。他跟透納說了秘密：第一個「比利」（核心人格）在他的身體內睡覺，因為亞瑟（英國人）和雷根（南斯拉夫人）怕比利醒了會自殺，連帶殺死了其餘的人。

透納讀過多重人格疾患的病例，卻還是頭一遭親眼看到。於是她打電話給西南的同事，請匈牙利裔的史黛拉．凱若林醫師會診。

為免影響凱若林的判斷，透納只告訴她年輕囚犯說一直都有暫時失去記憶的現象。再加上他在幼年時曾發高燒，凱若林因此一開始就判定密利根的暫時失憶是癲癇發作。尚未見過密利根，凱若林就告訴透納他可能是腦部受損，而且有癲癇症。

可是桃樂絲．透納臉上的假笑卻讓她迷惑不解。

進了監獄的檢查室，透納向凱若林介紹了丹尼、湯米、艾倫、雷根四個人，四個人格一個接著一個亮相，凱若林這才發現她驚訝得合不攏嘴，而且真的從頭到尾都張著嘴巴。這次的會談中她絕大時候都惶然不知所以。她對雷根的印象最深，因為交談了幾句話之後，他就用濃重的斯拉夫口音說他在牢裡見了那麼多人，只有凱若林跟他講話不帶口音。

史黛拉．凱若林後來才知道應該懼怕雷根，可她還是覺得最喜歡雷根。就在那一天，她心裡毫不懷疑密利根是真正的多重人格，以後也不曾懷疑過。

往後她自行執業治療過幾名多重人格分裂患者，她解釋說：「一旦你覺得眼前的人是多重人格，這種感覺就會揮之不去，那是一種非常強烈的感覺。你可以感覺到患者一直在變換，你自己的反應也一樣——那是一種很獨特的感覺，一種雙重的感覺，結合了移情作用和同情——可是非常強烈。我第一次有這個感覺就是我見到比利．密利根的時候。」

凱若林證實了透納對比利的診斷之後，桃樂絲．透納立刻致電茱迪．史帝文生。她只說了這麼兩句：「我現在沒辦法跟妳說，不過如果妳還沒看過《西碧兒和她的十六個人格》這本書的話，趕快去找一本來看。」

*

幾天過後，值勤的獄警打電話到蓋瑞．史維卡家。「你一定不相信，」他說，「可是你的委託人真的有毛病。他打碎了牢房裡的馬桶，用碎片割腕自殺。」

為防止再一次的自殺，郡保安官下令給密利根穿上了緊身衣。過後不久，巡查的醫護人員打電話要獄警來當見證人。原來密利根掙脫了緊身衣，還拿來當枕頭，正睡得香甜呢。

*

透納醫師帶茱迪．史帝文生去見密利根家族的一些人。亞瑟以一口字正腔圓的英國口音跟她解釋，他如何運用意象來幫助年紀小的了解他們失憶的那段時間。他跟他們說：在真實世界裡時，他們就是「在場子上」，而誰在場子上意識就歸誰，其他人則在陰暗的背景裡留意、放空，或是沉睡。

史帝文生見了越獄大師湯米、三歲的克莉絲汀（第一個人格）、青少年丹尼（他曾遭繼父查默虐待強暴）、及花言巧語的老千艾倫。

往後幾天，史帝文生發現安全的時候是由亞瑟來決定誰在場子上，可是遇上了危險，比方說現在關在牢裡，雷根就主導場子，決定由誰出面。也是雷根打碎了馬桶的，他是仇恨的管理人，負責保護內在的家族，力量過人，可以以一當十。

史帝文生帶蓋瑞．史維卡去見密利根的多重人格，一開始他還滿腹狐疑，可是到他離開監獄的時候，他卻張口結舌、深信不疑了。他說唯今之計只有請法官下令進行一次全面的精神鑑定，斷定密利根在行兇當時的精神狀態以及他目前是否有行為能力可以受審。

2

為比利辯護，史維卡和史帝文生面臨了兩大障礙：俄亥俄州成人假釋委員會與州立利馬精神病罪犯醫院。

密利根因搶劫被判十五年徒刑，服滿兩年後最近才剛假釋，假釋局局長約翰．休梅克下令立刻將他移送入監，因為他違反了假釋法。史維卡知道，要為這麼複雜的案子辯護實在是困難重重，為長遠計，他說服了弗勞爾斯法官不准假釋局再逮捕被告，條件是被告必須接受富蘭克林郡立法院的管轄，以及俄亥俄州心理健康局的監護。

第二個挑戰，就是確保比利能在哥倫布市監獄附近的精神病院接受評估與治療。俄亥俄州一向是把被告送到州立利馬精神病罪犯醫院（當地人的唸法是「賴母一」）去做審前能力評估，拘留觀察，視情況需要進行治療。而多數律師與心理健康方面的醫護人員都認為利馬是俄亥俄州最糟糕的醫院。

史維卡和史帝文生向弗勞爾斯法官鄭重說明，比利絕對無法適應利馬醫院，而且密利根的病症極為獨特，需要專家診斷與特別治療。弗勞爾斯法官批准了他們的請求，裁定將密利根送到哈定醫院鑑定。哈定醫院是哥倫布市一家私人機構，喬治·哈定醫師同意讓密利根入院，並且將他的鑑定結果送交法院。哈定醫師是備受尊重的保守派精神科醫師，對多重人格疾患沒有特定的立場。

往後的七個月，哈定醫師做了廣泛密切的評估，還徵詢了全國的多重人格疾患專家，尤其是向著名的柯內莉雅·魏伯醫師求教。魏伯醫師曾治療過名噪一時的西碧兒。經由她的協助，哈定醫師發現了十個人格，包括原始的比利，又稱「核心」比利。他介紹這十個人格互相認識，鼓勵他們進入在有利情況下可以記憶的精神狀態，也就是一般知道的共存意識。

一九七八年九月十二日，哈定醫師在觀察治療了密利根七個月之後，交出了一份九頁的報告給弗勞爾斯法官，報告中描述了比利·密利根在醫療、社會、精神病三方面的歷史：「據病人自稱，其母親與兄妹都飽受凌虐，而病人遭受性虐待，包括與查默·密利根先生性交。病人自稱此事發生在他八九歲時，為期一年，通常是在農場上，他與繼父獨處時。他指出生怕遭繼父殺害，繼父威脅要『把他埋在穀倉底下，告訴他母親他逃家了。』」

＊

哈定請教了其他精神科醫師，也博覽了精神病學文獻，得知幾乎所有的多重人格異常患者都源自於幼兒時期受虐，尤其是性虐待。

哈定分析這名患者的心理過程。他指出密利根的親生父親自殺，使他缺少了父愛，讓他自覺有一種非理性的力量以及無法承受的罪惡感，導致焦慮、衝突、越來越愛幻想。於是他「極易受繼父查默・密利根的利用，該繼父以繼子需要關愛的心態為餌，以性交與性虐待來彌補他自己的不滿……」

小密利根在母親受丈夫家暴時與她認同，哈定寫道，導致小密利根「體驗她的恐懼與痛苦……」同時也導致了「一種分離焦慮，讓他活在不穩定的幻想世界中，而這個幻想世界具有和夢境一樣所有不可測、不可解的特質。又加上繼父的貶抑輕蔑、性虐待、性剝削，終於引起了再發解離……」

哈定醫師的結論清晰明確：「病人如今已融合了多重人格，我認為他已有能力接受審判……我個人也認為病人患有心理疾病，所以不該為犯行負責……在一九七七年十月下旬時。」

富蘭克林郡檢察官伯納・葉維奇接受了哈定的精神鑑定，於是弗勞爾斯法官宣布他只好判被告無罪。而威廉・史丹利・密利根也就成了法庭日誌中第一名「因精神錯亂而獲判無罪」的重大刑案犯人，因為他具有多重人格。

弗勞爾斯也建議緩刑法庭不要將密利根送入利馬，而是送往別處機構，讓他這種鮮有人了解、極富爭議的疾病能夠得到治療。緩刑法庭的法官在審閱了全部報告和證據之後，同意了刑事庭法官的判決，下令將密利根送往艾森斯心理健康中心，由大衛・考爾醫師治療，他是多重人格疾患方面的專家。

3

哈定的診斷披露了十個不同的人格——複雜的個人，年齡不同，性別不同，智商不等，測驗成績也不同，十個人中還包括第一個人格比利（核心人格）——可是沒有多久考爾醫師又發現了十四個他我。

考爾醫師慢慢察覺到十四個人格中有十三個是禁止在場子上的，他們不為世人所知是因為亞瑟認為他們是討厭鬼。考爾醫師運用他治療其他人格異常病患的經驗，終於把二十三個內在的人融為一體，於是從未存在過的一個新人格誕生了。這一個所有人格的綜合體，也是內在家族的老么，能夠記得其他各人格在創造伊始說過的話、做過的事、動過的念頭。他們稱他為老師。

艾森斯心理健康中心雖然是一家開放的民營機構，而不是重警備的司法醫院，密利根仍然必須遵守規定，沒有考爾醫師的許可不得離開病房。但是因為其中一項治療是培養自信以及促進病人與醫師的相互信任，所以考爾醫師也有系統地放寬病人的權益和自由。起初密利根可以在有一名人員伴護下離開病房，後來變成他可以和其他病人一樣離開病房，在醫院的庭院裡散步。

幾個月過後，他由兩名人員陪伴到鎮上，有時是購買繪畫用品，有時是去見他的新任律師，有時是在賣畫之後到銀行去存錢。之後他又獲准在一名人員陪伴下請假外出。最後，考爾醫師讓比利做密集的角色扮演治療，準備放他單飛。

為了確保下一階段必要的治療不會有什麼誤會，考爾醫師知會了醫院院長和當地警務人員，也通知了成人假釋委員會，告訴他們比利會獨自離開醫院。

成人假釋委員會局長約翰．休梅克一反常態，捨棄了平常處理患有心理疾病的假釋犯的程序，持續注意比利．密利根和他的治療團隊。休梅克意圖將密利根以違反假釋法的罪名關入監獄，卻遭弗勞爾斯法官阻撓，現在他轉而等待密利根「痊癒」，不再受法院監管，然後再將他逮捕入獄，服滿十三年的刑期。

有一段時間，到鎮上去一帆風順。老師很得意能夠融各人格於一爐，而且他在俄亥俄大學社區活動，看上去與平常的學生並無二致。考爾醫師的成功讓蓋瑞和茱迪相信比利可以過正常人的生活。

可是比利．密利根和一般的多重人格疾患痊癒的人不一樣，其他人可以私下接受治療，還用假名保護他們的隱私，密利根卻是從落網開始就是公眾人物，各大報和電視新聞爭相報導。他的診斷公開之後，他和治療的醫師又成了焦點，世人對他們既關懷又好奇，但是在俄亥俄州中部，他們卻受到敵視。數名俄亥俄政治人物攻擊考爾醫師以及辯方的精神錯亂抗辯。無論是醫師或是病人本身都沒有料到批評的聲浪在哥倫布市逐漸有了撲天蓋地之勢。

一九七九年三月三十日，《哥倫布快報》率先刊登了比利與他的醫師的故事：

醫師說強暴犯可任意離開健康中心

本報記者約翰．史維策

據本報消息，多重人格強暴犯威廉·密利根去年十二月送入艾森斯心理健康中心，現在已獲准自由行動，而且無人監督。……密利根的主治醫師大衛·考爾向本報表示密利根可以離開院區，在艾森斯市活動……

*

緊接著是一連串文章痛批密利根的治療，其中有篇社論指涉密利根，下的標題是：法制需要保護社會。

艾森斯市州議員綽號「鳴蜂器」的克蕾兒·伯爾二世以及哥倫布市州議員邁克·史丁吉安諾批評醫院與考爾醫師，向俄亥俄立法局施壓，要求召開聽證會，重新考慮當初將密利根送入艾森斯心理健康中心是否舉措失當。他們也要求立法修改「因精神錯亂而無罪」的法規。

史丁吉安諾誣指考爾醫師允許病人「自由活動」是因為他正私下拿密利根寫書，利用病人的狼藉名聲而獲利。兩名議員都要求在醫院舉行調查聽證會。攻擊的文章與頭版頭條幾乎是無日不見報，輿論日譁，院長只好限制密利根的活動範圍，不讓他離開醫院院區，等待風平浪靜。

主治醫師蒙受不白之冤，報紙又大肆抨擊他的診斷及治療，「老師」既心痛又困惑，終於裂解，密利根分崩離析。

越來越多人要求將比利移送到州立利馬醫院，法院的壓力越來越大。

一九七九年七月七日，《哥倫布快報》又在頭版刊登一篇文章，還加了紅框強調：

強暴犯密利根可望在數月後獲釋。

文章指出密利根可能在三四個月後恢復心理健全，美國最高法院可能根據聯邦法將其釋放。一名訪問史丁吉安諾的記者寫道：「哥倫布市州議員指出如果市民發現密利根在本市內活動，他可能有性命之憂……」

政客與媒體持續攻擊了十個月，艾森斯郡法官羅傑．鍾斯終於下令將密利根移送州立利馬醫院。爾後俄亥俄州第四區上訴法庭判決鍾斯的命令侵害了密利根的權利。於是一九七九年十月四日比利．密利根坐車趕了一百八十哩路，被移送到許多人口中的地獄醫院。

而這件真人真事的後續也由此揭開了序幕。

比利的內在人格

比利．密利根的他我人格眾多，為避免與故事中各外在人物混淆，逐一陳列於下。外型描述都依據各他我對自己的認知。

十人組：

是主要的他我人格，七〇年代末期密利根因強暴案受審時，精神科醫師、律師、警方、媒體僅知之人格。

一、威廉．史丹利．密利根（又名比利或比利U），二十七歲。原始人格，或稱核心人格，被稱為「未融合的比利」或「比利U」。高中中輟生。六呎高，一九〇磅。藍眼褐髮。

二、亞瑟，二十二歲。英國人。理性冷淡，說話帶英國腔。自學物理化學，閱讀醫學叢書。以阿拉伯文寫信給作者。極為保守，自以為是資本家，其實他承認是無神論者。他第一個察覺到其他人格存在，安全地區由他主導，他來決定「家族」（亦即「場子」）中誰出現，具有意識。戴一副老祖母眼鏡。

三、雷根·瓦達斯哥維尼茨，二十三歲。仇恨的管理人，他的名字的意思是「又打雷了」，意指又生氣了。有顯著的斯拉夫口音，懂塞爾維亞克羅地亞語。他是武器軍火專家，也是空手道高手。膂力過人，因為他有控制腎上腺素的能力。相信共產主義與無神論。他負責保護家人及婦孺。危險地區由他掌控意識。他與罪犯毒蟲來往，承認犯罪，也承認有時有暴力行為。體重二百一十磅，兩臂極粗，黑髮，留八字鬍，鬍梢下墜。他有色盲，所以只畫黑白兩色。

四、艾倫，十八歲。擅詐騙及操縱，最常由他與外界人士應對。是不可知論者，標準的態度是「把這輩子過得最精采」。他會打鼓，擅肖像畫。各人格中唯有他慣用右手，也唯有他吸菸。他和比利的母親關係密切。他的身高和比利相同，但體重較輕（一六五磅）。頭髮右分。

五、湯米，十六歲。脫逃大師。常被誤認為艾倫，好鬥、反社會。會吹薩克斯風，是電子專家，擅畫風景。泥金色頭髮，琥珀色眼眸。

六、丹尼，十四歲。膽小怕人，尤其是男性，因為曾被迫自掘墳墓，慘遭活埋，所以他只畫靜物。金髮及肩，藍眼，體型瘦小單薄。

七、大衛，八歲。痛苦的管理人，有移情作用。能吸收其他人格的痛苦。雖然極度敏感、有洞察力，注意力卻不夠集中。多數時間懵懵懂懂。髮色暗紅棕，藍眸，身形矮小。

八、克莉絲汀，三歲。因為求學時總站在牆角，而被稱為「牆角的小孩」。聰明的英國女孩，識字也會寫字，卻有閱讀困難症。喜歡畫花草蝴蝶，也喜歡著色。金髮披肩，藍眸。

九、克里斯多福，十三歲。克莉絲汀的哥哥，說話帶英國腔。個性溫順，卻心事重重。會吹口琴。髮色和克莉絲汀一樣金中泛褐，只是劉海比較短。

十、雅德蘭娜，十九歲。同性戀。害羞、孤單、內向，會寫詩，幫其他人格烹飪、理家。黑髮細長。患有眼球震顫症，因此褐色眼睛偶爾會飄來飄去，所以說她有一對「跳舞的眼睛」。只有她能夠以意志讓別的人格退場。

討厭鬼：

受亞瑟壓制的人格，因為具有討人厭的特性，這些隱藏的人格在艾森斯心理健康中心首次出現，由大衛．考爾醫生發現。

十一、菲利普，二十歲。暴力分子。有濃重的布魯克林口音，言語粗鄙。大罪不犯，小罪不斷。有名受害人說他自稱「菲爾」，警方及媒體從而得知除了精神科醫師知道的十個人格之外還有別的人格。棕色鬈髮，淡褐色眼睛，鷹鉤鼻。

十二、凱文，二十歲。軍師。不成氣候的小罪犯，計畫了葛瑞藥局搶劫案。喜歡寫作。

金髮碧眼。凱文後來從討厭鬼名單中剔除，因為他一個人在州立利馬醫院挺身面對有虐待狂的醫護人員。

十三、華特，二十二歲。澳洲人。留八字鬍，自認為是專門捕獵大型動物的獵人。方向感極佳，通常擔任看守者。不輕易流露情緒，性情古怪。

十四、愛波，十九歲。瘋女人。波士頓口音。滿腦子都想著要狠狠報復比利的繼父查默。其他人都說她不正常。會縫紉，做家事。黑髮、褐眸。

十五、山繆，十八歲。流浪的猶太人。宗教上是正統派，各人格中唯有他相信上帝存在。擅雕塑、木刻。黑色鬈髮，留鬍子，褐色眼睛。

十六、馬克，十六歲。勞力者，負責單調的體力勞動。完全被動，除非奉他人命令，否則什麼也不做。假如無事可做，就瞪著牆壁。有時稱他「活死人」。

十七、史帝夫，二十一歲。大老千。模仿別人加以嘲謔。自大狂，不接受多重人格的診斷。嘲弄人的模仿常為其他人惹上麻煩。

十八、李，二十歲。諧星、小丑、頑童。他的玩笑在監獄及高度戒護醫院都點燃戰火，害得別人被丟進禁閉室。不在乎生命，也不在乎行動的後果。暗褐色頭髮，淺褐色眼睛。

十九、傑森，十三歲。壓力閥。歇斯底里的反應以及發脾氣常招來處罰。為了讓其他人忘記憂傷，他帶走不好的回憶，也因而導致失憶。褐髮，褐眸。

二十、羅伯特（巴比），十七歲。作白日夢的人，總是幻想旅行與冒險。儘管他夢想把世界變得更好，卻毫無雄心壯志，智能上也缺少興趣。

二十一、蕭恩，四歲。聾子，常被認為智障。發出嗡嗡的聲音來感受頭腦中的震動。

二十二、馬丁，十九歲。勢利鬼。紐約客，好炫耀，愛吹牛，裝腔作勢。喜歡不勞而獲。金髮、灰眸。

二十三、提摩西（提米），十五歲。在花店工作，有同性戀者挑逗他，嚇壞了。躲進自己的世界。

老師：

二十三個人格融合為一，二十七歲的老師教導其他人所有需要學習的事。聰明、感性、有幽默感。他說：「我是完整的比利。」提到他人時稱之為「我創造的人造人」。老師有幾乎完全的回憶，他的出現與協助才讓本書有寫成的可能。

第一部

瘋狂

一、退場

1

警車載著比利．密利根到利馬醫院，通過了大門，大門頂上圍著蛇腹式鐵絲網，接著經過了觀察站，裡面有武裝警衛，最後在入院處停下。

兩名副警長粗魯地把病人拽出警車，帶他穿過一棟古老的建築，灰牆、高天花板、窗戶有十二呎高。他們緊緊抓住他上了手銬的手腕，扯著他向前走，鞋跟敲擊著閃亮的漆布地毯。走廊盡頭有一扇門，門上的牌子寫道：入院登記處——二十二病房。

打開門只看見兩張桌子面對面擺著，桌上雜亂不堪。有一名體型龐大、紅髮雀斑的女人坐鎮。一位副警長手忙腳亂在找手銬的鑰匙。

另一名副警長把檔案夾交給她。

「病歷。」她說。

＊

丹尼不知道自己在哪裡，也不知道為什麼會來這裡。他的手麻痺了，手腕刺痛，這才發現是給反翦著。有人在把手銬摘掉。

「密利根先生，」有個女人說話，不和他的視線接觸，「麻煩站到場子上。」

這話讓他一驚。她怎麼會知道「場子」的？難道寫在病歷上？

站在他右邊的副警長揪住他的頭髮和銬住的雙手，把他往左邊拉了三步。「狡猾的王八蛋。」他嘟囔。「剛才在警車裡也不知道他是用什麼法子，竟然把手銬給解開了。」

丹尼這才明白為什麼警察這麼生氣，手銬又會這麼緊。剛才警車裡的人一定是湯米，他掙脫了手銬。紅髮女士皺了皺鼻子，彷彿嗅到了一隻死臭鼬。

「密利根先生，」她指著地板，「在這裡，你會學會一個口令、一個動作，跟我們乖乖地合作。」

丹尼低頭看，看見了一個紅色圓圈，鬆了一口氣。原來不是亞瑟說的「他們的意識場子」。這個場子只是又髒又舊的地板上一個記號罷了。

「把口袋裡的東西都掏出來！」女人命令道。

他把口袋翻出來，讓她看清楚什麼也沒有。

他後面的警察說：「進檢查室裡去，把衣服脫掉，小混蛋。」

丹尼走了進去，把上衣拉過頭。

一名看護進來了，大喊：「手臂抬高！張開嘴！把頭髮往後撥到耳朵上！向後轉，兩手按著牆！」

每個命令丹尼都照做，可是還是忍不住想看護該不會是要搜他的身吧。那可不行。他不能讓這個男的摸他。他會退場，讓雷根來保護他。

「來檢查腳底。好，彎腰，用力鼓氣。」

這個人是不是樂在其中？

那人翻了他的衣服，丟進洗衣箱裡，拿了一條深藍色褲子跟一件同色襯衫給他。「去洗澡，怪胎！」

丹尼的腳在潮濕的地板上滑了滑，腳拇趾撞到了門。厚重的鐵門上還裝飾了螺釘。打開了門之後，他看見生鏽的水管突出在對面的牆上，水嘩啦啦地流著。他站到水下，立刻就往後跳。是冷水。

幾秒鐘後，一個矮個子男人進來了，穿著白衣，戴膠皮手套。水自動關閉，他舉高一罐除蚤劑，對著丹尼就噴，彷彿是在給雕像噴漆。丹尼的雙眼刺痛，刺鼻的藥劑撲頭蓋臉灑下來，弄得他不斷乾咳。消毒完成之後，矮個子把一個紙袋拋在地上，轉身就走，一句話也沒說。

袋子裡裝了牙膏、牙刷、梳子、一只驗尿杯。丹尼擦乾身體，穿上藍襯衫長褲，緊抓著紙袋，跟著另一名看護步上走廊，穿過一扇加裝柵欄的門，進了一間斗室。然後他就閉上眼睛，退場了……

2

湯米醒過來，發現自己在一間牢房一樣的斗室裡，躺在一張陌生的小床上。奇怪，他的頭髮是濕的，可是嘴巴怎麼那麼乾？這是哪裡啊？他默默大喊，我是怎麼來的呢？他一個動作跳下床，側耳靜待回答，可是沒有人回應他的想法。不對勁。自從考爾醫師讓他們共存意識之後，他就一直能夠和亞瑟、艾倫溝通，可是現在卻什麼也聽不見，連撥號聲都沒有。什麼也沒有，他的線路斷了。

媽的！他顫抖了起來。他知道得找水喝，滋潤乾裂的嘴唇，滿足焦渴的喉嚨，然後他得好好研究一下這個陌生的地方，尋找脫逃的可能。

湯米穿過門口，趕緊瞇眼抵擋明亮的光線，這才看出他的房間外是一條長廊，而長廊上有許多一模一樣的房間。長廊左端是一扇加裝鐵柵的門。他向右轉，發現這條走廊只是許多條走廊之一，都通向寬敞的交誼廳，就好像是車輪的輻條都向車軸集中。

正中央的辦公桌附近都是值班人員。

正對辦公桌的走廊又有一扇加裝鐵柵的門，湯米在心裡記下一筆，這扇門必定可以離開這一區的病房，通往醫院的別處。

在交誼廳的另一頭，有人坐在椅子上，有的坐在桌子上，有的拖著腳走來走去，有一個人對著空氣講話。湯米看見斜對面有人在飲水機前喝水，後面貼著牆排了一條人龍。湯米最討厭排隊了，可是他還是小心翼翼地走到隊伍末端，排隊等喝水。

好不容易，終於輪到排在他前面的人了。他彎下腰來喝水，湯米卻注意到水沒有流進他嘴裡，反而流在他臉上。他為這個有如行屍走肉般的活死人感到難過，可是仍然忍不住微笑。

說時遲那時快，一個骨瘦如柴的人不知從哪個陰暗的門口冒出來，憤怒地大叫，朝飲水機衝了過來，兩隻手還緊緊握拳。

喝水的那個人還在忙著拿嘴去接水，對尖叫聲充耳不聞。湯米倒是機警地跳開了。那個怒沖沖的人舉起拳頭，猛捶喝水的人的腦袋。打得那人的頭往前一撞，一邊眼睛釘在水龍頭上，等他用力拔開來，湯米只看到一個鮮血直流的洞，眼球沒有了。

湯米踉踉蹌蹌回到房間，極力壓制想吐的感覺。他坐在床上，扭絞床單，腦筋亂轉，想找出用床單絞死自己的辦法。要是不能回去艾森斯心理健康中心由考爾醫師照顧，他知道自己一定會死。

他躺在床上，閉著眼睛，離開了場子。漆黑之中，他尋覓著睡意……

3

「密利根！」

凱文一驚而醒——提高警覺——走向門口。

「密利根！到圈子裡來！」

凱文知道——從以前的司法醫院和監獄學到的——圈子指的是以走廊交會的中心點當家人的桌子為準，直徑十二呎的範圍。雖然沒有清楚劃出的界線，可是進入到這個範圍都必須小心至上。除非是奉命，否則不能踏進去；就算是奉命進去，也要像奴隸一樣低頭鞠躬，否則就免不了一頓毒打。

凱文朝辦公桌移動，踏進圈子裡，隔著一段距離，表示尊敬。

當家的人頭也不抬，指著一扇門，門前還有一個光頭在站崗，說：「醫師找你，密利根，貼著牆壁站好。」

我才不幹哩，凱文心裡想。我可不跟瘋子醫生講話。他步出圈子，也離開了場子。

*

李一直在幽暗的側翼等候，這時不由得納悶，怎麼會准他上場了。因為他的插科打諢往往會害他們關禁閉，所以亞瑟早早就把他列為意識的禁止往來戶。李也跟凱文一樣進了亞瑟的討厭鬼黑名單，從在俄亥俄州雷貝嫩監獄開始，亞瑟就禁止他粉墨登場。既然這會兒讓他上台了，那麼這個地方一定很危險，所以是由雷根來發號施令的。李打量四周，斷定他們是在一處監獄類型的司法醫院裡，那麼當然導演就得換成仇恨的管理人了。

「好了，密利根！輪到你了！」

醫師的辦公室鋪著深褐色長毛地毯，椅子是樹脂塑膠椅。醫師從辦公桌後抬起頭來，他戴著煙灰色眼鏡。「密利根先生，」他說，「我是林德納醫師，州立利馬醫院的診療部主任。我看過你的病歷，也看過報紙；在我們開始以前，我先聲明我不相信你的多重人格遁詞。」

原來這裡是俄亥俄州的利馬瘋人院啊！就是公設辯護律師想盡辦法也不讓他們進來的地方。

李審視醫師那張皺縮憔悴的臉、稀疏的短山羊鬍、靠得很近的眼睛，以及倒退的髮線。他的頭髮往後梳，髮尾觸及白襯衫領子。他打一條海軍藍窄領帶，繫了領針，六〇年代的和平圖案，都沒光澤了。

醫師的聲音、表情、態度李一處也不放過，將來好拿來當他模仿的材料。他全神貫注，醫師說了什麼也沒聽仔細……大概就是說住在這裡就跟打棒球一樣吧。球員只有三個好球，三振的話不是出局，而是擺平，意思就是他會被綁在一張床上，在一個叫做冰宮的地方。而冰就代表禁閉。

太容易模仿了，李心裡想。

電話響了，林德納醫師接了起來。「對，他現在就在我這裡。」他聽了幾秒鐘，然後說：「我盡量。」他掛上電話，表情變了，聲音也柔和了。「密利根先生，你可能也猜到是跟你有關的。」

李點頭。

「有兩位先生想跟你談談。」

「什麼？又要看神經病醫生？」

「不是，他們對你的病例有興趣，從岱頓一路開車過來見你。」

話聲方落，李就猜到了來者是誰。是記者，他們用盡了手段想要跟比利・密利根簽合約，幫他出書。比利跟「老師」拒絕了他們，選擇了另一位作家，他們就在報上寫文章攻訐他，李哈的一聲笑了出來。

他用林德納的表情和語氣說：「叫他們省省吧！」說完就轉身步下了舞台。退場，舞台右方，回到側翼。

4

十五分鐘後，丹尼從房間出來到光亮的地方，好閱讀《原野河流》雜誌上養兔子的文章。他很喜歡兔子……真希望現在就養了一隻寵物兔。他翻開雜誌，卻看見示範剝兔皮的照片，還教你如何清洗內臟，如何煎，他嚇得丟掉雜誌，彷彿雜誌著了火。

這篇文章騙了他。

淚水湧了上來，他想起了比利的繼父查默是怎麼對付兔寶寶的。他清楚記得那天，他還不滿九歲，查爸把比利帶到農場幫他除草……

*

比利看著一隻大兔子從洞裡鑽出來跳走。他溜到地洞那兒，看見巢穴裡有一隻灰褐色的兔寶寶。比利怕查默的除草機會傷到兔寶寶，就把牠抱出來，包在T恤裡。

「乖，我要幫你找一個別的地方，因為你現在沒媽媽了，可是沒有兔子孤兒院，我也不能帶你回家，因為查爸不會讓我養你。所以我要把你帶到原野裡，讓你去找媽媽。」

這時他聽到了牽引機的喇叭，知道他得趕快去幫查默拿啤酒，一分鐘也不能耽擱。他跑向卡車，從冰箱裡拿了一罐啤酒，跑過前院到牽引機那裡，把啤酒交給坐在牽引機上的查默。

查默打開啤酒，兇巴巴瞪著他。「手上拿了什麼？」

「是一隻兔寶寶，牠沒有家了，我覺得我們可以先把牠帶回家養著，等我找到新地方，或是等牠可以自己照顧自己以後再把牠放走。」

查默咕噥了一聲。「我看看。」

比利打開了T恤。

查默笑嘻嘻地說：「你把牠帶進屋以前，我得幫牠清理一下。把牠拿到車庫前面。」

比利簡直不敢相信自己的耳朵。查默居然對他好！

「兔子需要特別照顧，」查默說，「牠們身上有細菌什麼的。你要是把細菌帶進家裡，你媽一定會囉嗦個沒完。所以先別急，等一下。」

查默進了車庫，拿了一個汽油罐跟一塊布出來。「來，給我。」他抓著兔子的頸子，把兔子全身上下都擦滿了汽油。油味非常衝鼻。

「你幹什麼？」丹尼問。

查默啪一聲打亮了打火機，點燃了兔子，把牠丟在地下。兔寶寶亂跳亂轉，撞上牆壁，留下一條火舌。比利放聲尖叫。

「爽不爽啊，小媽寶？」查默哈哈大笑。「火烤兔寶寶！」

比利一直叫一直叫。都是他不好。要不是他把兔寶寶抱出來，牠就不會死了。

查默猛揍比利的臉，揍得他不敢再尖叫，只敢嗚嗚咽咽地哭。

*

在二十二號病房的交誼廳裡，丹尼擦乾眼淚，嫌惡地把雜誌踢開，兩隻手抱住膝蓋，看著別人走過。

不知道瑪麗會不會來看他。他喜歡瑪麗因為她很害羞膽小，跟他一樣，而且他受驚的時候瑪麗會靜靜坐著，握著他的手。而通常在這個時候他就會退場，因為湯米也喜歡跟瑪麗在一起，他會出來告訴她雖然她也是病人，卻不必害怕，因為她比別人都聰明，他想要瑪麗常常來看他。

可是瑪麗不在這裡。

醫生的診療室的門打開了，一個病人出來，握著兩隻拳頭。那人朝他走過來，使盡全力揍了他的臉，然後就從走廊跑掉了。丹尼躺在地上，淚水直流，刺痛了眼睛。為什麼沒有人阻止那個人，或是過來幫他？那人從醫生的診療室一出來就無緣無故打他，值班的人只是哈哈笑，還有一個大喊：「一好球，密利根先生。」

可是丹尼沒聽見，因為大衛出場了，由他來感受痛苦，儘管他也不知道為什麼。接著又換傑森上場，他尖叫又尖叫，最後看護把他帶走，但是傑森也一樣不明所以。

*

種種的疑問唯有「老師」能夠解答，他在心底的地洞裡默默觀察一切，知道在州立利馬醫院的第一天只不過是個下馬威。

二、瑪麗、瑪麗……

瑪麗得知比利被移送到利馬，大吃一驚。這名嬌小的年輕婦女膚色蒼白，長相平凡，一頭褐髮剪得很短。她和比利在病房相處過許多個小時，對比利的感覺從原先的好奇逐漸演變成著迷，又變成真切的關懷。

她從護士和其他病人那裡聽說了這回事，很想離開病房去跟比利道別，可是卻猶豫了，似乎是縮進自己的象牙塔裡。後來她走進交誼廳，坐在沙發上，雙腿併攏，手按著膝蓋，深色眼睛透過厚重的眼鏡看著重症密集治療部入口。

她記得還沒見到比利的面就聽見過比利的聲音。那是她因為憂鬱症住進艾森斯心理健康中心以後幾週的事。她非常害羞，極少離開病房。可是有天下午她聽見比利在她的房門外講話，他在跟一名護士訴說他的繼父查默·密利根對他做的那些人神共憤的事：被他強暴、被他活埋等等。

聽著很詭異，也很吸引人，可是她只是替這個年輕人難過。她不想走出病房，所以就只是坐在房裡偷聽，偷聽那些令人髮指的慘劇。

這時她突然明白昨天在收音機裡聽到過這個聲音。她一直在收聽〈事事關心〉這個節目，他們在報導比利的多重人格疾患，播放了一卷錄音帶，談的是比利多麼想為受虐兒討公道。她覺得他的聲音棒極了。

第二天比利跑來她的病房，說有人說她是書呆子，而他想知道瑪麗都喜歡哪一類的書。

她對比利一見難忘。她有這種感覺，覺得他很激揚。他這一生真的非常非常消沉，現在終於上揚了。醫院裡大多數的人是真的有病，她本人也是從來沒有像現在這麼憂鬱過。而比利卻是這麼的奮揚，高談闊論等他痊癒之後要做的事，以及現在想為受虐兒做的事。

當時她並不了解是怎麼回事，但現在她知道比利是特意挑上她的——故意注意她。比利總是想辦法讓她開口說嗨。而她注意比利的方式僅僅是看著他、聽他說話，可是頭幾週她並不開口。她嚇壞了，怕被他吸引。

她看得出來比利只是想幫助別人，醫師和一眾醫護人員起不了什麼作用，他就是沒辦法坐在一邊乾瞪眼。他說他想要幫助其他的病人。

比利會跟她說教，說她應該要把自己的感受說出來。他談起被捕後在哈定醫院裡學會了應該要多表達自己。他說如果打開心扉信任醫師，醫生真的能把你治好。不然的話，你就只有一個人落落寡歡。

其實大部分時候都是比利在說話。有天晚上他又訓了她兩個小時，教她克服她的憂鬱。她並不認為比利說得有理，而且他也太遽下結論，可是她就是沒辦法開口跟他說什麼。

說了一陣子之後，比利又轉了話題，要她勇敢一點，叫他閉嘴。他一直說她太害羞太退縮了，任由別人踩著她的頭，連叫他們閉嘴都不敢。

他的話多少惹惱了她，可是她還是聽得很入神。她知道自己是那種坐在後頭冷眼旁觀的人，而且她也絕不會不敢叫他閉嘴，只是她並不想叫他閉嘴。

最後，她終於說：「好吧，拜託你馬上閉嘴。」

他的頭猛然往後仰，帶著受傷的神情看著她，說：「妳也用不著那麼直接嘛。」

之後她開始多多少少跟別人講幾句話，結果讓她對比利的態度更開朗。她真心想要跟比利說話，卻沒辦法，因為比利讓她害怕。他非常咄咄逼人，又那麼張揚，她覺得自己不敢跟他正面對決。

可是她也發現比利很溫柔、很體諒、很文靜。她覺得比利討喜，因為她一向怕跟自己同齡的男人。比利讓她害怕，不是生理上的，而是心智上的。

她想起那天嘉斯·霍斯頓出現在重症密集治療部，而她發現霍斯頓早在雷貝嫩少年感化院就認識比利了。她看見他們兩個坐在一起，談著監獄，像兩個深諳內幕的人。她不喜歡比利那樣子說話，像是常常進出監獄的老油條，對罪犯生涯無所不知。她比較喜歡那個女性化、溫柔的比利——她總把他聯想成藝術家。而不是另外那個。

霍斯頓說他因為持有古柯鹼而被捕。比利說他十七歲就被抓過，有兩個人在休息站想對他動手動腳，雷根揍了他們，順便劫財，還有一次是在蘭卡斯特搶劫葛瑞藥局。他跟霍斯頓說後來藥劑師承認是認錯了人，就說：「搶我的不是這個少年。」

她覺得這件案子簡直是嚴重的誤判，律師竟然說服一個十七歲大、又有心理疾病的孩子協商認罪，而他根本就沒犯那個罪，還判了他二到十五年的徒刑，即使事發當時他壓根不在現場。

每次她聽說比利去法院出席聽證會，她就煩惱。假釋局找了個人坐在那裡，帶著逮捕令，只要心理健康局釋放他就立即逮捕。比利跟她說他相信假釋局的約翰·休梅克局長在虎視眈眈等著機會把他丟回監獄裡。

有天下午她聽見比利跟另一名女病人說話。瑪麗想讓比利注意她，就走出病房，一屁股坐在病房外的那張過於蓬鬆的椅子上，可是比利太專心交談，她覺得他可能壓根就沒看見她。後來他回自己房間，拿了素描簿出來，還是繼續跟這個女病人說話。瑪麗忽然明白比利是一邊幫她畫像，一邊跟這個女病人說：「我如果弄不懂誰，就會幫他畫像。有時候，我還會畫想像中的他們，比較年輕——跟他們的年紀不一樣——看他們真正是什麼樣子。」

於是瑪麗擺出了一張格外憂鬱的臉，彷彿是在挑釁，要比利來畫她。後來比利說她往下撇的嘴和憂鬱的表情始終如一，就是一張絕望的臉。

警察來把他帶走了——像動物一樣拴著鍊子——移送到利馬，瑪麗知道他那個老油條的一面應付得來，可是還是怕他們會殺了那個溫和的藝術家。

她看見考爾醫師走進大廳來，一臉的沮喪，就知道員工說比利轉院的事是真的了。考爾停下來，低頭看著她。她低聲問：「比利還會不會回來？」

他只是難過地搖頭。她一下子跳起來，跑進房裡，因為不想讓醫生看見她哭。

過了一會兒，她擦乾眼淚，瞪著窗外。不知道他們准不准比利把他的畫帶走，因為她突然想到一直沒有機會看見他幫她畫的肖像……

三、混沌期

1

混沌期是亞瑟創造出來的說法，他用來向年輕的人格解釋他和雷根都控制不了意識的那些時段。內在的眾人格自由來去，那些討厭鬼常常會趁著這一時期的心理混亂來占領身體，也往往招致災禍。

就在其中一段混沌期裡，雅德蘭娜以念力讓雷根退場，在俄亥俄州立大學停車場挾持了一名年輕的驗光學學生。雅德蘭娜和心理學家桃樂絲．透納一起坐在哈定醫院會客室地板上，坦承是她犯的案，還哭了起來。她認為那是找到感情的方法——她說體內的那些男生根本不了解，她不明白她在短短兩週內三次犯下的罪行是強暴罪，即使是彼此同為女人。

哈定醫師協助那些男生達到共存意識，雅德蘭娜就在背景裡觀察傾聽，最後終於明白那三個女人的悲慘遭遇，她才是罪魁禍首。

到了利馬，雅德蘭娜察覺到混沌期出現，立刻跑了出來，卻受不了房間裡的馬桶臭味。她留在後面，聽其他人說話，可是卻聽不出個所以然來，只有雷根看見了她，仍然懷恨她做的事，罵她臭女人，還說只要讓他逮著機會，一定會宰了她。

她尖聲大喊她會先自殺。

亞瑟想插手，可是雷根主宰一切心理系統，他也無能為力。亞瑟覺得自己像航管人員，明知道每個內在人格都在盲目飛行，可是雷達螢幕上卻一片漆黑，而他忙得滿頭大汗，極力避免飛機相撞。

可是忽然大衛又跑了出來，拿頭去撞牆，而小克莉絲汀又哭了起來。只有兒童——尤其是克莉絲汀——能夠消解雷根的怒氣。他同意「混沌期」對兒童太過危險，他們可能會誤打誤撞跑進場子，陷自己於險境。他宣稱他並沒有在這個危險的監獄醫院裡把主權交出去，而且自願把這個心理馬戲團團長的位子禪讓給亞瑟，由他來挑選最佳人選，來探索這個全新的環境。

亞瑟立刻就派出艾倫上場。

*

艾倫文風不動躺著，唯恐稍微一動，身體就會像酥脆的餅乾一樣折斷。精神抑制藥「使得安靜」害他口乾舌燥，而且嘴唇乾裂。這還只是處方藥物裡的一種鎮靜劑而已。他覺得床舖旋轉得好厲害，他得兩手緊緊抓住塑膠床墊才沒有飛起來。

一條短羊毛毯蓋著他裸裎的胸膛，卻讓他寒毛倒豎。他癢得要死，卻不敢去抓癢。最討厭的是他知道為了要探索這個新的環境，他非得睜開眼睛不可，即使必須用手把眼皮撐開。都是因為這個混沌期，害他沒辦法跟其他人溝通。他一點也不知道自己身在何處，又為什麼在這裡。

他的好奇心快要害他惹火上身了。

艾倫打個呵欠，伸伸懶腰，終於用雙手按摩臉，讓感官復甦，研究起他的新病房來。磚牆是淺棕色的，刷洗過也上了新漆，卻還是不入流。一張床鋪凹凸不平，一個馬桶蟑螂到處跑。一個生鏽的櫃子抽屜沒把手。牆上有一面小錫鏡，遍佈刮痕。他的內在在燃燒。如果有鼓在身邊，他會打鼓把焦慮宣洩掉。現在他只好拿手指在櫃子上敲。

忽然很響亮的一聲鏘，金屬敲擊金屬，鑰匙叮叮噹噹，讓他的背脊像觸電一樣——那是獄卒的鑰匙。

這裡不是醫院，他恍然大悟，這裡是他媽的牢房！他的喉嚨一緊，全身顫抖，又冷又黏。他抹去害怕的淚水，免得別人發現。他狠狠瞪著門，等著看誰會進來。

一個大胖子看護斜眼瞅他，吃吃笑著。「起來了，西碧兒！吃飯了！」

艾倫顫巍巍站起來，照了照刮花的鏡子，一看見自己的臉，險些吃吃傻笑。顫抖緩和了。這種新場子他上過不下數十次了，為什麼每一次都還會怯場？看，兩頰上兩條淚痕，多荒謬，他的心情也轉好了一些。就像是聽比利的脫口秀諧星父親強尼．摩里森在邁阿密某個舞台上遇到冷場的時候，靈機一動，說了個讓人捧腹大笑的橋段，逗得人又哭又笑的。強尼在遺書裡寫道：「最後一個笑話。小男生：『媽媽，狼人是什麼啊？』媽媽：『別多嘴，去把臉上的毛梳一梳。』」

咚咚咚咚鏘，掌聲鼓勵！

「吃飯了！排隊吃飯，你們這些神經病！」

有人也不甘示弱：「你去吃屎啦，歐吉！」

一聽見房間門口有拖著腳步走路的聲音，艾倫也跟著踏入褐色的走廊。他看見人流從走廊匯集到中央，再朝鐵柵門前進，他就排到最後的位置。回憶起比利的繼父查默最喜歡用的命令：「看地上！」艾倫立刻瞪著地板。他知道他能做的像專業人士。既然沒人吭聲，那麼他勢必是做對了。

避免視線接觸可以讓他保持安全距離，不會有人跟他說話或是挑釁他。不用認得什麼人，不用記住什麼事。

「吃飯！」一名光頭看護說。

「是，弗利克先生。」一個病人回答。

一些掉隊的跟上去，病人挨著牆壁排成長龍。

「A病房！動作快！」看護大喝。

目前他是安全的。

艾倫盯著腳，隊伍像一隻巨大的蜈蚣在走廊上慢慢蠕動，步下樓梯，進入千呎深的隧道。一直到進了隧道他才偷看四周。蒸汽管瓦斯管沿著寬闊的走廊向前延伸，把人龍擠成一處。蒸汽嘶嘶叫，機器鏘鎯響，害得他耳鳴。他極懷疑隧道不安全。頭頂上的管線只要耐不住壓力隨便爆一根，隧道裡每個人都會烤焦。而牆上的塗鴉就會是他們這麼不光彩的死亡的證明。他用手掌在大腿上打拍子，拖著腳跨半步，這是葬禮的行進隊伍。

病人魚貫進入餐廳，艾倫聽見心裡的疑問。他是哪一種病房？為什麼？他們知道他是誰嗎？剛才看護叫他西碧兒❶，那麼他們應該是知道的。他得緊抓著現實，絕不能讓恐懼哄他入睡。他需要聯絡上亞瑟、雷根和其他人，弄清究竟是怎麼回事，又需要他做什麼。因為混沌期通常是內在爆炸的前奏，他已經察覺到內心要開戰了。

他知道太緊張，胃裡裝不住乾巴巴的豌豆、冷冰冰的馬鈴薯、和黏呼呼的通心粉，所以他只吃了牛油麵包，喝了酷雷果汁粉泡的飲料。

回病房路上，他忽然發現他找不到病房。他怎麼那麼笨，出房間以前沒記住房號？天啊！會不會露了餡？別人會不會騷擾他，罵他怪胎或其他傷人的話？

他在走廊上拖著腳走路，伸手到口袋找線索。空無一物，只有半包菸。他走進昏暗的交誼廳，只見一排排的木椅和長凳，椅背是軸條式的。天花板上嘶嘶作響的蒸汽管有如迷宮。牆壁也和別處一樣，是淺棕色的，灰撲撲的窗戶覆著厚鐵絲網和鐵柵，大約是三乘五見方。地板鋪著白色灰色相間的地磚，髒兮兮的，地磚邊緣都泛黑了。角落裡有一個加裝鐵絲網的小籠子，將醫護人員和病人區隔開來，是一個不會受到攻擊的碉堡。

艾倫坐在角落的長凳上，兩隻手按著額頭，抹掉汗水。可惡，這下子他要怎麼找到他的房間？

「嗨！你好嗎？」

艾倫嚇了一跳，抬頭就看見一個瘦子，留著鬍子，眸色漆黑。

「嘿！你不就是那個有一大堆人格的傢伙，還上了電視跟報紙？」

他沒有回答。

艾倫點頭，忙著想出兩句話說。

「我是四十六號房——就在你隔壁。」那人說。

艾倫在心裡烙下四十五和四十七兩個號碼。那人坐到他的旁邊。

「我看過雜誌上還有電視上你畫的畫。」那人說。「你畫的風景和靜物真的很棒。我自己也會畫，可是比不上你畫得好，等你有時間的時候，說不定你可以給我一點指教。」

聽到時間兩字，艾倫忍不住微笑，卻不作聲。接下來幾分鐘，那人瞪著他，等他出聲，艾倫硬擠出一句話來：「好啊，可是我只畫人像欸。」

那人微笑，這次笑得比較溫暖。「兄弟，放輕鬆。很快就會適應這個鬼地方的。肥歐吉沒什麼好怕的，可是千萬別相信弗利克先生，禿頭的那一個。他最會拍當家老大的馬屁。我在這裡三年了，也不過才老了十歲。對了，我叫喬伊·梅森。」他眨眨眼，掉頭走了，還揮了揮手，要他放輕鬆。

艾倫捻熄香菸，也站起來去找牢房。四十七號裡的東西他一樣也不認得，所以他又去看了四十五號，錯不了，小櫃子上貼著比利母親、妹妹凱西、哥哥吉姆的照片。

他拉出夾在櫃子和馬桶間的紙袋，拿出幾樣個人物品。把幾封團縐的信撫平，一見收信人是二十二病房威廉·密利根先生，他才明白最近轉院了。他也不可能在A病房住了很久，因為喬伊·梅森才剛自我介紹。艾倫覺得好多了，在這裡他本來就應該誰也不認識。

有人重重敲他的房門，房門似乎也隨之震動。艾倫很小心地開門，立刻嚇得倒退，有個六呎九吋高的巨人把他的門口塞滿了。巨人大概有二百八十磅，兩條膀子有樹幹那麼粗，一臉的橫肉。從頭到腳都像殺人機器。

❶《變身女郎：西碧兒和她的十六個人格》（Sybil），為弗羅拉·麗塔·史萊柏所著，內容為治療多重人格患者西碧兒·多西特的實錄。

他一手拿著一個塑膠牛奶桶，裡頭裝著冰茶，另一手伸出來要跟艾倫握手。「嗨，我叫蓋伯。」「我是比利。」艾倫說，他的手讓巨掌一握完全看不見了。蓋伯的聲音倒是熟悉。喔，對了，午餐的時候那一聲「你去吃屎啦，歐吉！」除了他之外，還會有誰說這種話還能全身而退的。

蓋伯一頭金髮日漸稀疏，兩隻藍色眼睛，除了方正的下巴長滿鬍子，他的樣子倒比較像是希臘神話中的擎天神，而不是不懷好意的大巨人，似乎還挺友善的。

「你不會是刑事犯移監過來的吧。」蓋伯說，聲音輕柔親切。

艾倫聳聳肩。「我不知道是不是。」

「要是你不知道，那就不是了。我還在幫你擔心哩。A病房已經二十一個月沒有新的人進來了，意思就是我們這些移監的阿舍曼很快就要被送回原來的監牢了。」他好奇地看著艾倫，等他確認。

「我不是監獄轉送過來的。」艾倫說。

大巨人說到阿舍曼，艾倫就想起蓋瑞．史維卡有一次討論過俄亥俄刑法裡這一條短命的法規。法規允許犯罪矯正部將俄亥俄州各地的法院及監獄中的性侵案罪犯移送到利馬，判定罪犯是否有治癒的可能。蓋瑞說他們用了許多的電擊治療，許多犯人變成了植物人，有些甚至上吊自殺了。可是州政府後來廢除了這條法令，蓋瑞說是因為違反了憲法，州政府下令將阿舍曼法令移監的犯人交回矯治系統，可是心理健康局卻是能拖就拖。

「那你怎麼會進了利馬？」蓋伯問道。

「精神錯亂獲判無罪。」艾倫說。「我本來住在一家民營的醫院的，都是政客害得我轉送到這裡來。」

蓋伯點頭，喝了口冰茶。「別人都是拿玻璃杯喝水，可是對我來說杯子根本不夠看。來一點？」

艾倫咧嘴笑，卻拒絕了。

忽然從溫和巨人的後面傳來了高調門的聲音。「哎唷，大麋鹿，你把門口都堵死了啦！」一個小矮子從蓋伯的腋下鑽出來，說：「嗨……」

「這個小癟三叫巴比．史提。」蓋伯說。

如果說蓋伯是個大巨人，那巴比就是個小矮人，他就跟個老鼠一樣，兩隻褐色的小眼睛，黑髮毛茸茸的，牙齒倒是整齊，可是兩顆門牙突了出來，像獠牙。

「你哪裡來的？」巴比問道。

「哥倫布。」艾倫說。

「我另一個朋友理查也是那裡來的耶。」他說。「你認不認識理查．凱斯？」

艾倫搖頭。

蓋伯把巴比轉過去對著門。「讓密利根先生喘口氣，他又不是明天就要走了。」他看著艾倫，會意一笑。「我們這三十五個A病房的極端反社會分子，都會照顧我們自己人，」蓋伯說，「才不像二十二病房那些慢性病人呢。」

說完那兩人都走了。艾倫坐在床上，想搞懂這兩個怪傢伙。他們兩個人倒是挺友善的，而且也像隔壁病房的梅森，歡迎他也接納了他。A病房的智慧水平顯然是比二十二病房來得高，可是反社會分子是很危險的一群人，所以這裡的警備也會比較嚴謹。

「我才不是反社會人格呢。」艾倫大聲說，非常清楚這個名稱是暗指那些惡行重大，死性不改的罪犯。這一個說法也常用在死刑犯身上，檢方主張受審的兇手良知已泯，毫無人性，處罰也不足以讓他改過，所以應該處以極刑，以免他再度危害社會。

考爾醫師曾對比利解釋雖然他有心理疾病，可是他不像反社會人格，他還有良知，對他人也有感情。

所以他根本就不該在這個地方。

他或是湯米得找出逃走的方法才行。

艾倫躺到床上，踢掉鞋子。也許盯著天花板可以讓他鬆弛下來，釐清思緒。可是外頭的聲音太擾人了。又是說話聲，又是搬動家具，又是拖著腳走路。話聲混雜成低沉的吼叫，像是大賽過後的更衣室。他把床欄拿來當鼓打。

鑰匙叮噹響，他知道有個值班的人從走廊過來了，他趕緊停手。金屬撞擊聲越來越響，房外的動靜也一個一個靜了下來。鑰匙聲在他的門口倏然停住，艾倫這才明白一定是值班的把鑰匙握住了，他猛然坐起來，門也剛好打開，他得讓來人知道他時時提高警覺。

來人的身高和艾倫差不多，大約六呎，膚色深，油膩的黑頭髮梳得很整齊，額頭上還特意留下一綹頭髮。黃白色襯衫塞進寬鬆的灰色長褲裡，還是掩不住鬆垮垮的啤酒肚。長褲和光亮的黑皮鞋讓人聯想到警察。他約莫四十歲。

「密利根，」來人說，「我是山姆．盧梭里——你要叫我盧梭里先生。我知道你是誰，也知道他們是怎麼說你的。你在這裡可以很好過，也可以很難過，就看你聽不聽我的話了，懂了嗎？」

盧梭里的威脅口吻越來越重，竟觸動了艾倫過去一段不堪的往事，他盡量不讓淚水湧上來。

「我是這個單位的當家老大，我有我的家法。你乖乖聽我跟我手下的話，我就不會讓你難看。」說著，他微笑，很嚇人的一笑。「你總不會想要敬酒不吃吃罰酒吧，是不是？」

他可不是在問問題。

盧梭里轉身要出去，又回過頭來，敲著胸膛上的名牌，說：「可別忘了這個名字啊。」

當家老大走了之後，艾倫轉頭盯著鐵窗外陰沉的戶外。一想到他是由這個反社會人格的大老粗阿兵哥來管，他就沮喪。他想起了哈定醫師的警告：「暴力滋養暴力。」可是不靠以暴制暴，他要怎麼保護自己？

送上左臉給別人打只怕會害他下巴骨折，可是他現在也不能去沉睡。雷根可能會出來，接手一切，然後——正如考爾醫師在他轉院之前勸告他的話——他只怕會惹上更多的麻煩。考爾醫生教過他多重人格疾患是怎麼回事，也說明了害他始終陷於危險的因素就是為了求生而分裂意識。可是親切矮胖的考爾醫師還沒能讓他永久融合，教導他新的防禦機制，他們就把他從艾森斯心理健康中心帶走了。那就好像是他正打鼓打得熱烈，或是畫像畫得高興，他們就把他的雙手砍斷了。他們為什麼不等他好了再把他關到這裡來？他會盡量記住哈定醫師和考爾醫師教他的東西，可是他又覺得只怕是太遲了。

「我恨透了混沌期了，亞瑟。」他大聲低喃。「我的腦袋好像一家小雜貨店塞了太多東西，快塞爆了。我得退場，亞瑟。你聽到了嗎？我得退場。我出來太久了，覺得好糟糕，真的好糟糕。該換別人了，讓別人上場替代我。」

接著，老天垂憐，他腳下的土地裂開來，他躲進了逃生坑，進入了虛無。

就是因為混沌期，未融合的比利（有時稱為「比利U」）才會在無意間獲准出場。治療過多重人格異常知名病患西碧兒的柯內莉雅．魏伯醫師在富蘭克林郡立監獄喚醒了他，也是她第一個告訴比利其他人在八年前就讓他入睡，因為在一九七〇年他試圖自殺，此後他就像李伯❷一樣，一直沉睡到現在。

她跟比利說明了他是誰，還解釋他才是真正的比利，他母親生下的那個孩子。他是核心。

他很難相信，反倒認為是這位精神科醫師瘋了。

第一次的甦醒之後，他就時不時獲准出場接受治療，在哈定醫院裡跟後來在艾森斯心理健康中心。

可是自從移送到利馬之後，其他人就把他裹在繭裡，不讓他接觸在這些危險病房出沒的人。

*

現在比利U走出房間，環顧陌生的環境。每次我醒過來，總是有麻煩，每次我醒過來，就有人說我做了什麼壞事。

他真希望能見見瑪麗，她的信上說她好多了，不再需要考爾醫師的治療了。他希望瑪麗能來利馬看他，讓不好的感覺走開。

他聽見鑰匙的聲音越來越近，轉過頭看到兩名值班人進了交誼廳，矮的那個跟高的那個說：「卡爾，那個就是。」

卡爾說：「看有沒有人過來。」

矮的那個點點頭，立在交誼廳的門邊。卡爾朝他走過來，比利U看見棒球帽下他的頭髮又長又鬈。他一隻胳臂倚著牆壁，靠得很近，襯衫上有污漬，還散發汗臭。

天啊，千萬別讓他傷害我啊，比利U心裡想。

「密利根，我來跟你談件對你很重要的事情。」他張嘴笑，缺了的門牙讓他的笑看起來有點邪門。

「什麼事？」他盡量不要露出懼意。

微笑變成了怒目而視，聲音也陡然嚴肅。「你的健康。」

比利U往後退。「什麼意思？」

卡爾從褲子的後口袋抽出一把鋸斷的掃帚柄，抵著比利U的下巴，逼他貼著牆站。「你這種怪胎在這裡活不長，小混蛋，要是你想在這裡健健康康的，就需要一個卡爾．劉易士的監獄生命意外險。」他放低掃帚柄，在掌心裡敲。「誰知道哪個神經病哪天會走到你後面，拿椅子砸爛你的腦袋，或是拿自己磨的刀子割斷你的喉嚨，就因為他看你的長相不順眼。這些神經病為了一條糖果，什麼都幹得出來，說出來你都不信。只要你照規矩來，我能保證你

❷Rip van Winkle，美國知名作家華盛頓．歐文著作《李伯大夢》中的主角，在一次酒醉後醒來，發現已過了二十年，人事已非。

連一根寒毛都不少。」

「什、什麼規矩？」

「你是個下三濫的強暴犯，你的命根本不值錢。我知道你賣畫賣了不少錢，所以你得乖乖付錢。這個禮拜五前給我五十塊，我可不是在跟你鬧著玩啊。」他往地板吐口水，就吐在比利U腳邊，然後一轉身，帶著他的兄弟走了。

剩他一個人在交誼廳裡，比利U滑坐到地板上，兩條腿像麵條，抖個不停。他想自殺，就跟醫師跟他說他身體裡的一個人格對那三個女人做了禽獸不如的事時一樣。可是瑪麗說：「別死，比利。有一天你會還完虧欠社會的債。你會得到治療，然後你又可以完完整整、自由自在地過日子了。」

而且考爾醫師也說：「就照他們的規矩來，比利，活下去。」他真希望「老師」能回來。

他真希望瑪麗能來看他。

「我不是神經病。」他低聲說。「我沒有迷失，我還留了一點鬥志。」

四、布拉克索先生的手

1

「喔索拉米歐，他媽的鬼地方……喔索拉米歐，媽媽給我面子……」

A病房的淋浴間蒸汽瀰漫，只有及胸高的木板分隔開來，沒有多少隱私，而且不像二十二病房有蓮蓬頭，這裡是一根水管橫越天花板，水管開了一個個小洞，彷彿是有人拿霰彈槍亂射了一通。雖然水管到處亂噴，卻有三道大水流直接噴進三個隔間裡。

「費加洛……費他媽個洛……費加洛……」

巴比．史提在唱歌，這個次中音把淋濕了的毛茸茸的頭髮往後撥，倒讓他比艾倫第一次看見他的時候更像老鼠。巴比把淋浴間中央的排水孔用破布堵死了，地板淹水了，現在他又笑又唱，在深及腳踝的水裡踩水玩，活像是小孩在下雨天積水的水坑裡玩水。

艾倫進去淋浴室，撞見了他的水世界樂園，他抬頭看，馬上紅了臉，像是恥於讓人逮個正著。

「唉，比利……呃……」他說，手足無措，「你覺得這間瘋人院怎麼樣啊？」

「我是寧可換個別的地方的。」艾倫說，跨進另一個隔間，在身上打肥皂。

巴比臉上的紅潮退了，他越過隔板看，剛好露出脖子。「我看了很多你的新聞耶，你怎麼會給關到這裡來？」

「說來話長。」艾倫說。他知道巴比只是找話說。

巴比兩條手臂掛在隔板上，下巴靠著板子。「你坐過雷貝嫩監獄是不是？」

「對。」艾倫說，知道下一個問題是什麼了。

「比這裡好嗎？」

「好太多了。」艾倫說。「活動比較多，也更自由。我寧可在雷貝嫩關兩年，也不要在這裡待一年。」

巴比嘻嘻一笑，透著放心。「真是那樣就好了。我這個阿舍曼最後就會到那裡。」

艾倫倒是詫異。巴比實在不像是個強暴犯或反社會人格。

巴比問：「那裡有很多牢友雞姦別人嗎？我聽說有很多耶。」

艾倫這才明白巴比是害怕，因為他長得太矮小。「呃，那種事有倒是有，可是大部分的人被雞姦都是自找的。他們很可能聽到說他們是目標，因為他們年輕又瘦小，可是他們不聽人家勸……」

巴比擦掉眼睛裡的泡沫，瞇著眼。「勸什麼？」

「比方說吧，要是有人莫名其妙給你東西，千萬別拿。表面上看來是很友善的舉動，其實是有什麼動機的。」

「我不懂。」

「這麼說吧，有個你不認識的人不知道從哪兒冒出來，跟你搭訕，看起來好像是個很和氣的人，然後他送你幾條糖或是一包菸。你要是收了，就欠了他——而且欠的可不是糖或是香菸。你欠了他一個人情——很私人的人情——像是性交。或者像有兩個你完全不熟的傢伙走過來，要你偷溜到一邊跟他們呼大麻，你最後的下場可能是等你吸到茫以後還得幫別人吹喇叭。」

巴比的眼睛瞪得老大。

「還有人多的地方別去。要是有一道人牆，每個人都覺得能有甜頭嘗嘗，就算二十呎外就有獄卒，你也可能會被雞姦。」艾倫想到那個叫比利U花五十元買人身安全的看護。「還有一件事……要是你被誰牽連，打了一場完全沒道理的架，然後那個人又說要保護你，你要叫他滾一邊去。他就是那個陷害你的人。要自保的話，你得跟他性交。我相信等你到了監獄，自然會知道什麼該做什麼不該做。」

巴比走出隔間，臂上圍著毛巾。「我有這個保護。」他說，露著牙齒笑。他伸手觸及他身旁的肥皂盒，抽出了一把藍色牙刷。艾倫看見塑膠把上嵌了刀片，很是愕然，隨即想起了他第一次在牢裡做武器的事，他叫它「平衡桿」。

看巴比臉上大大的笑容就知道他鐵定會用。他用舌頭舔刀片，走出去的時候眼睛裡閃動著奇特的光芒，而且兩眼一直盯著艾倫。

是什麼樣的環境造就出這種人來？艾倫不由得納悶。熱水沖擊他的背，溫暖了他的內在。前一分鐘巴比還是踩水玩的孩子，下一分鐘他就搖身一變，成了冷血殺手。

這下子他知道巴比為什麼是阿舍曼了。

艾倫蹙著眉。他轉變成大衛或是丹尼，或者比利U轉變成張狂的雷根的時候，外人看他只怕也會有同樣的疑問。

要是巴比．史提……？

艾倫撇開不想。巴比不是一個健康的人，可是他絕對沒有多重人格。

2

早餐過後，意識清楚的病人坐在交誼廳的一區，那些活死人跟自閉的人漫無目的亂晃。幾名值班人員圍坐在中央圈子裡的桌子邊，大吹昨夜喝了多少、睡了多少妓女。胖歐吉和禿頭弗利克巡視A病房的兩條走廊，不管一名重度下藥的病人倒在角落裡大吐特吐。

當家老大盧梭里開始分派人手去巡查病房的其他區域，順便把幾組病人叫出來，到職業治療部值班。

巴比．史提反戴著藍色棒球帽，兩腳蹺在一張木桌上，坐著看一本過時不知多久的雜誌。肚子上放著電晶體收音機，耳朵塞著有白色電線的耳機，一面大嚼口香糖。

四十六號房的大鬍子畫家喬伊．梅森跟另一名病人在下棋。

艾倫第五次的單人紙牌遊戲又要輸了。

大巨人蓋伯．米勒躺在地上，一個比巴比還要瘦小的年輕男人坐在木椅上，而木椅則放在蓋伯的胸膛上。蓋伯連椅帶人往上舉，而這個充當啞鈴的年輕人顯然有暈動症。

「放理查下來，」巴比說，「免得他暈了。」

蓋伯輕輕放低椅子，理查跳了下來，快步走到巴比身邊，嘆了幾口氣，一句話也沒說。

巴比說：「好，順便幫我弄點咖啡來。」他似乎是在回答理查沒說出口的問題。

理查微笑，跑出了交誼廳。

艾倫皺眉看著這種第六感溝通。「他要幹嘛？」

「喝酷雷果汁。」

「你怎麼知道？他又沒說話。」

「他不用說。」巴比說，似笑非笑。「理查．凱斯太害羞太內向了，又沒安全感，他怕別人會覺得他是害蟲，拒絕他。看他的表情你就會知道他要什麼，可是我偶爾會想辦法讓他說說話。」

「對，我注意到了。」艾倫說。

「理查幫蓋伯運動，所以我要獎勵他。他需要跟別人互動。」

「所以你像是大哥哥。你覺得這樣子好嗎？你不是很快就要去坐牢了？」

「我知道。」巴比說，難過地看地下。「我一定會很想念這個小不點的。我希望我走了以後你能幫我看著他，比利。他好像滿喜歡你的……別讓別人欺負他。」

「我會盡量。」艾倫說，抄起他第六手輸掉的牌。

理查讓艾倫想起了安靜退縮的瑪麗，也讓他想起設法讓她開口，鼓勵她走出憂鬱的那段時光。他希望瑪麗會來看他，可是利馬距離艾森斯很遠，她得換好幾趟車，光是到這裡就得要坐一天的車子。他知道如果是他要求，瑪麗會來，可是他不要讓她辛苦這一趟。

他拿出瑪麗的信，信是在床底下找到的。不知道是誰拆開過，那個人八成是以為有權看別人的信。一看到瑪麗小小的筆跡就讓艾倫想起她——她的退縮——彷彿是想把字藏起來，不讓刻薄的世界看到。

他拿了鉛筆和紙，寫下：「我想妳，瑪麗，希望妳能來看我，可是我知道我再也見不到妳了。我覺得妳最好不要過來，別人會知道我喜歡妳，我怕像妳跟我妹妹跟我媽這樣的人會被別人利用，用來報復我，我受不了這樣的事。」

他剛把信封好，就聽到胖歐吉大吼：「羅根！密利根！凱斯！梅森！史提！霍普維！布拉克索！還有布瑞德利！到圈子前面來！吃中午的藥！」

意識清楚的先服藥。然後弗利克會把活死人跟自閉的一個一個揪出來。艾倫受不了使得安靜，決定該叫別人出場吃藥了。他眨眨眼，於是……

＊

湯米發現自己慢慢走在隊伍裡，朝圈子前進，巴比跟理查跟在他後面。

「——最恨他們那種鬼玩意了。」巴比在說。「第一次吃的時候，我的舌頭都腫了，眼睛也花了，腦袋像裝了棉花。我氣死了，最後他們又給我抗膽激素治副作用。」巴比拍了拍理查。「他的藥是煩寧。普普通通的綠藥丸。」

原來如此，湯米心裡想。服藥時間到了。打死也不吃。他想退場，可是沒法子，其他的存在都堵死了，沒有人要吃這個鬼玩意。那為什麼他就要吃？

巴比跟理查踏入圈子，站在他旁邊，三個人排成一排，站在護理站前。

五十五歲的古蘭迪太太戴著淚滴形的眼鏡，鏡框上緣還閃閃發光。眼鏡是應該用一條絞花鍊子扣住，垂在脖子底下的，可是她不閱讀的時候卻把眼鏡戴在鼻梁的一半上。有兩個值班人分別立在半開的上下二段式門兩邊，她分配藥物，給病人一小紙杯水，一言不發，看病人的眼光活像他們都很髒。湯米覺得她的表情就像咬了一口大便三明治一樣。

突然一個三十好幾的瘦子大喊：「不要！我受不了了，古蘭迪太太！那個藥害我軟趴趴的，我不能動，不能思考，我會發瘋！」

這個流口水的傢伙差不多就是活死人了，湯米心裡想，而且他們就打算讓他保持這副德行。那人跪下來，哭得跟個孩子似的。古蘭迪太太給胖歐吉使了個眼色，他默然聽命，走到那人後面，把他的一條胳臂往後扭，揪住他的頭髮。禿頭弗利克站到他們兩個和病人隊伍之間，做怒目金剛狀，像是看誰有膽子敢動。

古蘭迪太太從半開的門走出來，並沒關門，準備一有狀況就退回去。「布拉克索先生，你可以乖乖自己吃藥，也可以讓我來硬的，你選哪一個？」

布拉克索抬頭看她，眼睛下有黑眼圈。「這種藥會要我的命，妳看不出來嗎，古蘭迪太太？」

「你有五秒鐘可以作決定。」

布拉克索先生緩緩伸出手，歐吉放開了他的頭髮，仍扭著他的手，把他揪起來，檢查他的嘴巴。

「母狗。」巴比壓低聲音喃喃罵，可是等古蘭迪太太處理完布拉克索之後，他還是乖乖上前服藥，再轉身面對歐吉。

「張開嘴！」胖歐吉命令道。「舌頭伸出來！」

理查．凱斯也照做，湯米很仔細地觀察，理查把杯子壓扁，丟進快滿了的綠色垃圾桶。

湯米頓時有了主意。輪到他了，他把藥丸丟進嘴裡，立刻用舌頭推到一邊，再仰著杯子喝水，把水吞下肚，趁機把藥丸吐進杯子裡，立刻團成一個球，讓歐吉檢查他的嘴巴。

耶，他逃過了！他騙過他們一次了！

他彎腰去丟杯子，仍然因勝利而興高采烈，卻有一隻手從後面伸出來抓住他的手腕。

盧梭里先生朝他咧嘴而笑，把杯子恢復原狀。

當場活逮！

盧梭里猛拍了湯米的側臉，把他的頭髮往後扯，逼他吞下了潮濕的藥丸，而且沒給他水。湯米穿過圈子往交誼廳走，耳朵還嗡嗡直響，味蕾上還殘留著藥物的辛辣。

巴比走過來，臉上掛著尷尬的笑容。「我應該先警告你的，那種把戲騙不過盧梭里的眼睛。有他在附近，你根本做不了手腳，比利。他沒有外表看起來那麼笨，別看他笨笨的……」

「那可不見得。」湯米說。「我還有好幾招呢。」可是湯米知道自己是一點主意也沒有——他只是希望有。

只有刷牙能減輕舌頭的苦澀感。湯米拿著塗滿了牙膏的牙刷，走之字暈穿過晃來晃去的活死人，到淋浴間隔壁的水槽室。

冷水總是會害他的牙齦劇痛，因為他的臼齒很敏感，可是就是沒辦法弄到溫水，水不是太冰就是滾燙。熱水會把牙膏融化，連送進嘴裡都來不及。下定決心要把恐怖的味道洗掉，他用冷水刷牙。

水槽上方的錫鏡幾秒鐘就起霧了，所以他拿袖子以畫圓的動作擦拭，鏡面裡還有另一張臉，嚇了他一跳。布拉克索先生站在他後面，眼神呆滯，沒刮鬍子的下巴往下垮，口水從嘴角流出來，湯米猜這個衰弱的人根本沒看到他，因為服藥後恍恍惚惚的，他們的抗精神病藥物就是會有這種後果。湯米知道這個人的靈魂出竅了，所以讓開了。

布拉克索先生打開了滾燙的熱水，好像動作是先設定好的。他把右手伸到滾燙的熱水下，眼都不眨，也完全沒有縮手，彷佛什麼感覺都沒有了。

湯米向後退。「你的手要燙熟了！」

然後布拉克索把半熟的手放進嘴巴，喀嚓一聲咬下了食指，鮮血噴了他一臉。

湯米大聲驚叫：「救命啊！喔，我的天，我的天，快來救命啊！」

布拉克索張口又咬，這次是咬食指指節，扯斷肌腱，鮮血從他的下巴滴落。

湯米的胸膛劇烈起伏，突然一陣痙攣，嘔吐物從口鼻噴出來，痛得他跪在地上。這時又看到一根沒有皮的指骨掉到地上，他昏了過去……

湯米睜開眼睛，看見是理查拿冰冷的布在幫他擦臉，什麼話也沒說，只是同情地看著他。巴比在清理血跡四濺的牆壁和水槽。布拉克索先生不見了。巴比跟他說蓋伯聽見了他尖叫，跑了過來。大巨人的反應很快，一把攫住布拉克索的手腕，像止血帶一樣緊，把他拖去了護理站。湯米那一叫可能救了布拉克索先生的命，否則他一定會失血過多而死。

盧梭里先生進來水槽室，還帶著左右護法弗利克跟歐吉。他四下掃了一圈，邪邪一笑。「密利根先生，還喜歡你這個永久的家嗎？」

3

幾天之後，交誼廳中悄然無聲，忽然小理查．凱斯跑了進來，眼神很慌亂，他一把揪住巴比的汗衫，發瘋似地扯，想說話，卻結結巴巴說不出來。

巴比掏出了刀子，跳起來護衛他。

「冷靜點，理查。」艾倫說。「別緊張……」

察看了走廊，並沒有什麼動靜，巴比就又把刀子藏回襪子裡。「怎麼啦，小伙子？慢慢說。」

理查還是結結巴巴的，最後艾倫喊了：「停！」理查真的停了下來，興奮地喘氣。

「好，慢慢地呼吸，深呼吸。對了……放鬆……好，現在告訴我們是怎麼回事。」

「醫、醫生說、說我、我可以回、回家了！」

巴比跟艾倫對視一眼，露出笑容。「好極了，理查！」兩人樂得擊掌。

「你什麼時候走？」巴比像個驕傲的父親。

「我兩、兩個禮拜後出、出庭，米、米爾基醫生說他、他會跟法、法官說我沒有危險，我就、就可以回家了。」理查握緊雙手，看著天花板。「謝謝祢，上帝，」他低聲說，「我終、終於可以休息了。」然後他東看西看，一臉尷尬，又飄回幾乎無聲的世界，表情也變得茫然。

巴比說：「這可值得好好慶祝一下。我看你去喝點酷雷果汁，再到我房裡把收音機拿來。」

理查歡喜地點頭，走了。

「他為什麼會進來？」艾倫問道。「理查看起來就跟個溫和的孩子一樣啊。」

「他是個媽媽的乖寶寶，」巴比說，「把媽媽看得比自己的命還重要。有一天晚上他回家，看見他爸爸喝醉了倒在地上，而他媽媽被一把大榔頭打死了。他就跟被人家把心剜出來一樣。他的老頭坐了牢，可是理查的心神整個亂了，除了報仇以外什麼念頭都沒有。所以有一天他走進了一家便利商店，掏槍要大家拿出錢來，然後就坐在店前面等警察來抓。可憐的孩子，還以為會被關到跟他老頭同一間監獄裡，那他就能宰了那個混蛋。可是法院發現他腦子裡轉的是這個念頭，就把他送到這裡來了。他才十九歲……」

「那你自己呢？」

巴比的眼神變得冰冷，艾倫知道他問錯話了。

「我會在這裡是因為我星期天都上教堂……」

巴比看到理查拿著酷雷果汁跟收音機回來，就住口不說了。他伸手去拿收音機，可是理查往後縮，好像是在保護收音機。

「你要、要先說什麼？」理查問。

「謝謝你，理查。」巴比很有涵養地說。

理查露出燦爛的笑容，把收音機給他。

「就一般性的慶祝來說，酷雷果汁就夠了，」巴比說，「但我真的希望能有口味更重的東西，來慶祝你出院。」

「給我一個禮拜，看我能弄出什麼來。」艾倫說。

「什麼意思？」巴比問。

「釀造學。」

「釀什麼？」

「釀造——發酵。」艾倫說。

巴比還是摸不著頭腦。

「造酒。」艾倫說。「烈酒……私酒……」

疑惑的表情漸漸消失了。「你會？」

「在雷貝嫩監獄學到的。」艾倫說。「犯人管它叫克難酒。可是首先我得先想出辦法來弄到材料。給我時間想想。現在呢，我會拿出一點夾心蛋糕來配你的酷雷果汁，我們來慶祝理查的好消息。」

理查微笑。不用多費勁就能讓他高興了。

五、遺失的時光

1

當天下午，胖歐吉的聲音在走廊裡隆隆響。「密利根！向護理站報到！」

艾倫走近圈子，盧梭里用大拇指朝肩膀後一指，指著護士房。艾倫就穿過半開的門。古蘭迪太太拿著病歷表，她旁邊有個大胖子坐在她的辦公桌後，兩道濃眉就跟油膩膩的頭髮一樣烏黑，正在吃潛艇堡，美乃滋順著層層的肥肉往下流，滴在好幾層的下巴上。

「這是佛瑞克．米爾基醫生，你的主治醫師。」

米爾基醫生用食指把最後一口潛艇堡推進嘴裡，還翹著小指頭，嘴唇咂叭咂叭響，然後再用小指頭把塑膠框雙焦眼鏡推回鼻梁上。

「坐，密利根先生。」他嘴裡還有食物，說話含糊不清。「密利根先生，我先聲明，我是海內外最頂尖的精神科醫師。」

米爾基以棕色紙巾擦嘴。「你信不信？隨便你去問，答案都一樣。」

他摘下眼鏡，用一張十元紙幣擦拭，隨即俯視面前的檔案。「嗯，密利根先生，你是為什麼會來這裡呢？啊，有了……」他的表情轉為迷惑。「七七年犯的罪，之後你住過哈定醫院跟艾森斯心理健康中心，都這麼久了，幹嘛又把你送過來？」

*

艾倫沒打算解釋。只要有一點常識的人就能看懂他的病歷，知道是為什麼理由把他移送過來。這個胖子讓他很惱火。在利馬住了近三週，又服用使得安靜和三環抗鬱劑這些藥，他快跟布拉克索先生一樣變成行屍走肉了，而這個天下最頂尖的醫師竟然還要問他怎麼會送到這裡來。

當然，他考慮該不該謹小慎微，可是依他的判斷表現出一副自以為是的樣子反倒可能讓他早點擺脫這種緊繃的情況。反正他還怕什麼？他相信這裡的主管林德納醫生會竭盡所能關他一輩子。

「我從艾森斯移送過來，」他冷冷道，「是因為他們的客房服務太差勁了，所以我要求轉院，而且我也聽說你們這兒有很棒的法國廚師。」

米爾基咯咯笑，肥肉亂顫。「密利根先生，我不知道他們為什麼把你送來這裡，我才不管你是不是多重人格什麼的。我的職責只是判定你對自己或對別人有沒有危險。」

艾倫點頭。

米爾基臉上的笑意一斂。「我來問你幾個問題。今天幾號？」

「一九七九年十月三十。」

「說出五個二十世紀的總統。」

「卡特、福特、尼克森、甘迺迪、艾森豪。」

「答快一點，」醫生挑激道，「希臘的首都？」

「雅典，」艾倫立時回答，也立刻反問：「換我來問你，印度的首都？」

「新德里。」米爾基答。「我的地理知識可不是蓋的。古巴首都？」

「哈瓦那。我也不是蓋的。加拿大呢？」

「渥太華。」米爾基答道。「巴基斯坦？」

「伊斯蘭馬巴德。挪威的首都？」

「奧斯陸。」米爾基說。「尼泊爾？」

「加德滿都。」艾倫說。

又問了幾題之後，艾倫終於扳倒了海內外最頂尖的精神科醫師。他問的是甘比亞。

胖醫生臉上一紅，說：「好了、好了，密利根先生，沒必要繼續這種考試了。我完全沒發現什麼精神變態或是無行為能力的徵兆，我會跟法院說你不該在這裡，可以讓你回艾森斯心理健康中心，而且我也要把你的藥全部停掉。」

艾倫在凳子上蠕動。今天他跟理查都鴻運當頭，而且他恨不得趕快跟理查說，所以他擠出一句話：「沒事了嗎？」

「就等你告訴我甘比亞的首都是哪裡了。」

「對不起，醫生，我也不知道。」艾倫說，一面朝門口走，咧著嘴笑，很得意唬住了醫生。

「看來你是將計就計，反而將了我一軍。」米爾基說。

艾倫轉身對著門。「凡事本來就是有輸有贏嘛。」

「我不想在你興頭上潑你冷水，密利根先生，可是甘比亞的首都是盧沙卡。」

艾倫回到房間，覺得像洩了氣的皮球。

可是，他還是對結果很滿意。他的律師會很高興看到米爾基醫生在病歷表上寫下的內容。

他打電話給亞藍．果斯貝里，要他千萬記得要在十一月三日的複審上傳喚米爾基。他讓米爾基醫生知道他了解世界，而且現在他還立在世界的頂端。

這可真值得大肆慶祝，該認真想想釀酒的事了……

2

停止服用使得安靜的初期，讓艾倫覺得疲倦口乾，藥效從生理系統排出的那段期間，也發現睡得不好。熬過之後，幾週來頭一次，他有了生氣勃勃的感覺。被使得安靜壓抑住的感官也恢復了靈敏，他知道雨下了三天，可是今天早晨他還是第一次發覺雨打在窗戶上聲音有多大。

眼花撩亂的他透過鐵絲網和鐵窗往外看，讓寧馨的雨催眠了。由破敗的窗縫滲進來的雨氣非常清新潔淨。他覺得活力十足。離開艾森斯中心之後第一次，他覺得自己是實實在在地活著。

他用梳子梳頭，拿著肥皂、牙刷、毛巾離開了牢房，準備在早餐前盥洗一下。一進水槽室就聽見巴比的聲音，他在命令理查把耳朵後面也洗一洗。

「早啊。」艾倫說。

巴比遞給他一把刮鬍刀（刮鬍刀都是鎖住的）。「這把是新的。趁他們幫那些活死人刮鬍子以前先用，他們一個刀片起碼要刮上三十個人。」

「我有個計畫。」艾倫說。

「要逃獄嗎？」

「不是，是弄點像樣的東西來喝。」

巴比四下掃了一遍，確定沒有人偷聽。「要我們做什麼？」

「首先我們需要材料。從麵包開始。趁吃飯的時候能拿多少就拿多少，然後帶回病房裡。」

「要麵包幹什麼？」巴比問道。

「做酵母啊，大哥，發酵用的。再從餐廳弄果汁跟糖來，把酵母加進去，噠啦——克難酒完成了！也可以說是私酒，在牢裡我們都這麼叫。」

「吃飯了！排隊吃飯！」值班人大聲吆喝。

吃飯的隊伍慢吞吞蹭過千呎隧道到了廚房，頭頂上蒸汽管嘶嘶響。餐廳擺滿了七十五張四人桌，椅子的底座都固定在地板上，食物放在有蒸汽的桌上保溫。體型龐大的老女人負責打菜，餐盤是塑膠的，只供應湯匙。

早餐有燕麥、白煮蛋、奶油麵包、牛奶、一個保麗龍杯中的柳橙汁。麵包統由一個人分配，所以艾倫悄悄交代巴比，巴比再傳話給理查，拿得越多越好，但是別引起懷疑。

加上蓋伯他們這一桌就坐滿了。大巨人的盤子裡裝的都是雙份，他悶不吭聲，只忙著把食物鏟進嘴裡。只有一次他的湯匙停在半空中——他的三個同伴趁值班人不注意的時候把麵包偷偷塞進襯衫裡。他皺著眉頭，可是什麼也沒說，又自顧自吃了起來。

巴比低聲說：「比利，我們要怎麼把果汁弄回去？倒進口袋裡嗎？」

「不是，我不要柳橙汁，我比較喜歡午餐的葡萄汁，而且我想出了一個辦法了。」

蓋伯的眉頭又皺了起來。「好吧！」他低聲說。「把麵包偷塞到襯衫裡？現在又要偷果汁？可惡，你們到底在打什麼鬼主意？」

「這個嘛，巨人大哥，」艾倫說，又把一片麵包塞進襯衫裡，「我們打算做酒。」

「你拿麵包跟果汁就做得出酒來？」

對。你就幫忙把麵包帶回病房。運氣好的話，下個星期六我們就有酒了，夠把每個清醒的人都灌醉。」

「是不是在牢裡做的那種穿腸毒藥？」

「差不多，雖然不是摩根大衛❸，但也勉強可以了。」

回到病房，他們把一條多的麵包藏在艾倫的櫃子最底層。

蓋伯坐在馬桶上，兩腳蹬著床尾板，雙手抱著後腦勺。理查靜靜坐著，心滿意足啜著酷雷果汁，巴比和艾倫則喝著咖啡。

「好了，大教授，」巴比說，「我們到底要怎麼樣把果汁帶回來？」

「從護理站偷點導尿袋來，那個夠堅固。」

蓋伯一臉茫然。「導尿袋是什麼鬼玩意？」

❸Mogen David，美國知名紅酒品牌。

「就是小便袋啦，笨蛋。」巴比說。「知不知道那個門上面有綠標籤的老頭子？就跟他那個一樣。」

蓋伯一臉的噁心。

「不用怕。」艾倫說。「那些都是消毒過的，我才不碰用過的哩。」

「我懂了。」巴比喘著氣說。「漂亮。我們把袋子藏在襯衫底下，用袋子裝果汁。」

「現在該來想想怎麼樣偷到袋子了。」艾倫說。

「這個交給我吧。」蓋伯說，站起來就朝門口走。「吃中飯以前我就會弄到手。」

「那麼最難的工作就完成了。」艾倫說。

理查吃吃笑。

巴比搔了搔鼻子。「最好會成功。在這裡窩囊了那麼久，是該喝一杯了。」

＊

巴比跟艾倫下棋一直下到吃午飯。棋盤放在床上，搖搖晃晃的，他們就湊和著下了。理查碰碰巴比的手肘，請求再去拿一點酷雷果汁，請求照准。

理查一走出聽力範圍之外，他們兩人就討論起巴比移送到監獄之前，該怎麼幫理查心理建設。巴比同意艾倫的看法，理查應該要單飛——丟出巢外靠他自己飛行——可是他要等適當的時機。他說等到理查的複審庭開過之後比較好，他從法院回醫院以後得花上幾個星期的時間來準備送他回家的事。知道要回家了應該能夠緩和一下巴比即將入獄的衝擊。然後就換別人來留意理查，巴比說，因為理查是個很討人喜歡的人。

理查拿著酷雷果汁回來了，坐在巴比腳邊，看他們下棋。

十一點五十分，蓋伯進了病房門。「快吃飯了，各位。」他說，從襯衫底下拉出三個導尿袋，笑得很淘氣。

「你是怎麼弄到的？」巴比問道。

「你管那麼多幹什麼，反正我弄來了就是了。」

「太完美了。」艾倫說。

「那還等什麼，動手吧！」蓋伯說。

艾倫把袋子塞進襯衫底下，巴比跟蓋伯也一樣。理查鼓著掌，眉飛色舞。

「吃飯！」交誼廳那邊傳來吼聲。

四人去排隊，艾倫心裡忽然一陣刺痛，想到他這是在拿自己的複審庭開玩笑，可是也不明白自己幹嘛要冒這個風險。艾森斯中心的考爾醫生就老是說他這個人就是有不信邪的壞毛病……

*

「首先我們把麵包撕成一小片。」艾倫說。這時他們已經吃完午飯了，四個人都聚在他的房間裡。

巴比幫忙撕麵包，理查很仔細地看著。蓋伯則在門口把風。

「再來，把麵包塞進牛奶瓶裡。」艾倫說。「然後把一整包糖加進去。麵包裡面有酵母，等糖跟酵母、葡萄汁混和了，就會發酵，產生壓力。發得越好，酒精度就越高。就跟穀物做酒一樣——像玉米威士忌——」

「瓶子裡有壓力？」蓋伯問道。「那牛奶瓶不會炸掉？」

「放心好了。」艾倫說，從櫃子裡拉出一隻膠皮手套。「我從垃圾裡面撿來的，洗乾淨了。」他用橡皮筋套住手套的腕部，蓋住瓶口。「手套會充滿空氣，可是還是可以讓我們的美酒有足夠的壓力。」

巴比拉了拉手套的五指。「可以多加一點果汁進去嗎？」

「當然可以，而且還非加不可。」艾倫說。「現在要找個地方把這玩意藏起來，然後就讓它自己發酵了。大概要八天，這八天裡我們輪流來把手套裡的壓力放掉。」

「藏哪兒呢？」蓋伯問道。

艾倫眨眨眼。「我覺得最安全的地方就是值班人的籠子那邊，交誼廳的南邊。我們等換大夜班再去藏。」

巴比吹了聲口哨。「就在他們的鼻子底下。」

「不對。」艾倫說。「是在他們的鼻子上面，而且交誼廳裡什麼味道都有，他們絕對聞不到。」

3

密利根移送到利馬的前一天，俄亥俄州立大學的《明燈報》學生記者蘇珊．普蘭提斯找出了維安漏洞，溜進了開放病房。那時是混沌期，她和比利U說上了話。

密利根轉院之後，她寫信給他，說世人會怕他是因為對不知道的事物感到畏懼，因為大家不了解他。在見過密利根之前，她也害怕，她寫道，可是一見到了他，她的恐懼就消失了。她在信上說她覺得密利根是個溫暖友善的人，而她對自己的成見感到慚愧。她指出記者總是為弱者發聲，可是誰也不知道該怎麼處理像他這樣的人。

比利U同意她的要求，讓她做後續報導，可是一九七九年十月二十三日那天他卻沒能見到她，因為亞瑟不放心讓他和媒體交談。於是等蘇珊到了，受訪的是艾倫，等比利U回來，她正走出會客室，揮手道別。比利U發現艾倫的香菸叼在他嘴上，差點噎死。這樣不對。亞瑟定的規矩是艾倫必須在退場的時候把菸捻熄。從堆滿菸蒂的菸灰缸看得出艾倫跟蘇珊談了許久。

比利U回到病房，吃了一驚，卡爾．劉易士站在他的病房中央，地上丟滿了衣物和清潔用品，床上撒滿了爽身粉，牙膏也都擠了出來。

「王八蛋，我的錢呢？」劉易士說，牙齒還會漏風。

「我說過我會付錢。」比利U哀聲道。「用不著這樣子啊，今天早晨你站在我背後時，我不就跟律師說謊，說舊收音機壞掉了，要他給你一百塊幫我買新的嗎？」

「今天早上？你小子在唬誰？那都是三天前的事了，錢到現在還沒匯進西聯匯款戶頭裡。」

「我會再給他電話。我的律師總不能一聽到我要錢就跑出去領吧。明天一定有。」

劉易士冷笑著走出了病房。「最好是、最好是。」

比利U聽得懂他的威脅。他見過其他病人的先例，知道如果不給錢，他就會掛彩。雖然移送到這裡之後他並沒有和亞瑟或是雷根、艾倫有直接的心理接觸，可是他知道他們回來了。他看過筆記，潦草陌生的筆跡。別人常說他做過什麼事或說過什麼話，可是他完全記不得，而且他連時間也忘了，不是幾分鐘幾小時，而是——他這時明白了，劉易士的話讓他明白的——是幾天，他覺得羞愧。

突然，他聽到外頭有人群吵鬧。他跑到窗前，看見院子裡有上百個囚犯在揮舞棍子，有的戴頭巾遮住了臉。不敢相信自己的眼睛，他跑出房間，大喊：「暴動！有暴動！」

卡爾．劉易士像看什麼噁心的東西一樣看著他。「小王八蛋……」

「我看見了，在外面！他們占領庭院了！你傷不了我！等他們占據了這裡，輪到你倒楣了。」

劉易士搖頭。「你想得美……他們是在這裡拍電影，你沒聽說嗎？」

「拍電影？」

「是啊，電視要播的。他們借利馬醫院，因為很像阿提卡監獄。」

比利U難過地搖頭，回到房間，看著窗外。他早該知道，不可能有這麼好的事。這個世界上根本就沒有正義。

六、獄中私釀的嘶嘶聲

1

蘇珊．普蘭提斯的訪問刊登在俄亥俄州立大學《明燈報》的頭版上（一九七九年十一月六日星期二），搶先了艾森斯、哥倫布、岱頓的各家報紙：

密利根指控治療不足

「我知道我需要醫治，如果我想要走出這裡，走入社會，做一個有用的人，我一定需要醫治。」

知名的多重人格專家柯內莉雅．魏伯醫師曾治療過密利根……她說密利根在十月四日從艾森斯心理健康中心轉院到利馬之後就不曾得到治療……

魏伯說林德納認為密利根是反社會人格，並且患有精神分裂症……

魏伯口中的利馬醫院是「地獄」，她也說密利根得不到適當的治療……除非政客不再為了自己的利益而利用他；她也說希望能將他轉送回艾森斯中心。

密利根說：「我犯了罪。我現在知道了……我很羞愧。我有相當長一段時間必須懷著這麼多的罪惡感過日子，只有這一個辦法。『我是該痊癒，還是就這麼腐爛而死。』」……

雷根很氣艾倫，氣他跟媒體承認犯了別的罪，可是亞瑟說年輕的女記者寫了篇很正面的報導。艾倫倒是對她引用的話很著惱。「她把我寫得像個他媽的軟腳蝦——只會自憐自艾。」

可是比利U喜歡這篇文章。如果他更有勇氣，如果他像艾倫那麼伶牙俐齒，他可能也會說出同樣的話。

利馬治療小組跟心理健康局的官員卻是氣得跳腳。

而蘇珊．普蘭提斯也因為這篇報導得到《哥倫布公民記事報》的青睞，畢業以後進了這家報社擔任記者。她跟其他想訪問密利根的記者不一樣，她不管什麼時候想訪問他，幾乎沒有不如願的時候，而且比利U也會不時就打電話給她，提供她故事。

2

比利U還在納悶，在床上找到的剪報是哪裡來的，突然有人敲門，抬頭一看，只見巴比走了進來。理查跟在後面，拎著籠子，裡頭關了兩隻沙鼠。

「說吧。」巴比跟理查說，哄他開口。「說啊，跟他說啊。」

理查往後縮，搖搖頭，還是得巴比幫他開口。「理查這幾天就要去開複審庭了，他的社工很快就會過來把他的沙鼠送到寵物宿舍去。出庭的人或者是要請假幾天的人都是這樣的，可是大部分的人拿回來的寵物都不一樣了，因為寵物治療單位會讓你再重新排隊。我已經有四隻了，被抓到超過四隻，他們就會全部沒收。理查說他信任你，知道你會餵牠們，跟牠們說話，免得牠們產生了什麼負面情緒。」

比利U聽不懂什麼情緒不情緒的，卻察覺到巴比是想讓理查放心，所以說：「我會用生命來保護牠們，確保牠們吃得飽、睡得好。」

理查指著較大的一隻。「牠是西格蒙，另一隻是佛洛伊德。你跟西格蒙說話牠會回答。看，西格蒙，來見見比利。」

沙鼠坐了起來，還吱吱叫。

比利U很詫異。還真的哩，好像理查真能跟這隻小鼠輩溝通一樣。理查把沙鼠從籠子裡放出來，擺在比利的肩膀上。「讓牠們認識你一下，聞一聞。牠們不會咬人。」

沙鼠在比利U的肩膀上爬來爬去，又爬進他的頭髮裡，甚至還嗅了他的耳朵。西格蒙爬出來站在比利U的肩膀上，吱吱叫，彷彿是認可了，佛洛伊德就比較冷淡。感覺很好笑，可是卻是千真萬確的。

理查拍拍牠們道別。「要乖喔，你們兩個。我明天來看你們。」

巴比把他的朋友拉走。「不要再瞎操心了，交給比利不會有事的。」

3

日子變得一成不變，在利馬住久了也漸漸麻痺了。

理查要出庭的前天早晨，交誼廳的氣氛就跟早晨一樣的枯燥苦悶。蓋伯在做單手伏地挺身，做到第二十四下了，理查仍像馴馬牛仔一樣騎在他身上。巴比坐在他們面前地上，而艾倫則坐在椅子上看一本過期兩年了的《新聞週刊》。

巴比突然抬頭，壓低聲音，仍掩不住興奮。「喂，兄弟，酒應該好了吧。」

蓋伯動作不停，說：「我們什麼時候喝啊？」

巴比等著艾倫回答。

「最好是在第二班換班以前把瓶子拿出來，帶回房間裡，等晚飯過了再喝。」艾倫說。「可不能提早，免得我們東倒西歪，給逮個正著。從圈子桌走兩千八百一十三步到餐廳，就是藏酒的地方。」

「你怎麼知道？」

「我算過步伐了，怕會忘記。而且，若要你們這些人走直線，連一半的距離都走不到。」

蓋伯不做了，讓理查從他背上下來，坐直了身體。「得了吧，哪有那麼多酒，那玩意也不可能會那麼烈啦。」

蓋伯通常並不多話，很少帶頭，大多是跟著起鬨的，沒有人覺得他可怕。當然，除非是真把他惹火了，那他那一身蠻力就會讓人吃不消。他曾一拳打死一個人，那人還賞了蓋伯的肚子兩顆子彈，可是只挨了一拳，腦袋就撞穿了汽車玻璃。誰也沒問是為了什麼。

蓋伯從郡立監獄移送到利馬醫院坐的是裝甲車，如臨大敵，因為他的紀錄上明明白白寫著他曾因暴怒而空手扯下了一扇廂型車的門。

「那點玩意哪會讓我東倒西歪的。」蓋伯吹噓道。

艾倫微笑。「你以前喝的是店裡賣的，傑克丹尼爾、黑天鵝絨、南方樂那些，喝起來也許覺得辣，其實拿總度數兩百來算，也只不過是十二到八十度而已。我在雷貝嫩學會釀的酒可是一百二到一百六十度，就跟閃電一樣強，只不過用的不是穀物，是果汁。這玩意加到油箱裡都能讓車跑。」

他們慢慢明白了過來，心情也越加興奮。

「好了！好了！」巴比說，拍拍蓋伯的手。「幹活吧！」

他們等著換班，等所有值班人都離開了病房，他們才看似漫不經心地走到值班人的籠子前。艾倫把風，蓋伯一把揪住巴比的腰帶，輕輕鬆鬆就把他舉到天花板上了。

裝酒的塑膠瓶由蓋伯拿，因為醫護和警衛習慣了他總拿塑膠瓶裝冰茶。他把瓶子拿到房間藏好，再去排隊吃飯。晚餐後，四個同夥擠到蓋伯的房間裡，開始幹活。巴比拿出了一個空優格杯和一件撕破的T恤。

「好。」艾倫說。「我們得把酒跟渣滓分開。」他把優格杯的底部刺了個洞，拿T恤鋪在裡面，權充篩子，把酒倒進去，用另一個牛奶瓶接住。「好，往後站。」他說。「這玩意的味道連運水肥的老頭子都熏得倒。等你們喝過了，就知道為什麼叫穿腸毒藥了。要是你們受得了這個味道，渣滓也可以吃。」

理查好奇地抬頭。「既然味、味道那麼恐怖，為什麼還要吃渣滓？」

艾倫咧嘴而笑。「就跟為什麼要喝一樣啊。」

他們釀出來的酒大概有一加侖，只差個一盎斯。四人決定盡快喝完，然後毀屍滅跡。巴比在門口把風。艾倫把酒倒了一點在大可樂杯裡，嚐了嚐。就跟加了電瓶酸液的汽油一樣。先是喉嚨像給耙子耙過，再來是心臟著火，然後是一塊熱磚頭咚的一聲掉進肚子，把胃燒了個大洞。另外三個人一定知道他痛徹心扉，可是他還是擠出一句話：「好、好得很！」

巴比挑眉看著理查，理查說：「我沒、沒辦、辦法……」

他們以秋風掃落葉之勢喝光了。

毀屍滅跡之後，四人靜坐了大概二十分鐘，聽收音機。艾倫覺得全身都麻痺了，連聲音聽在耳朵裡都變形了。他覺得頭暈沮喪，也覺得茫然開心。理查很快也不省人事，頭伸進蓋伯的床底下。巴比坐在馬桶上，一半身體斜掛著，宣稱十分鐘前他的身體死了。只有蓋伯、艾倫還算清醒，想到了一件大家都忽略的事情，一驚之下，酒意全消。

「我們怎麼那麼笨？」艾倫問。「理查跟巴比回病房還得經過圈子桌啊。」

「有什麼好主意？」

蓋伯掙扎著站起來，猛抓金髮。「你到圈子桌去跟值班的人要針線，他得到護理站去拿，那點時間夠我把他們兩個送過去了。就是千萬別呼吸，還有走路別東倒西歪的。」

艾倫知道他的腦袋不像蓋伯一樣還能運作，可是他也知道大巨人跟他一樣醉。他盡量讓頭腦清醒，好把計畫執行得天衣無縫。「萬一他問我要針線幹嘛呢？」

「就說你的襯衫破了，要補襯衫。」

艾倫甩頭，想藉此讓頭腦清醒。「我的襯衫沒破啊。」

不耐煩地皺著眉頭，蓋伯把艾倫的襯衫口袋撕了下來，拿給他。「現在破了。」

艾倫執行了蓋伯的計畫。值班人一走進護理站去上鎖的櫃子裡拿針線，蓋伯就右手臂夾著巴比，左手臂夾著理查，飛步穿過了圈子。艾倫放了心，走得非常慢，很小心地把一隻腳擺在另一隻腳前面，回到自己的房間。

頭還沒沾枕，他就失去意識了。

4

隔天早晨，艾倫覺得腦袋脹得像顆籃球，而且球心還有個紙鎮。肌腱也痛得要命，他不知道有沒有那個膽子睜開眼睛。心裡一片漆黑，他看見自己站在真實世界的意識聚光燈下。怪了，他心裡想，在亞瑟跟內在的孩子們解釋「在場子上」前──即跨步到真實世界中，和家族之外的人談話──他從來沒有真正見識過。現在，他倒看得清清楚楚，就像脫口秀喜劇演員面對觀眾，而其他的演員都留在後台或是側翼。他想鞠躬下台，可是聚光燈還是照著他，把他囚禁在炫目的光圈裡。

他這時才明白，亞瑟跟雷根都認定宿醉是他的錯，不准別人來接手意識，他得要自作自受。

「你既然要有音樂才跳舞，」他聽見亞瑟說──倫敦口音從他的口中發出，在空蕩的房間迴響著──「你就得付錢給樂師。」

艾倫的嘴唇乾裂，關節僵硬，掙扎著站起來。午夜喝個爛醉，接著在清晨五點半想辦法起床，簡直不是人受的罪。好不容易他才蹣跚走出房間，走到飲水機那裡，大口灌水，大概喝了有一加侖。下眼皮感覺有兩個宿醉的大眼袋，裡頭裝滿了沙礫。

「上帝啊，幫我熬過這一次吧。」他呻吟著說。

他看見巴比跟理查坐在交誼廳裡，默默忍受著宿醉。巴比抬頭看他，眼裡都是血絲。

「我覺得像吃了炸藥。」

跟他們相較之下，理查看來倒是不錯，穿著上法庭的衣服，緊張的神情比宿醉的模樣明顯。他把褐色劉海從額頭上甩開，說：「你要把西格蒙跟佛洛伊德照顧好喔。」

「知道。」艾倫說。「我會跟牠們說話，免得牠們得了情結。」

理查微笑，卻因為頭痛而痛得一縮。「萬一我沒能直接從法院回來，我不要牠們忘了我。他們可能會把我關在郡立監獄裡幾天。」

理查該往法院大門出發了，他站起來，嚥下眼淚，看著艾倫、巴比。巴比控制住自己的情緒，緊握住他的手，別開了臉。「別緊張，小伙子。」

這感動的一刻馬上就粉碎了。盧梭里怒氣沖沖進了交誼廳，劉易士跟在後面。他推開了幾個活死人，大吼：「滾到牆邊去，王八蛋！」

盧梭里殺氣騰騰的眼睛跟他大開的鼻孔一搭一唱，他在挨著牆站的一排病人面前走來走去。「好了，你們這些禽獸！」他嗤鼻道。「要是沒有人承認在牆上寫了我吸老二，你們就在這裡站他媽的一整天。」

艾倫拚命忍住笑。就在這個時候，擴音器傳出理查的名字。指示他向圈子報到，他轉身就要走。

「給我回來！」盧梭里大吼。

理查怕死他了，嚇得臉色蒼白。「可、可是，先生，我得、得上、上法、法院。」

巴比的眼睛倏地寒氣逼人。

盧梭里一把揪住理查的襯衫。「你給我聽好了，小王八蛋，我叫你做什麼你就做什麼。我說拉屎，你就馬上給老子蹲下，我說操你的，你就給我趴下，聽懂了沒有，先生？」他抓著理查的頭去撞牆，粗聲大吼：「聽懂了沒有？聽懂了沒有？」

盧梭里把理查拖回去排隊，巴比用輕柔卻威脅的聲音說：「把你的手拿開。」

盧梭里冷冷看著巴比，又看了看理查。「怎麼，史提，你跟這個小兔兒爺相好來著？」

巴比一步就跨到盧梭里和理查之間，彎腰抽出襪子裡的牙刷刀，只看見一道弧線，盧梭里的手腕就見骨了。

大家都還愣在那裡，他又朝盧梭里的臉劃過去，切開了他的喉嚨，再收刀橫切他的胸膛。鮮血四濺，艾倫的臉上也噴到了，他喊了聲：「喔，我的天！」兩腿一軟，可是在他崩潰之前，雷根出場了，衝向巴比，阻止他殺人。牙刷刀噹一聲掉在地上。

擴音器高聲喊著：「藍色警戒！A病房！藍色警戒！」警鈴也響了。

卡爾．劉易士撕破了襯衫，纏住盧梭里的頸子，幫他止血。「天殺的，山姆，我就叫你不要跟這些瘋子計較。喔，天啊，山姆，別死啊！天啊，山姆，別死啊！」

雷根是被艾倫的恐懼給硬推進意識裡來的，知道危險就在眼前。這時，聽見走廊上有打手隊的跑步聲，他立刻行動。只需要一眼，蓋伯就了然於胸。雷根左腳一踢，刀子就滑過去撞到蓋伯的網球鞋。蓋伯一踩，牙刷刀就變成了粉狀碳。

打手隊把巴比拖進了禁閉室，也把每個人都鎖在房間裡。

警報終於不吵了，可是病房仍然到處是警衛。保全副主管大聲下令：「給我搜！」警衛把病人一個個拖出房間，脫了一個精光。「向後轉，狗娘養的！手跟鼻子都給我貼著牆！」

他們把房間給翻了過來，搜查武器，長褲、枕頭、洗髮精、牙膏統統不放過。

有一名警衛戴著長及手肘的橡膠手套，把每個馬桶都搜過了。

走廊上很快就丟滿了各房間物品的殘骸，全身光溜溜的病人面牆而站。

可是怎麼搜也搜不出巴比的武器。

七、寵物治療

1

大維．金沃西法官下令，密利根於一九七九年十一月三十日的覆核聽證會不對外公開。假釋局的代表坐在法庭後方，準備在法官認定他「對自己及他人不造成危險」，因此不受心理健康局監管的時候逮捕他。

比利的委託律師是L．亞藍．果斯貝里，他說話輕聲細語，長了張娃娃臉，身材倒像個橄欖球員。他在瘦長的助手史帝夫．湯普森的旁邊就座。

比利戴著手銬，由警員押送進入法庭，兩名律師站起來讓比利坐在他們中間。

一個月前，也就是米爾基醫生檢查過他不久，艾倫就告訴果斯貝里律師一定要傳喚米爾基。「米爾基說他會作證我沒有問題，他幫我停掉了使得安靜，把我轉到A病房。他不壞，我信任他。別忘了提醒他帶上他的十月三十日護理日誌。」

可是一上了證人席，一談到醫院紀錄，米爾基醫生就告訴法官依他的診斷密利根是人格異常、反社會，而且還有精神性神經官能焦慮症，具有憂鬱和解離的特色。他說在醫院檢查過密利根兩次，上一次是十月三十日，而在本次聽證會之前他也觀察了他半個小時。

檢察官問密利根今天的狀況是否和他在醫院檢查時的狀況一樣，米爾基說：「是的，他心理有病。」

「請問他的徵兆是什麼？」

「他的行為不合規範。」米爾基說。「他是被控強暴與搶劫的罪犯。他沒有辦法融入環境，他是那種懲罰也不能使他改過的人。」

他認為密利根有高度的自殺傾向，也會危及他人，俄亥俄州境內唯有像利馬醫院這類重警備的機構才適合他。

「請問你給他哪些治療？」

「有技巧的忽視。」

他沒有多加闡明這一個詞，可是在果斯貝里盤詰時，米爾基很不屑地說他不接受第二版《診斷與統計手冊》裡對多重人格的定義。「我一看到他的血液檢查就排除了多重人格異常，也排除了梅毒。沒有就是沒有。」

米爾基的證詞卻遭到幾位專家反駁，他們是喬治．哈定醫師、大衛．考爾醫師、史黛拉．凱若林醫師、心理學家桃樂絲．透納。

最後金沃西法官傳喚密利根。

生平第一次，比利獲准親自坐上證人席。他站得很挺，自信輕鬆，向法庭觀察員親切地點頭，淡淡一笑，接著他笨拙地彎腰，以戴著手銬的左手摸聖經，右手高舉。

他發誓絕對會說出全部的真相。

治療過他的每一位醫師一聽就明白，這一個一定是「老師」，因為唯有所有人格的總和才會知道全部的真相。

輪到果斯貝里詢問，他問他在州立利馬醫院得到什麼治療。

「有沒催眠治療？」

「沒有。」

「團體治療？」

「沒有。」

「音樂治療？」

老師笑了出來。「他們把我們一群人帶到一個有一架鋼琴的房間裡，要我們在那兒坐好，房間裡沒有治療師，我們就這樣坐上幾個小時。」

交叉盤詰。檢察官問：「你跟院方合作，治療不是會比較有效？」

老師悲傷地搖頭。「我沒辦法自己治療自己。A病房就跟洗羊的消毒水坑一樣，裡外都是。在艾森斯中心我有過退化期，可是我必須學習怎麼矯正。中心也知道怎麼處理——不是靠處罰，而是靠治病，靠療法。」

金沃西法官宣布兩週內會作出判決。

十天後，也就是一九七九年十二月十日，金沃西裁定比利繼續留在州立利馬醫院，但是也下令醫院給予他針對多重人格疾患的治療。

俄亥俄州的法院從來沒有一次針對某種特定的精神疾病要求一家精神病醫院的醫師給予治療。

2

艾倫得知金沃西的判決後，打從心坎裡沮喪。他很肯定現在醫護和警衛都覺得惡整他有了充份的藉口。

法庭裁決公諸媒體之後幾天，A病房派了一名新的護理長來。他昂首闊步進了交誼廳，在病人面前來回踱步。冷冷的褐色眼睛、稀薄的小鬍子，緊抿的嘴唇。腰帶上掛著一條電線，被背心半掩著，是條鞭子。

「我是凱利先生，這裡的當家老大！你們的上帝！你們的領主老爺！只要牢牢記住這點，我們就能相處愉快。要是你們哪天早上醒過來，自以為他媽的了不起，那就到我的圈子來，老子給你們準備了禮物。」他停下來，怒視艾倫。「這個意思是管他是哪一個，密利根。」

*

回到房間，艾倫決定要離凱利遠一點。他感到害怕，卻沒有怒氣，好像他再也沒氣生了。他猜想這就意味著掌控憤怒的雷根就在場子邊緣盤桓。

冷不防，他的金屬門上有人重重敲了一下，門鏘的一聲打開，蓋伯探進頭來，臉色蒼白，聲音微弱。

「巴比回來了，在他的房間……」

艾倫一下子衝到巴比的房間，推開門，瞪著兩隻眼睛，不敢相信。巴比的眼睛青一塊黑一塊，腫得幾乎睜不開。鼻子斷了，在流血。嘴唇也腫了。

「那些不是人的王八蛋！」艾倫大嚷大叫。

巴比的胸膛上滿是瘀傷，兩隻手都纏了繃帶，可是青一塊紫一塊的手指還是露了出來。右手食指少了一片指甲。

「夠本了，巴比，你雖然沒把盧梭里給宰了，可是我們應該不會再看到那個狗娘養的了。」

*

隔天早晨，凱文發現自己天沒亮就在水槽室裡，眨著眼睛，看見窗戶裡結了冰。他瑟瑟發抖，伸手去揉鼻子，很痛，像是凍傷了。看著錫鏡，他看見充滿血絲的眼睛，往臉上潑水一點用也沒有。他的心情很差，冷得連腳都痛。他低頭看，沒穿鞋子，不過有人至少還有點常識，套上了兩隻襪子。他走出水槽室回房間去，卻發現門鎖著，可是別的病人房間卻開著門。

「怎麼搞的……！」夠討厭的了，可是還是得到圈子那兒去。他一點也不喜歡跟新來的當家老大說話，可是為了不給比利惹麻煩，他還是得彬彬有禮。他清了聲喉嚨吸引凱利的注意。「咳，凱利先生，我去水槽室洗臉刷牙，回來的時候卻發現房間鎖上了。」

凱利怒視他。「那又怎樣？」

「我想在喊吃飯以前穿上鞋子。」

「不行！」

「什麼？」

「我說不行！」

凱文這才明白有人不知做了什麼，害人人都惹上了麻煩。他懷疑是因為「老師」在法庭上說了醫院和員工和米爾基醫生、林德納醫生的壞話。

「我又沒有做錯事！我要見巡視官！」

「作夢！」凱利咆哮了起來。「你給我滾出圈子。」

「去你的！」凱文大喊。「你要我出去，那就過來動手啊！」

弗利克跟歐吉抓住他手臂，把他丟進了圈子桌後面的禁閉室裡，他以為雷根會出手幫忙，可是他卻一點要出場的跡象都沒有。

金屬門砰然關閉，凱文盡力留在場子上。既然雷根不幫忙，那他就要自己來對抗這些沒人性的王八蛋。

*

在這麼艱難的情況下，亞瑟很讚賞凱文的表現，他證實了他自己的價值。為了獎勵他的勇氣，亞瑟宣布凱文不再名列討厭鬼名單，他現在是特權十人組的一員了。

*

丹尼坐在鋼板上，這就是禁閉室裡的床。他既困惑又害怕，縮起腳來，簌簌發抖。這裡面的溫度還不到攝氏五度。「是怎樣了？」他叫出聲。「這次又是誰啊？」

他不勇敢也不行。他將近十五歲了，必須向其他人證明他年紀夠大了，可以讓他獨當一面了。從門外的腳步聲和吵鬧聲他判斷出吃飯時間到了，可是他不確定是早餐還是午餐。他有很長一段時間沒上場了。

鞋跟敲在地上的聲音越來越響，凱利透過禁閉室的門大喊：「密利根！飯來了！」

丹尼挪近去拿食物，誰知門卻猛然飛開，凱利揪住了他的頭髮，把他壓在地上。根本就沒有什麼飯！新來的當家老大騙了他。

凱利抽出電子鞭，朝丹尼的背抽了三下，同時用沉重的牛仔靴猛踢了他的肋骨。丹尼跌到房間另一邊的馬桶那裡，凱利砰地關上門，鎖死了，動作就跟剛才攻擊時一樣快。

丹尼滾到鋼床底下，抖個不停。「為什麼？我做了什麼？」為什麼大人老是欺負小男生？他覺得掉下的不是眼淚，是鮮血。「雷根！」他大聲喊。「你在哪裡？」

半小時後值班的心理醫師把丹尼放了出來，他的工作是評估禁閉室裡的病人是否符合關禁閉的條件，可是對於丹尼的情況，他不置一詞。

丹尼肚子也不餓了，擦掉鼻血，走回房間，當家老大跟胖歐吉站在他房門口。他很害怕，卻不停步。很快地他就看到西格蒙跟佛洛伊德的籠子在他的門外，碎紙巢散得滿地板都是。

丹尼從他們兩個旁邊擠過去，想找到理查的沙鼠，一定是藏在哪裡了。

凱利邪邪一笑。「密利根，隨便法官怎麼說，這裡的規矩可要改了，我來帶話給你。『兩好球。』」他從門口走開，鞋跟在走廊上叩叩響。

丹尼驚慌地到處找，低聲叫西格蒙跟佛洛伊德的名字，還找了床底下跟四個角落。最後，他跪下來，凝視著馬桶，看見兩隻沙鼠都躺在裡面。

他用顫巍巍的手去把沙鼠撈出來，一次撈出一隻。他設法給牠們保暖，希望牠們還活著，他不想要這件事是真的。理查把沙鼠託付給他，丹尼也跟牠們漸漸有了感情。他把西格蒙放在床頭几的邊緣，用兩根手指輕輕給牠按摩背部，把肚子裡的水擠出來，希望能讓牠死而復生，可是流出來的卻是血，他這才明白有人把牠們丟進馬桶之前先用靴子踩扁了牠們。

他必須告訴巴比。巴比會知道該怎麼辦。他跑向艾倫朋友的房間，可是裡面卻空蕩蕩的，所有東西都清空了。

丹尼問喬伊．梅森知不知道巴比哪兒去了。

「今天早上送回去坐牢了。」梅森說。

丹尼不敢相信等理查從法院回來，發現西格蒙、佛洛伊德死了，巴比卻沒在這裡安慰他，到時候會是什麼局面。他連想都不敢想，索性兩眼一閉，退場了。

八、風火輪

1

亞藍．果斯貝里得知比利挨打的事，立刻向法庭抗議。金沃西法官指派了一名當地律師喬治．魁特曼擔任密利根的訴訟監護人。魁特曼召來了聯邦調查局，安排讓他的委託人到利馬紀念醫院去檢查，這是一處民營醫院。

檢查報告言簡意賅：「胸腔與臉部嚴重血腫。背部六道嚴重的長形痕跡，疑似鞭傷。」

愛倫郡檢察官大偉．包爾斯在一九八〇年一月二日通知媒體州立利馬醫院員工與虐待密利根一案無關，他的傷勢「非公務員之過失」。根據合眾國際社的報導，包爾斯拒絕猜測是什麼原因造成密利根受傷。

不過還是有傳言說密利根臉上的傷是意外所致，而且背上的鞭痕也是他自殘的結果。

密利根回州立利馬醫院後，非但沒有讓他回原先的病房，還把他送進了燈光晦暗的男子醫院，利馬院區唯一提供二十四小時觀察的醫療機構。

聯邦調查局說他們會再回來查看是否再有意外或自殘的傷勢，於是赫柏德院長下令將他暫時移轉到那裡。

＊

對艾倫來說，病房就像是地牢，厚厚的牆壁，沒有窗，只有護理站才有。天花板上的螢光燈早燒壞了，只有護理站那兒牆面上的窗有一個突出的低瓦數燈泡。

他聽見有汲管和呼吸器的嘶嘶聲，就在拉上的布簾後，還有個人被迫呼吸發出的低沉空洞的喉部咕嚕聲。有個心臟監視器嗶嗶叫個不停，艾倫猜某人大概是快不行了。他很好奇，可是不敢下床去一探究竟，因為那個男護士從窗子瞪著裡面。他想擋住這些讓人毛骨悚然的聲音，卻一直等到天亮之後才睡著。

＊

第二天早晨，比利的母親和現任丈夫戴爾．摩爾來看他，待了幾個小時，他們三人跟米爾基醫生吵得很激烈，怪他在法庭上的證詞不友善。

艾倫只有一句話：「米爾基，你根本是狗屎！」

他們走後，有個叫「新血」的看護送他回二十四小時觀察病房，他似乎比其他人和氣。他問艾倫能不能看看他的傷。

「我在報上看過你的新聞，今天晚上也看了電視新聞。」新血說。「說不定現在終於有人得要把這裡改一改了，這裡有一大堆狗屁倒灶的事都是違法的，可惜沒有人有辦法來改革一下。」

艾倫瞄了眼拉上的那塊布簾。「那個傢伙是怎麼了？那些機器吵得我大半夜睡不著覺。」

「又一個自殺的。他們在他斷氣以前把他救了下來，可是他的腦子早就因為缺氧完蛋了。嘿，他身上可以插管的地方都插滿了。現在他成了植物人，只靠機器維持生命。」

「天啊，太慘了！」

「他現在隨時會出院。」新血說。「我得走了。好好休息，我晚飯以後會過來。」

艾倫點頭，一想到布簾後有個活死人就心情低落。他甩掉這種想法，想要看看書，可是汲管的聲音混雜了嗶嗶聲，他實在沒辦法專心。所以他索性把書往床頭板後一丟，把枕頭拉到臉上，小睡片刻。

餐盤在搖晃不穩的送餐車上碰撞，發出的鏘鏘聲把他吵了起來。古蘭迪護士進來了，拿著一個透明塑膠管、一個灌食針筒、一瓶看似綠色牛奶的東西。她戴上橡皮手套，消失在布簾後。艾倫的胃口都沒了。

他聽見古蘭迪在簾子後跟植物人說話。「眨眼睛，你能不能眨個眼睛，凱斯先生？我現在要餵你了。聽懂的話就眨眼，理查。」

這一聲喚驚得艾倫整個身體都麻痺了。布簾後的人竟然是理查！他跳下床衝到布簾前，撞倒了送餐的看護，餐盤落在地板上。

「不！」艾倫大聲喊，不願意這是真的。「不，不！」

他一把抓住布簾，簾子從天花板的軌道上脫落。一看見是理查躺在床上，他的兩腿就軟了，跪了下去，兩手抓著床欄支撐身體。理查瘦小的身體上接滿了管子電線，彷彿是個玩具機器人。他在出汗，透過氣管上的插管在喘息，眼睛瞪著天花板，瞳孔小得如同針尖。

「撐下去，理查！不要死！」

理查本來相信米爾基會作證，說他可以出院回家，可是很顯然地理查的庭審也落得跟他一樣的結果——所有的希望粉碎殆盡。

艾倫奮力站了起來，眼睛始終盯著理查。他覺得心變成了冰塊。兩隻手緊緊抓住床欄，壓抑全身的顫抖，可是床欄仍跟著劇烈搖晃。

就在這一剎那間，他感覺到前所未有的情緒，了解了雷根的憤怒、仇恨、想打人的暴怒。他吸進所有的空氣，覺得耳朵嗡嗡響，他和雷根一塊放聲嘶吼，久久不絕，表達對米爾基醫生的極度不滿。

古蘭迪護士轉過來，雙手插腰。「密利根先生，這不關你的事——」

雷根咬緊牙關怒吼。「妳給我滾遠一點，臭婆娘！滾！」

他扯下了一根床欄，拿起來揮舞，不讓古蘭迪和蜂擁而入的值班人員靠近。古蘭迪嚇得瞪大了眼睛。他砸爛了一扇窗。值班人員們想制伏他，卻一個一個被他摔在地上。

「為什麼？王八蛋！為什麼？」

好幾個值班人扳住雷根的手腿，把他拖進淋浴間。有個人往他的頸子打了一針，他就失去了知覺。

2

湯米眨著眼睛出場，感覺他們抬著他，把他的身體放上了輪床，綁住。他一掙就掙脫了手上的皮帶，可是一個值班人又綁得更緊，還把他的腳踝也綁住了。他又掙脫了一次。最後他們綁住了他五個地方——雙手、雙腳、腰——一陣風似的把他推出了男子醫院。

他知道他們是要把他送到密集治療單位（九號病房），那是戒護最嚴格的病房，他除了坐在椅子上之外什麼事也不能做。哼，走著瞧吧，他會脫逃的。

接著他又發現他們不是要把他送到九號病房，而是朝貨運區的棧橋去，他猛然間憬悟了。他掙脫了手上的皮帶，可是每掙脫一次，他們就再綁一次，一次比一次緊。一個很醜的胖女人硬把藥錠往他的嘴裡塞，她跟另一名值班人推著他出去，到了載貨區，就把吊架拉到床上，把可咬住的東西往他嘴裡推。他們把他推上了小貨車後方，一看見接線，湯米就知道他是進了風火輪的內部了。

人人都說在利馬使用電擊治療是非法的，可是他從其他病人那兒聽到他們鑽法律漏洞，使用一輛改裝的貨車，在醫院外接線。只要有個風吹草動，就可以把電線拔掉，把車開走。有些活死人就不知坐過風火輪幾次，可是湯米很肯定雷根是絕不會坐視他們把他的腦袋燒焦，把他變成活死人的。

他看不到後面有誰過來，可是突然間竟然有一本聖經出現在他的頭頂上，用力敲打他的額頭——一次、兩次、三次。每次都還有一個人喊：「我以耶穌基督之名斥責你，惡魔！離開這具身體，放開他的靈魂！」

聽起來像是林德納的聲音。他相信是林德納，可是不能確定。他們把電極接在他腦殼上，跟戴耳機一樣，抹上了導電膏，轉動開關，他就聽見嗡嗡的電流聲，腦子裡只剩下這個念頭：起碼理查現在能安息了。

接著他也感受到撞擊。在他陷入黑暗之前，他大聲呼救，雷根卻沒有回應。

頸側的脈動猛然把他弄醒。他醒過來，只看見四周白花花的一團，雖然有人影，卻怎麼也看不清楚。他的手腳戴著鋼鐵鐐銬。他的身上不著片縷，但是腰部纏了一條床單。他全身痠痛，大腿兩邊都打過針，他像釘在十字架上似的綁在鋼板上。

有人說話：「唉，密利根先生，你可真是不甘寂寞啊。不關你的事你也要管，不守規矩，在法庭上詆毀本院，又唆使你的律師向法院、州道警察局、聯邦調查局投訴，引起許多麻煩。唉，密利根先生，你會爛死在這裡。你會巴不得一死，沒錯，密利根先生，三好球，你出局了。」

*

隔天林德納醫生將密利根轉進九號病房，記錄下了他的醫療意見：

進度報告

（路易·林德納醫師執筆）

一九七九年十二月十九日晚九點三十分……鑑於昨夜之檢查，該病人〔密利根〕呈現出精神病總症狀，本人認為該病人第二個迫切的需要就是更有建設性的環境。因此本人建議該病人的醫療小組將其置於封閉之住宿病房……

員工報告也由一名值班人員撰寫，證實密利根先前的行為需要最嚴密的戒護：

證人陳述

被叫到男院〔男子醫院〕，病人被壓制住，以免傷害自己。病人試圖掙脫。必須轉送九號病房。病人不肯說話，但在束縛後仍不停掙脫。束縛必須越來越緊，並且用床單綁住胸膛。稍後更使用腰帶束縛，並將雙手固定在床兩側。最後，大約兩點，病人終於說話有條理，也鬆開了雙手的束縛。病人要求喝水，想知道是否傷害了別人。本次事件沒有人受傷。

喬治・R・納許

*

密集治療單位被認為是地獄，而其中的九號病房更是地獄中的地獄，是全院戒護最嚴密的地方。比利・密利根被關在九號病房的禁閉室裡，五花大綁，動彈不得。利馬院區再沒有比這裡更孤立、更苛酷、更幽閉的地方了。

這會兒，他們終於把他關進了再也不能興風作浪的地方，生死都由他們決定——誰也見不著，誰也想不到，連一點希望也沒有了。

九、等死的地方

1

密集治療單位的公佈欄上貼了一張警告：

不守規矩，小心你的屁股。

值班人喊：「抽菸！」那病人就可以走出病房，把自己拖到交誼廳去，也就是俗稱的抽菸室。他必須雙腳著地，端坐在椅子上。如果想上廁所，或是看書，或是問問題，必須先舉手，等著值班人看見。最後要回房也必須取得許可。

病人束縛小組，也就是俗稱的打手隊，在這裡掌握生殺大權，專門對付他們口中的危險瘋子，彷彿是在處理讓人直冒冷汗的炸藥。

2

密利根在九號病房的禁閉室裡睜開眼睛，不知道自己是誰，卻發現自己的手腳給綁在床上，被注射了「所樂靜」，而且窗子還開著，寒氣直灌進來。

他體內的人格沒有一個知道是怎麼回事。

現在又是混沌期。

鎖住他這間牢房的大門終於打開了，光線強得害蕭恩感到炫目。既虛弱又飢餓又口渴，蕭恩跟誰也沒說話。影影綽綽的人形從光亮處進來，看不到臉孔，給他打了最後一針。很痛。他們的嘴巴在動，卻聽不到聲音。

他們沒關門，可是他也動不了。他不能走到門邊，門也不會自己過來。唉，對，就留在那兒好了，門，可別跟牆分開了。有什麼了不起……他就這麼坐著，一點聲音也沒有。

他是怎麼來到這個新地方的？這裡沒以前那個地方黑暗。唉，隨便啦……有條毯子披在他肩膀上，這個髒髒的灰灰的房間裡都是人。他誰也不看，因為他知道不該看。還是沒有聲音。他聾了，那又怎樣？誰會在乎？沒有人會。椅子大大的黃黃的橡膠的，他想站起來，可是有個帶著鑰匙的人把他又推了回去。

一堆鐘、一堆書、一堆喇叭、一堆逃生口，就跟「老師」的命令一樣，「老師」是誰啊？咦，又是誰在思考啊？唉，聽就是了。時鐘會告訴你什麼時間該走……什麼時間該睡覺。沒有時間就不會遺失時間。你從時間那兒逃出來就是為了要從現在這一刻逃出去。時間把你推到了另一個地方。

怎麼回事？是誰在思想？

算了，思想回答道。

我要知道你是誰。

好吧，思想回答，就說我是家族的朋友吧。

我恨你。

我知道，思想回答。我就是你。

蕭恩捶擊金屬鏡，讓心裡的鏡頭聚焦。然後他用嘴唇發出嗡嗡聲，來感受頭腦裡的振動，沒有魚蝦也好，可是還是什麼聲音都沒有。

*

帶鑰匙的人走了，傑森坐起來，伸展一下，甩掉痛苦。他揉了揉腦袋，決定要探索一下新的交誼廳。

可是他一站起來，全身重量剛放到地上，就發現自己往下陷，以為整棟建築都在場陷，他嚇壞了，慌慌張張想抓住什麼，卻什麼也沒抓到。

他喊了起來。

不可能是真的，可是他看到了、聞到了，也感覺到了。

他撞上了地下室的地面，在一棟並沒有地下室的建築裡，一陣刺痛直往兩條腿上竄。他跪了起來，感覺到足踝陣陣刺痛，知道這件事並不是在心裡發生的而已。

他是在一個正方形的坑道裡。

維修坑道？不對。

他後面似乎無止無盡。前面有一扇極大的橡木門，敞開著。

他並沒有遺失時間，傑森心裡想。他仍然在場子上。還是說他真的失去了時間？他只是在回憶？不，時間是現在。說不定，只是說不定，他自由了。出獄了。沒有鐵欄杆，沒有上鎖的門。可是他這又是在哪兒呢？

他跨過巨大的門，心裡好奇極了，把恐懼都遮蓋住了。

很像一個八角形的葬儀社，鋪了紅色長絨地毯，輕柔的葬禮音樂在空中流動。四周有書架，他們畫過的畫都掛在牆上，上下顛倒。還有許多時鐘，都沒有指針，有的連數字也沒有，他所有的人生的鐘都壞了……

他的麻痺結冰了。

他數了數，二十四具棺材，圍成一個黑黑的毛茸茸的圈子。中央是一道光。是場子上。

每一具棺木都獨一無二，都掛著名牌。他看見了自己的，寫著傑森。可是一直等到他看見那具小小的、粉紅色絲綢的襯裡、蕾絲邊粉紅色綢緞枕頭，繡著克莉絲汀的棺木，他才紅了眼圈。

傑森捶打牆壁，捶得兩手都瘀傷了，可是還是沒有聲音。「這是哪裡？」他尖聲大叫。「這是什麼地方？到底是怎麼回事？」

沒有人回答，所以他就退場了。

*

史帝夫漸漸走近，看見有些在他心目中只是鄰居的傢伙睡在棺材裡：克里斯多福、雅德蘭娜、愛波、山繆。史帝夫知道他們沒死，因為他們還有呼吸，可是他去搖李和華特，想弄清楚是怎麼回事，卻搖不醒他們。

忽然有人拍他的肩膀，是大衛。

「這裡是哪裡啊？」他問大衛。

「我們得到場子裡去說。」

史帝夫搖頭。「怎麼去？那個方形門廳一直褪色，褪得看不見了。」

大衛不回答，只是穿過牆壁。史帝夫跟上去，卻發現自己一個人在牢房裡。

「大衛，你在哪裡？」

史帝夫聽見他在心裡說：「我在這裡。」

「這裡是哪裡啊？」

「這裡是……」大衛說。

「是哪兒啊？」

大衛嘆口氣。「我才八歲，快滿九歲了。」

「可是你明明知道，你只是不想說。」

「這是我做出來的地方。」

史帝夫倏然轉身，彷彿轉得夠快就能從眼角瞥見大衛。「你做出來的，什麼意思？什麼時候做的？」

「就在我們被送到這個壞醫院的時候。」

「做給誰的呢？為什麼愛波，還有華特，還有其他人都睡在棺材裡？」

「因為他們投降了。他們不想在這裡，可是他們也不想抵抗。」

「他們能離開那個地方嗎？」

「他們想走就可以走。」大衛說。「可是如果每一個人都投降了，如果最後一個人也走進棺材裡，因為他自己想要進去——沒有人強迫他——那就完了。」

「完了是什麼意思？」

「我不知道……」

「那你怎麼知道完了？」

「我感覺到的。」大衛說。「我就是知道。」

「我一定是產生幻覺了。」史帝夫說。「我才不信這個多重人格的狗屁哩。」

大衛嘆氣。

「你是怎麼做的？」史帝夫問。

「就在我不再害怕的時候，就這樣了。」

史帝夫感覺到冰凍了他的麻痺漸漸往身體蔓延了，冷凍了他的心臟，然後是喉嚨，再朝腦子擴散。

「那到底那是什麼地方？」

「我把它叫做等死的地方。」

幾個字猛撞上他，就像長柄大鐵錘粉碎冰雕一樣。

然後史帝夫，那個什麼也不信的傢伙，走了。

3

光線從禁閉室的鐵絲網和鐵欄杆間滲透進來。他的關節又僵又痛，可是他知道是湯米把窗關上的，牢房裡不像剛才那麼冷冽砭骨。

門鏘一聲打開，餐盤滑過來，上頭有一小坨燕麥。他瞪著看了一會兒，才拿塑膠湯匙慢慢往嘴裡鏟。湯匙斷了，他改用手。飢餓稍止，肚子也暖和了點。他沒死，可是他不知道是什麼原因。

跳起來，他照了照骯髒的錫鏡，看見了一個他怎麼也沒想到會在這個上帝遺忘的地獄裡看見的臉，吃了一驚。

他看見了他自己。

「老師」趕來阻止了死亡。

在冒險溝通之前他得先整理思緒、恢復記憶，這是最艱難的時刻。他的二十三個代罪羔羊暫時退居幕後，可是這種融合感覺像是注射了甲基安非他命，樁樁件件的事情逐漸清晰了，彷彿全是他一個人經歷過的。他不要進入大衛創造的等死的地方，他夠強悍，他活得下去。

而且不僅是為自己而活，也為其他的病人而活，他會摧毀這家醫院。

可是得慢慢來，沒錯，沉住氣，慢慢來。他想起不久之前他試過要融合體內的諸多人格，可是電擊治療卻攪散了他的心智。

上帝啊，他好想念艾森斯心理健康中心和考爾醫生。那裡的員工給了他希望，讓他相信會有更美好的未來，他們讓他知道只要他能保持融合，他的人生就可以變得多美好。他們是他這一生中遇見的好人，可是現在他必須面對那些恰恰相反的人。

考爾醫生才剛著手粉碎好與壞之間的界線，準備教導他認識那些人人都必須提高警覺的混蛋。「別那麼容易上當，比利。」考爾醫生曾說。「對每個好人來說，隨時都會有想要整倒你的壞蛋，你要小心那種人，可是更要小心頭號壞蛋。你是個生性寬厚的人，可是嗜血的鯊魚可不管你好壞，只要有鮮肉可以吃，他們絕對會一擁而上。」

「那我該怎麼辦？」

「求生。」考爾醫師說。「你會融合，找到自由。」

所以他不會讓這個地方毀了他。

或是把他埋葬在九號病房裡的活死人堆裡。

他會抗爭——以融合的自己來抗爭，或是以二十三個尋找「老師」的迷失靈魂抗爭。回憶湧現。各種思潮向他飛來，釘在他身上。許多天來，無論是他或其中任何一個人格，都沒說一句話，連聲音也沒出。這些醫護控制了他的身體，可是他的心卻躲了起來。

等他從禁閉室出來後，他提醒自己要像病房裡那些錯亂的人一樣，一定要讓醫護人員以為他們擊敗了他，他這麼決定了，讓他們相信他們也把他變成了一個活死人。他們既然已經認為他可有可無，當作是家具一樣，那他們必定就見過了馬克，他那個體內的活死人。他知道從此以後管理人員會覺得可以放心了，對他也就不會那麼處處提防了。

「老師」把罩丸挪個位置，在抽菸的板凳上坐得舒服一些，盡量茫然瞪著對面牆壁。他得保持不動聲色，也得沉默不語——板著一張臉，騙過值班人員，讓他們相信他真的是一個腦袋空空的植物人。假裝是馬克實在是難如登天——讓下巴掉下去，每個動作都畏畏縮縮，慢條斯理，太累了。可是從他們的對話聽得出來，他們真以為他成了一個被藥物弄得又聾又啞的廢物，是他們夢幻國度裡的另一個戰利品。

他的心穿透了藥物的迷霧，蒐集資料：傾聽、觀察、吸收。不知道值班人員的姓名（一開口就會露出馬腳），所以他得給他們編號、取名字，烙進心裡。

等到放風時間結束，他被領進病房，已經完成了記憶聯想：

一號：金大醜。金髮、大隻佬、醜八怪。嚼菸草，夏季打壘球，嗜啤酒如命。他說密集治療單位的新當家老大會是凱利——主要的敵人。金大醜也說他跟某個總機小姐上床。

二號：笨紅頭。紅髮，約五呎五吋高，坐在那兒一臉蠢相，聽憑其他人拿他開胃醒脾。他唯一透露的資料是打保齡球的成績，以及三號醫護的名字叫傑克。

三號：單耳賊。單耳傑克少了一隻耳朵，左臂上有黑蛇刺青，順著手臂蜿蜒而下。我從他那兒知道治療小組一週開兩次會，就在底下的樓層。小組組長是林德納醫生，護士長是古蘭迪太太。而且小組成員全部在勾心鬥角。有意思，也很管用……

四號：死肥豬。戴一副可口可樂瓶眼鏡，坐鎮圈子桌，不停吃垃圾食物。他高談闊論什麼新的聯邦法經過修訂，有權管轄這間醫院，而且管轄權還會擴及所有病院。可是對在這裡工作的人來說根本是大笑話。「誰能證明什麼？」他哈哈笑。「瘋子說的話能信嗎？嘿，說不定他們會相信那邊那個密利根呢！」

「投藥加老火花治得他服服貼貼的了。」單耳賊說。「大家都知道他不會再惹麻煩了。」

哼，他們可看走眼了……

「老師」察覺到他的情緒融合得很妥適，可是他卻畏懼這種感覺。他為理查的遭遇痛心，卻更氣憤導致理查上吊的混亂。他氣憤丹尼被員工痛打，氣憤湯米被電擊。

據他看來，林德納醫生已經代替了比利恐怖的父親查默．密利根了。

「老師」覺得異常地滿意，醫護及管理人員都相信把他變成了活死人，他們佔了上風。

這下子他們就會粗心大意，隨時都可能犯錯。他不會讓他們知道他究竟是誰，可是他會默默觀察，同時密謀操縱。他知道有這些想法就表示他並沒有投降。計畫就表示從深淵裡往上爬。他的每一個人格心裡都還有求生的火花，現在結合了起來，給了全體力量。

不會在這裡結束的，會有未來的，無論是什麼樣的未來。

烙印在心裡的，還有一個日期：一九八〇年四月十四日。這是法律規定的第二個複審庭。到那時候，只要他們不能證明他對自己或他人有危險，他們就得依法把他送回能處理他的病情、較自由的醫院，或是釋放他。

他知道有人不會樂觀其成，反而會使盡心機阻止。

所以他才會在這裡——在這個地獄中的地獄——有人想方設法要擊潰他殘存的一點點求生意志。

他會讓他們大吃一驚的。

可是他必須小心謹慎。他要是想給這個權力結構的咽喉要害致命的一擊，就得讓邏輯宰制憤怒以及復仇的欲望。他要對付的不僅僅是這裡的醫護，還有管理階層和這間醫院，更要加上把別人當棋子操縱的政客。嘿嘿，他也是一個懂政治的囚犯，他會活下來，變成俄亥俄州心理健康局最大的一根眼中釘肉中刺。

一根被囚的眼中釘肉中刺。

十、出了間諜

1

利馬醫院雖然說員工凌虐病人的醜聞層出不窮，可是間歇的調查卻鮮少提出糾舉。一九八〇年二月二十八日，距離員工被控毆打比利．密利根經查無罪之後，州長詹姆士．羅德下令俄亥俄州公路巡警調查「利馬醫院對凌虐病人及走私毒品武器之辯詞」。《哥倫布快報》於次日報導：

「為期四月的調查中，一名電視台職員說記者得知在醫院內極易取得大麻，而且至少有一名病人取得一把刀，醫院的保安卻未採取任何行動。另外醫院內也有性虐待事件發生。」

管理階層忙著清查是誰透露消息給媒體，關閉了病人與外在世界的溝通管道。上級還吩咐底層員工要時時刻刻監視密利根，採取一切措施，切斷他與記者的聯繫。

*

一天二十四小時鎖在九號病房的牢房裡，沒有挑戰，沒有感官刺激，「老師」的心游移不定，才做了四個伏地挺身就不行了，兩臂因為使力後的餘勁而抖個不停。面朝地躺著，累得不停喘息，他瞪著水泥地板上蜘蛛網一樣密的骯髒裂縫，看著一隻蟑螂跟彈珠一樣沿著牆角跳，尋找地方鑽進去。

他站起來，站得太快，一陣暈眩，可是頭腦卻很清楚。有那麼一瞬間，他覺得又要破碎，回去其他二十三人那裡，就趕緊使用考爾醫師教他的自我誘發恍惚技巧，控制住融合和解離。可是他得小心操縱自己的意識，因為離開現實世界太久的話，只怕就再也叫不回來了。

他痛恨現實，但是他的感官卻強力宣告自己的存在。他的心臟的怦然跳動聲就和呼吸一樣的清亮。血液流過每一條微血管、動脈、肌腱、肌肉，給他一種完整的感覺。

他必須保持融合，因為唯有「老師」能做該做的事，躲在暗處有意識地操縱他的傀儡，發掘出他們的才華，同時不失去自我也不遺失時間，才能讓金沃西法官知道他的醫生們都對他做了什麼，可是為了這一點，他得要想辦法避服治療精神病的藥物，因為那種藥對精神分裂症有效，卻會造成多重人格分裂。

他的放風時間增長到一天八小時。每天都一成不變。現在他蒐集了大量的資料，他得想辦法寫下來。新的病房規定讓他可以使用鉛筆，可是時間極有限，但是只要他開口要，就會洩漏了「老師」的存在。

他終於想到了一招，就是從床單抽出棉花條來（用馬桶的水把棉花浸濕），在鋼床下的地板上寫下一串的字。等棉花條乾了，字也會定型。雖然脆弱，也只能將就著用，等他拿到紙筆就能寫下來寄給幫他寫書的作家。

覺得自己是最大值的靈魂、身心的囚徒，有時候他真想拋棄這個地方的現實，丟給別的人，可是他知道他不敢再失敗。

在牢房中，沒有人看得到他，他一次做二十五個伏地挺身。他的身體越來越強壯，肺部清澄了，二頭肌也結實了，他鍛鍊每一部位的肌肉，一次可以做上好幾百個上下跳躍運動。就生理上來說，他覺得好多了，離開艾森斯中心之後第一次感覺這麼好。可是這個地方執意要摧毀的心智怎麼辦呢？他渴切需要有人作伴，他盼望能坐下來好好跟別人來一番長談。

有天下午，「老師」驚訝地看著當家老大來到九號病房，坐在圈子桌後檢視這裡的牲口，他只能假設劉易士調到這個病房，是因為他以電子鞭鞭打丹尼惹了不小的風波。劉易士滿眼兇光，可見得他念念不忘要報復，可是隨後又換上了嘲諷的冷笑，「老師」立刻明白劉易士真的很高興看見他蓬頭垢面，眼睛又青又紫，淪落為活死人一樣的空殼子。

他會把劉易士交給雷根處理。

劉易士背後架上的收音機正播送《時代雜誌》選出伊朗宗教領袖何梅尼為「年度風雲人物」。

一號金大醜大喊：「起立時間！」咀嚼著菸草，嘴唇咂吧響個不停，他把捲起來的磨刀皮帶拿在手裡，像馴獸師一樣凌空一抽，服了藥的病人就全部起立，動作整齊劃一，繞著房間漫無目的亂走。

服藥的吆喝聽得老師心頭一縮。他想起亞瑟曾告訴湯米要測試他的靈巧身手：再試一次，假裝吃藥。另外也得要恢復迅速機伶的反應，重現妙手神偷的榮光，想個辦法弄到紙筆。棉花條快要用完了，而且因為藥物的關係共存意識越來越少，有個人得把所有事情都寫下來，然後把棉花條再回收使用，以備書寫工具萬一接應不上。

「老師」以為他應該做得到。他創造了湯米和亞瑟，他們的技能他應該也能得心應手。他曾在哪兒看過一個說法：整體比所有零件的總和還要有力。

可是哈定醫師也指出過以他的例子來看是恰恰相反——所有零件的總和比整體要有力。

我做得比較好，湯米說。讓我來。

於是「老師」退場。

*

亞瑟到床底下找棉花條，反而看見一枝筆跟幾張卡片，卡片上是湯米的潦草筆跡：

日誌：早上八點到十一點四十五——或是之間的某個時候——湯米。

你大概在奇怪我是哪裡弄來的紙筆。要是你注意到裡面的紙條，就會知道是護理紀錄卡裡的藥單。想知道我是怎麼拿到的嗎？哈哈，繼續猜吧。雷根有一次跟我說：「緊要關頭，不擇手段。」最重要的一件事是我們一定不能再吃那個每天四次的鬼藥了。它害老師腦筋打結，也害我腦筋打結。

我不是有一次想把藥丟掉被抓到嗎？所以我一直在想更聰明的辦法。我在交誼廳的尿盆旁邊藏了一個小環，是我從紅色的警鈴上借來的。大小跟他們給我吃的藥一樣，我在練習把它推到我的鼻子裡。熟練了以後，我應該可以把它推得夠遠，不會被抓到。我馬上就會用藥丸來試驗了。

你知道嗎？我看到一個病人拿著一台卡式錄音機放在耳朵旁邊聽，他還搖來搖去，腳一直打拍子。他一直沒換帶子，所以他應該是只有一個帶子。我們比他更需要那台錄音機。把那個東西給偷過來。

*

亞瑟寫道：

日誌：三點三十分。做得好，湯米。林德納醫生每週二、三、五都跟員工開會，時間是十五分鐘，另外每週一、四會一對一開會，時間是一小時。我需要這方面的資料。可是不要再說什麼偷竊的事了，我們不是小偷。

亞瑟

*

奉了雷根的命令，馬克從房間走出來，坐在交誼廳的椅子上，嘴角掛著口水，他仔細聽值班人說話，他們根本就把他當空氣。他們在說有人偷了病人的錄音機，可是他們決定不呈報上去，他們認為在九號病房裡只有醫護人員才會起賊心。

馬克舉手，指著廁所。值班人點頭，拇指動了動，表示批准。

「可別跌進去了，密利根，不然就淹死了喔。」

雷根要凱文出場，進了廁所，凱文很想知道水槽上方的通風孔傳出來的奇怪聲音究竟是什麼。每隔一會兒，他就聽到高調門的嗡嗡聲，很像是撥電話的聲音。他爬到水槽上，聲音變得更清楚。忽然他懂了，這是打蠟機的聲音。打蠟機關掉以後，就聽見底下樓層有人說：「嗨，林德納醫生。」林德納說：「我們現在要開小組會議，你先出去。」

真他媽的運氣！凱文等不及要回房間去，把這事寫在日誌裡。小組會議室就在病人的交誼廳廁所底下！

可是他聽到了回圈子吃藥的吆喝，想起了湯米一直在練習藏藥。他猶豫了。萬一湯米失敗了，他們全部都會遭殃，再加上當家的劉易士虎視眈眈盯著他，失敗的代價絕對很慘重。凱文可以留在場子上，自己來吃藥，避免可怕的後果發生。可是才剛這麼想，他立刻就否決了。亞瑟計畫中的下一步是停止服藥，以免分裂更加嚴重，他們也一致同意必須給湯米這個機會，讓他來表演他的鼻子花招。

萬一湯米受懲罰，承受痛苦的也會是大衛。

凱文回到房間看看有沒有人在棉花條上寫了話、加了日期，卻吃了一驚，他竟然看到一疊紙、一枝筆、一個小小的方形銀色錄音機。他把紙拉出來，讀著日誌。最後一條寫著：

早上五點五十分。做了五十下伏地挺身，拿到錄音機，沒有麻煩。

雷根

「老師」建議每個人持續寫日記，還真是個好點子，凱文心裡想。減少了討厭的意外。每個人都盡一份力，一切都很順利。接著他想到湯米有任務，得讓他上場。沒問題。凱文退下了。

*

湯米的額頭冒汗，流進右眼角，刺痛了眼睛。他把手伸到鐵門下去摸一個值班人掉的一毛硬幣，手指好痛。他倒不是貪圖那一毛錢，他要的是硬幣。那個價值可超過百萬倍。好不容易，用雷根偷來的錄音機上的黑色繫腕繩，湯米把硬幣套了過來。自己一個人玩拋硬幣猜頭尾的遊戲，一百次輸了八十次，他覺得孤單寂寞。

他決定把自己的想法寫在日誌上：

早上九點。我弄到了一毛錢。有什麼了不起嗎？明天，我會用它來轉開交誼廳廁所裡的通風孔螺絲釘。我會用現在已經不需要的棉花條來試試需要把錄音機放得多低。等星期一開小組會議，我們就可以錄音了。不客氣。

附註：計畫逃亡路線。

湯米

*

我在這裡四個月了。很多事蒙蔽了我的思想。我能得到我需要的幫助嗎？我還要被關多久？聽說從昨天起米爾基醫生不再負責醫治我，由林德納醫生接手了。上帝助我，我會想辦法打電話或寫信給瑪麗。

（未署名）

2

雷根不知道為什麼他跟馬克會共存意識，坐在九號病房的交誼廳裡，可是一看到圈子桌後的新當家老大，他的火氣就直往上冒。亞瑟曾批評他沒有在劉易士毆打丹尼的時候插手。這會兒那個王八蛋又調到這個戒護病房來了。

雷根知道他們有計畫，應該要離開場子，留給艾倫和湯米來監視。可是他體察到馬克的緊張逐步升高，而現在更出乎意料地發現自己坐在椅子上，對面是一個大便失禁的年長病人。

雷根看著老人在椅子上扭動，終於舉起手來，可是一看到劉易士站起來，繞過桌子，他趕緊又把手放下來。一看劉易士朝走道過去，老人又舉起了手。「我出了意外。」他說。

劉易士一聽到老人的聲音就轉過來，又進了交誼廳，一把揪住他，把他丟到地上，對準他的臉就是一腳。鮮血濺上了牆壁。

「你他媽卑鄙的低等動物！」劉易士大叫大嚷，一路把老人踢到廁所。

老人大聲尖叫，抱著頭，哀求劉易士別打他。雷根再也管不住自己了，他從椅子上跳了起來，幾大步就走到對面，揮拳就往劉易士頭上招呼，打得他的頭猛往後仰。雷根看到劉易士舉起手來保護自己，眼裡滿是震驚與恐懼，可是現在雷根是在為丹尼報仇。

劉易士倒下後，雷根又用力踢他的肋骨。他知道得停手，免得打死了這個人，可就是控制不住憤怒，所以仍是一腳接一腳拚命踢。

其他病人也像炸了鍋一樣哄鬧起來，有人丟椅子砸了架上的電視，推倒了桌子。警鈴四起，起初雷根還以為只是他腦子裡的鈴聲大作。等他看到劉易士吐血了，他才知道這個王八蛋快死了，可他還是有反射性動作。

這個虐待兒童跟老人的混蛋非死不可。

*

最後還得靠亞瑟出來讓雷根冷靜下來，加上艾倫幫忙才把他拖了回去。然後是凱文，看見安全警衛停在交誼廳入口，他才走回去坐在椅子上，卻覺得全身抖個不停。

凱文聽見腦袋裡面艾倫在說你也幫幫忙，雷根，你會害我們又被告。我們這輩子也別想出去了！

可是沒有人回答。

凱文看見林德納醫生和其他人指著躺在地上的劉易士。凱文知道他們想把劉易士弄出這裡——說不定是送到男子醫院——可是他們得先經過他前面。

這時候，凱文忽然注意到其他的病人雖然因為暴動而筋疲力盡，卻緩緩朝他走過來，想要保護他。

他很是驚訝。那種癲狂的表情，詭異的微笑。半數的人是行屍走肉，通常連下一步要做什麼都不知道，可是他們卻圍住了他，保護他，他們是怎麼知道的？是什麼觸動了他們？

接著他聽見林德納醫生的聲音：「密利根！把臉露出來！站起來！我知道你在那裡！」

凱文站了起來。

「我們沒必要惹麻煩，密利根！」

「你要跟這裡的病人這樣說嗎？」凱文喊回去。「那你幹嘛不進來，跟他們說道理？」

「我們大家都冷靜下來。」林德納說。「我們只想把劉易士先生帶出去。」

「沒人攔著你。」凱文說。

警衛小心翼翼地行動，把劉易士拉到了走廊上。病人只是看著，仍舊圍著凱文走動。

「小隊就要進來了，密利根，」林德納說，「我們想跟你談談。」

凱文迷惑了一下子。他該說什麼？又該做什麼？但是察覺到艾倫要接手，凱文就退場，回到黑暗中。

交給你了，大嘴巴。都是雷根啦！

＊

艾倫知道其他的病人撐不了多久，他必須用自己的技巧來取代雷根的暴力對峙。他會虛張聲勢，說謊欺騙，為自己辯解。他必須讓治療小組知道萬一他發生了什麼事，他們絕對會吃不了兜著走。

他讓治療小組帶他走出交誼廳，進入走廊的另一個房間。

「你得回去蹲禁閉室，密利根。」有人說。

「我們得把你關起來，等我們把九號病房整理好，把這些玻璃碎片都清理乾淨。」

艾倫聽到一個聲音——不確定是誰，就假定是林德納的——在說：「等地獄結冰了，密利根，說不定你會有機會跟醫生談談。」

艾倫默然坐著，靜聽他們一個接一個恐嚇他。他摸著口袋裡的錄音帶。將近一個星期的時間，他聽著小組會議與個別談話的內容，挑出了可疑行動的隻字片語。現在唯一的希望就是讓這群人彼此你猜我疑——創造出幻覺，讓他們以為出了間諜。

艾倫輕聲開口，這是兩個多星期來他頭一次開口，這段期間在場子上的人是活死人一樣的馬克。「各位，換我說了，我有話要說。」

他鎮定的聲音和連貫的句子，讓他們都安靜了下來。

一邊回想曾從電視上看到的消息，說一名護士給病人過重的藥劑，他一邊轉頭看古蘭迪太太，把病人病歷上的資料滔滔不絕說出來。說完後他平靜地問：「我有沒有說錯？」古蘭迪臉色發白。他微微一笑，知道她在心裡自問：他怎麼知道病歷上寫了什麼？他怎麼知道我給了病人什麼藥？

他看著全體組員。「你們都自以為我們全部是行屍走肉，所以你們自我催眠，公然在這個病房裡出錯。」

他繼續拋出暗示、引述、錄音帶裡聽來的片段談話。他猜想每個人都在納悶：「他究竟是怎麼知道我說了什麼的？」

他們帶他走出房間，艾倫很滿意，他們會彼此責怪個很長的時間。他在員工間製造了一大堆摩擦，會讓他們沒辦法再合作。

他盡量保持冷靜。他必須暗示他知道的還不止這一些。稍微給他們一點頭緒，讓他們的想像力發揮作用，時間一久，他們自然會疑心生暗鬼，以為他藏有很多能對他們不利的資料。

最後他們沒有把他關進禁閉室，反而允許他自己走回交誼廳，艾倫覺得緊張一鬆弛，兩條腿就發軟，上帝啊……真是千鈞一髮啊……

他後來才聽說有一名社工的抱怨，說在醫院外有人跟蹤他。

有人認定密利根是進利馬來當臥底的。

他讓他們知道他不是好惹的——即使是關在重警備的病房裡——現在他很肯定他們會設法安撫他，給他更多的自由。果不其然，幾天之後他就轉到了5／7病房，這是個半開放式病房，比九號病房的限制要少。

而且雷根痛毆劉易士一事也沒有秋後算帳。

艾倫打電話給比利的妹妹凱西，她計畫這個星期要來看他，艾倫請她帶咖啡和香菸過來。

十一、壁畫中的訊息

1

誰也沒想到密利根會轉到比５／７病房管制還要寬鬆的地方。五／七是中度戒護的病房，雖然比九號病房是進步多了，可是在這裡員工和治療小組仍然會忘了他是誰，拿他當精神分裂看，給他吃精神分裂的藥，不管醫院外的醫生或法院怎麼說。

後來密利根知道大多數的員工和病人都認為六病房是比較開放、比較親和的病房。大家公認六病房的病人很安靜，只管自己的事情，而且一般來說是很被動的一群人。六病房的大門是不上鎖的，誰想到門廳都可以自便。他們只需要報備就可以整棟樓隨他們逛。

一天二十四小時都在動腦筋，又有二十四個專家來執行，他會找出辦法轉到六病房的。他當前的目標就是這個，比起返回艾森斯中心的終極目標來說，進六病房是首要的任務。

艾倫開始想法子。

他的醫療小組下了命令，給他紙筆的時間一天不得超過一小時——而且還只限在交誼廳裡，由一名值班人監視。如果他寫信，必須讓值班人過目。他懷疑他們也過濾了所有寄給他的郵件。

他很肯定利馬的行政和保安單位都擔心他會寫什麼，會把什麼樣的醫院情況傳達給外界。他聽說他們鐵了心，絕對要阻止他告訴外界利馬醫院是如何對待他的。而他也察覺到這就是他們的弱點。

*

——計策是這樣的，艾倫跟亞瑟建議，要是我跟合心部（合格心理健康人事部）的泰德．戈曼聯絡——讓他覺得我現在不在劉易士的病房了，病情有進步了——說不定治療小組對我們會鬆懈一點，說不定還會把我們轉到六病房呢。

——首要的目標，亞瑟說，是先在懷有敵意的保全和偏執的合心部之間製造芥蒂，讓兩方面自相殘殺。有這些殘暴的醫護人員在，我們沒辦法達成目標。他們太愚鈍了，沒辦法操縱。可是如果能讓專業階層相信比利有進步，他們很可能會警告醫護人員不要阻撓他的治療，激起他的敵意。

——對，艾倫說，那麼一來他們就會疑神疑鬼。階級之間不和是軍隊最大的弱點，到時候就會不堪一擊。

往後幾天，只有亞瑟和艾倫占據意識——亞瑟提供心理灼見，艾倫負責實際談話。

——有我來提點你，亞瑟說，你可以演出一個悔恨的、誠摯的年輕人，痛悔自己的過錯，一心想要改過自新。讓戈曼先生相信你願意跟他推心置腹。我們沒有一個跟治療小組的人溝通，他會覺得我們特別抬舉他。他會想：密利根先生想要談話。他開始信任我了。他想要正視他的問題——就算不是多重人格異常也不要緊。我建議描述情緒問題是最好的方法。心理學家都是靠別人的情緒問題起家的。

艾倫準備就緒後，就跟新的當家老大說他要找戈曼先生。一小時後，他被叫到圈子，助理心理醫師願意見他。當家老大把交誼廳的門鎖打開，眼前是永恆之廊（漫長又空蕩的走廊，似乎一輩子也走不完），盡頭就是合心部的辦公室。辦公室在戒護最嚴的區域，活死人和瘋子需要有人押送過來治療，而說話有條理的可以自行穿過走廊。

走了一半，艾倫注意到右手邊有一扇上下二段式門。他試了試門把，發現鎖住了，洩氣之餘他踢了下半部的門一腳，竟然踢開了。他把頭探進去，只見房間裡除了一張桌子、幾把舊椅子之外別無長物，而且處處佈滿灰塵。地板上的灰塵連腳印也沒有。他得把這地方記下來，以備不時之需。他把下半部門拉上，繼續朝戈曼先生的辦公室走。

起先助理心理醫師很有戒心。「找我有什麼事，密利根先生？」

「我想找個人談談。」艾倫說。

「談什麼？」

「不知道，就是隨便談談……談我心裡面那些傷痛……談我該怎麼辦。」

「繼續……」

「我不知道從何說起……」

艾倫當然不打算把真正的問題說給一個不相信多重人格疾患的人聽，尤其是這個人還會被法院傳喚去評估他的心理狀態。他只想要實行亞瑟的計畫，揀這個人愛聽的話說。

「你的心裡顯然是有些問題，所以你想找個人說話。」戈曼哄誘他。

「我想知道的是……」艾倫說，努力板著臉，同時脫口而出：「我為什麼是這麼爛的大混蛋。」

戈曼點頭，若有所思。

「我真的很想學怎樣跟像你這樣的人相處，你在這兒是來幫我的。我真的覺得很糟糕，一直做些事情讓你討厭我。」

「我不討厭你。」戈曼說。「我只是想了解你——跟你合作。」

艾倫拚命忍笑，差點把嘴唇咬出洞來。他得給戈曼夠多的材料讓他點火，可是他得小心，免得落了什麼把柄，反倒讓他將來拿來對付他。作繭自縛可就慘了！

「我很樂意幫你。」戈曼說。「明天起我休假三天，等我來上班我們就可以談了。」

戈曼一直到下週才又現身，還帶了一連串的問題來。艾倫猜這些問題其實是林德納醫生想問的。反正亞瑟說只是微不足道的東西，很容易處理，所以艾倫對戈曼還挺大方的。

「我這一輩子，就只會操縱別人。我老是在使心眼利用別人。我不知道自己怎麼會變成這種人，我需要別人幫我改變……」

艾倫觀察戈曼的眼神、肢體語言，知道他下對了藥。這傢伙就愛聽這種話。

戈曼下一次來，亞瑟指示艾倫要比上次沉默，要裝出疲憊絕望的神態。

「我不知道。」艾倫說，迴避戈曼的眼睛。「我就是受不了了。很抱歉……我一開始就不應該對你們這幫人有信心的，我真應該管住自己的嘴巴的。」

目光朝下，他盡力營造出一種假象：本來他就要透露出內心深埋的秘密了，他現在又要打退堂鼓了。

「是怎麼回事？」戈曼問。

「這些值班的人對我都很不友善。我現在寫信他們都要看，連坐在交誼廳裡拿張紙隨便亂寫，他們也都要監視。」

「我會和治療小組討論看看，我想應該可以給你更多的自由寫信。」

艾倫努力不讓興奮之情顯露出來，他就是在等戈曼說這句話。現在有紙、筆，就可以把周遭和腦袋裡的事寫下來，好讓外界知道利馬醫院的實況。

下一次的小組會議，戈曼當著艾倫的面跟一名值班人員說：「可以給密利根先生紙筆了，而且不准有人干涉他寫東西。」

「哼，」那人嗤笑道，「再下來是不是要在華道夫飯店給他開個房間。」

「這是小組的決定，」戈曼說，「還有，絕不要偷看他寫了什麼。那是違法的，他要是想告我們，我們會吃不完兜著走。我們要讓他寫信給親人。給他一點空間。」

艾倫開始在交誼廳寫信的第一天，影響比他預期的還要大。有個值班人本來要咒罵某個病人，可是一見密利根在寫東西，就連忙把話吞了回去，走開了。另一個值班人舉起拳頭準備修理某一個活死人，一發現艾倫的眼光飄了過來，也趕緊把拳頭放下。值班人經常擠在圈子桌邊，偷眼看他。他們一點也不知道他寫些什麼，又是為什麼而寫。他們只看見他帶著紙筆從病房出來，坐下來就寫，不過眨眼的工夫，那張紙就不見了，他又換了張白紙寫了起來。

光是知道能搞得他們心煩意亂，艾倫就得到了鼓勵，加緊記錄當初轉送到這裡來的事情：像是布拉克索先生煮了自己的手吃下去，偷釀酒又大醉，劉易士殺了沙鼠，理查上吊自盡……等等。

一天寫上八、九個小時。

三天後，他把筆記從房間拿進了交誼廳，藏在架子上層那堆舊雜誌中的某一本。就在他們的眼皮底下，正大光明地藏在那裡。

可是情況吃緊，亞瑟說交誼廳太危險了，必須找個更安全的地方來藏筆記，別人想不到的地方。

隔週艾倫從戈曼的辦公室往回走，經過了永恆之廊上那扇二段門，他又試了試下半段。果然又沒關。他猜負責檢查的人一定是只轉動門把，既然門是鎖上的，他也就認為上下都是鎖上的了。

他溜進去，掩上了門。

到處仍是覆滿了灰塵，角落堆著的古老雜誌也不例外。而且沒有腳印。窗戶約莫有十二呎高，窗外有粗鐵欄杆，玻璃是強化的有機玻璃，窗櫺是金屬的，裡面裝著厚鐵絲網，水泥窗台有三吋寬。

他倚著窗台，瞪著窗外，漫不經心地敲打窗台，卻聽見空空的聲音。他還以為窗台是實心的水泥塊，現在才知道只是一塊厚板。他拿鉛筆把板子撬起來，看見垂直的鋼條，就把胳臂探下去，摸到了一條橫杆。窗台的整體構造是一個平窄的井，藏筆記最完美的地方。

再者，進出這個地方也很容易。只需要湯米出馬，擋住交誼廳和永恆之廊的門，就能應聲而開，媽的！艾倫覺得連他自己都開得了鎖，連信用卡都免了，折張紙就能開鎖。

他把水泥板推回去。離開房間之前，又把桌子推到門邊，偷溜了出去，等確定沒有人過來，他才伸進手去把桌子盡量往門口拉，然後才關上門。這麼一來，要是哪個病人也要到戈曼的辦公室，經過的時候踢了房門一腳，也只能踢開個幾吋。

艾倫現在有了藏匿處了，一個供他躲避，躲上十五、二十分鐘的地方，在他從心理醫生辦公室來回的時候。更重要的是，他有了藏筆記的好地方。

他把秘藏在交誼廳雜誌裡的幾頁筆記拿出來，放進筆記本裡，拿去藏在水泥窗台底下。還從角落拿了一疊雜誌，堆在窗台上，掩護他所藏匿的紀錄。

然後他才若無其事地從秘密藏身處回到交誼廳，經過值班人，坐在椅子上，拿出一張白紙，振筆疾書。

他會注視一名值班人，露出微笑，迅速記下這個人的形貌舉止。上次庭審作家出席之後，消息就在醫院內部傳開了，現在人人都知道他的外界盟友是誰。而且人人都假設密利根利用其他訪客來把他的紀錄私運出去，這些紀錄包括醫院的情況、醫護人員的表現；他蒐集了不少事實，但是在醫院眼裡卻是機密外洩。

有人跟他說醫護人員向赫柏德院長抱怨，說要是不阻止密利根寫東西，他們就不幹了。有一天三個人一起請病假。這就讓醫院進退兩難了。艾倫知道林德納不能把他送回密集治療單位，因為他既沒打架也沒惹麻煩。再說他也可能會把劉易士再痛打一頓。

醫護人員都絕不讓步，一致希望把密利根轉出5／7病房。

治療小組提出了折衷之道。他們告訴醫護人員要讓密利根白天離開病房——以職業訓練計畫為由讓他忙碌——到晚上才放他回病房睡覺。這麼一來他就沒時間寫東西了。

艾倫敢說，治療小組建議他去畫壁畫，只是要讓金沃西法官以為他們是用藝術療法來治療他。行政單位願意付他最低薪資來美化利馬的牆壁。

他同意了，病歷中馬上多了一份備忘錄：

治療計畫評估——八〇年三月十七日入檔

治療計畫附錄：一九八〇年三月十七日（瑪莉·芮塔·杜利）診療部主任路易·林德納同意讓病人到三病房畫壁畫……病人要求立刻著手。此外，病人需要必須之繪畫用具（油彩、畫筆、稀釋劑等）。如有必要，將派遣適當人員戒護。

病人於一九八〇年三月十七日由約瑟夫·車維諾醫師監督下進行工作。他認為本項努力非但有治療效果，亦可美化醫院。

署名：約瑟夫·車維諾醫師

路易·林德納醫師

瑪莉·芮塔·杜利，社工

這是距離他四月十四日的庭審之前不到一個月發生的事。

2

隔天早晨，活動主管鮑伯·愛德華茲過來接人，帶他到活動部，他看見了幾十罐不同顏色的油漆。

「這是……？」凱文等著愛德華茲說明。

「我們是在履行職業訓練計畫的協議。除了最低薪資以外，我們也提供油彩和所有作畫用具。」

「這樣啊。」凱文說。

原來如此……某某人得畫出點成績來。哈，絕不可能是他。不管住在哪裡，他總會看到油彩、畫筆、畫布。他也知道艾倫、丹尼、湯米會畫畫。他本身可沒碰過畫筆。他不會畫油畫，也不會素描。媽的，他連只要劃上幾筆的小人都不會畫。

在艾森斯中心融入「老師」的人格，他聽見「老師」和作家說亞瑟把山繆列為討厭鬼是因為他討厭一幅艾倫的裸體畫，就把它賣了。亞瑟定下規矩，別人都不准碰藝術用品或畫作：艾倫的肖像畫、丹尼的靜物畫、湯米的風景畫都包括在內。色盲的雷根偶爾也會畫個炭筆畫。凱文記得雷根畫克莉絲汀的安妮布娃娃，娃娃頸上還套著絞索，把富蘭克林郡立監獄的獄卒嚇掉了魂。

那麼該讓誰來畫壁畫呢？

愛德華茲把一輛手推車拖到油漆罐前。「比利，你需要哪些顏料？」

凱文知道好歹得做做樣子。他挑了藍色、綠色、白色壓克力顏料，一大把的畫筆，放進推車裡。這些總該夠畫的人用了吧。

「好了嗎？」

凱文聳聳肩。「暫時就這樣吧。」

愛德華茲領他走出活動店，順著走廊到了三病房的會客室。

「你要從哪裡開始畫？」愛德華茲問。

「先給我幾秒鐘沉澱一下行唄？」

凱文猜他要是晃得夠久，家族裡的那些畫家總會出來一個接手。

所以他閉上眼睛等待。

＊

艾倫看見繪畫用具以及會客室的牆壁，想起了員工會議還有他同意發揮自己的繪畫才能「美化醫院」，以日間離開重警備病房為交換。

艾倫打開一加侖白顏料，只聽愛德華茲問：「底稿呢？」

「什麼底稿？」

「我總得看看你要畫什麼啊。」

「幹嘛？」

「看適不適合。」

艾倫眨眨眼。「適不適合？」

「我們想確定壁畫是賞心悅目的那種，而不是你畫在你病房牆壁上的那種怪誕的東西。」

「你的意思是在我動筆以前，還得先給你底稿，等你批准？」

愛德華茲點頭。

「這是箝制藝術！」艾倫吼聲如雷。

兩名在拖地的值班人聞聲回頭，瞪著他看。

「本院是公家機關。」愛德華茲輕聲說。「我們委託你來畫壁畫，而我則負責審查你要畫的東西。比方說吧，我們不能畫人物。」

「不能畫人物？」艾倫的心涼了半截，可是他不想告訴愛德華茲他只會畫人物和肖像。

「管理階層怕你拿醫院裡的某個人當模特兒，那會侵犯別人的權利。畫點漂亮的風景好了。」

如果今天是大畫家拉斐爾要來畫，這傢伙會不會也不准他畫人物或肖像？艾倫知道得換湯米來接手，心裡卻不無遺憾。

「給我紙筆。」艾倫說。

愛德華茲給了他一本素描簿。

艾倫挑了一張桌子坐下來，亂塗了一會兒，忽然畫起了風景來——他從來不碰的領域——他覺得湯米會很好奇，跑出來看，順便就接手了。他一邊畫一邊吹口哨，希望愛德華茲不會明白他是在偷偷傳訊號。

在他退場以前，他工筆寫下：「在三病房牆上畫漂亮的風景畫，大約十乘五那麼大。」

*

場子上的燈光射中湯米，照了他一個措手不及。湯米立刻瞧了手上的鉛筆一眼，再看看素描簿上的留言，認出是艾倫的字，隨即明白了他該做什麼。至少這一次艾倫沒忘了提醒他是怎麼回事。

牆壁有五呎寬十呎高。

他很快就把素描改成岩岸上的燈塔，在背景畫上海，波濤起伏，海鷗自在翱翔。作畫的時候，他也可以在心裡遠走高飛。

「這麼畫就對了。」愛德華茲說。

湯米攪拌顏料，動手作畫。

一連三個早晨，活動主管會在早上八點半來接人，接到的可能是凱文或是艾倫，也可能是菲利普，可是接下來的作畫時間總是湯米上場。湯米會畫到十一點，然後回病房去點名、吃藥，接著是午餐。下午一點愛德華茲會把他帶回來繼續作畫，畫到三點。

燈塔完成之後，湯米在樹枝上畫了四呎高的貓頭鷹，天空掛著小小的月亮。色調柔和，是褐色和黃赭。

整面牆上是十二呎高三十五呎寬的風景，淺淡不一的金褐秋色。池塘邊一頭雄鹿，後面是有歲月痕跡的穀倉、一條泥巴路、一片松林，綠頭鴨在頭頂上飛翔。

他在三病房入口創造了幻覺，訪客會以為通過的不是門口，而是一道生鏽橋樑的橋洞。橋旁邊有一棟黑灰色的木頭穀倉，繞過來和其他壁畫銜接，變成一幅全景畫。

每天他走進會客室，病人都會微笑跟他揮手招呼。

「嘿，大畫家，這裡變得好漂亮喔！」

「加油，大畫家。差不多真的像是在樹林裡了耶。」

有一次，他手上還拿著畫筆，竟然走神了。等他再回場子上，才發現有人竄改了燈塔壁畫。湯米注意到海浪上有一塊泡沫被人用樹乳蓋上了一層。他把它洗掉，發現底下多了一小幅油畫，畫的是握緊的拳頭豎起一根中指，他認出這是艾倫的手筆。

湯米四下看了一圈，確定沒有別人看見，氣沖沖地用水底漆再覆上。他很氣艾倫亂搞他的畫。他打算跟亞瑟告狀，可是回頭再一想，了解了艾倫的用意，他又改變了主意。將來有一天他們都死了，或是離開了這個地方，管理階層說不定會把這些牆壁洗乾淨，處理掉密利根的壁畫。到時他們就會發現這根中指——是他們這些藝術家對利馬的統治的蓋棺論定。

湯米贊成艾倫的做法。幾天之後，愛德華茲說管理單位很喜歡他畫的壁畫，希望他能再把兩扇安全柵門之間的走廊也畫了，這裡是醫院建築入口的延伸走道。整面牆有一百零一呎長十二呎高，完成之後會是世上最長的室內油畫壁畫之一。

湯米決定畫秋天各種色調的棕橙黃。他每天都畫，在時間與大自然之中渾然忘我。

每天早晨和下午都有人帶他到內門去，電動門打開讓他進去，實在是折磨人——就彷彿他們要讓他穿過第二道柵門。可是當然沒有。他會推著手推車，拖著梯子和鷹架進入延伸走道，柵門會在他背後關閉，把他困在瘋人院和自由世界之間。

可真是他一生的寫照啊。

大家會聚集在兩邊的柵門邊看他作畫，裡面的是囚犯，外頭的是訪客。

第三天，他聽見陌生的聲響，像是什麼東西在地上滾，朝他滾過來。竟然是一罐百事可樂。他抬起頭，有個病人向他揮手。

「加油，大畫家，越來越漂亮了！」

又有一罐可樂滾了過來，然後有人把一包薄荷醇涼菸滑了過來。他收進了口袋裡，也揮手答謝。這些心理有病的人欣賞他的畫，讓他覺得很棒。

每天下午在他完成一天的進度，把工具都收拾好之後，湯米會筋疲力盡地退場。

然後艾倫上場，回到病房去盥洗，抽一根口袋裡找到的香菸，再坐到交誼廳裡寫東西，一直寫到熄燈。

員工可一點也不高興。

醫護又抱怨了，壓力越來越大，泰德．戈曼只好跟艾倫埋怨，嫌他寫得太勤快，對他的治療不好。「我允許你寫東西，」他說，「可是我並沒有要你寫書。」

艾倫想了一分鐘，決定又該鼓動如簧之舌了。「戈曼先生，」他說，「你明知道我是在寫書啊，你也知道我跟誰合作。你是要妨礙新聞自由……？妨礙言論自由……？」

「咳，千萬別這麼說。」戈曼立刻說。「你可以寫書，可是別花太多時間。還有，拜託你行行好，不要一面寫一面瞪著值班人員看。」

「他們不讓我在房間裡寫，非得要我坐在交誼廳才給我鉛筆，而且他們又好巧不巧偏偏坐在旁邊，我一抬頭，就看到他們，也不是我願意要瞪著他們看的啊。」

「密利根，你害這裡的人都疑神疑鬼的。」

艾倫看了他長長的一眼。「那你的意思呢？你也知道我不應該住在高度戒護病房裡，可是我在這裡快半年了。你明知道我不該在這裡的。林德納醫生也知道我不該在這裡。可是你們沒有一個願意承認。」

「好！好！」他說。「你不應該在5／7病房。」

艾倫忍住笑。他知道護醫人員因為他的緣故隨時都會走人。

下一週，他就轉到了開放式病房。

3

艾倫走進六病房的新隔間，看到窗子雖然還是有鐵柵，卻沒有鐵絲網。他望著兩層樓下的庭院，張大了嘴合不攏來。「嘿！下頭有隻動物耶。」

一個陌生的聲音說：「怎樣，是沒看過鹿喔？」

艾倫轉過頭去。「誰說的？」

同一個聲音說：「我說的，隔壁間的。」

艾倫繞過隔板，探頭一看，就看見一個巨大的非裔美國人在做伏地挺身。

「現在是怎樣？」那人說。

「我剛搬進來。」艾倫說。

「嗨，我叫柴克．格林。」

「下面有頭鹿耶！」

「對啊，而且還不止一隻。我才進來一個禮拜，可是我一直在注意牠們。還有一隻雁跟一大堆的兔子。現在都躲起來了，等太陽再下去一點，就會跑出來了。」

艾倫打開窗，朝母鹿丟了一個甜甜圈。牠吃了，抬頭看他，艾倫真不敢相信牠的眼睛那麼溫柔。

「牠有名字嗎？」艾倫問道。

「我怎麼會知道？」

「那我要叫牠蘇姬。」艾倫說。母鹿一蹦一跳地走了，他激動得說不出話來，因為乍然明白鹿是自由的，他卻給關在這裡。他在隔間裡來回踱步。「天啊，真恨不得我也能拔腿就跑。」

「你要到外面去就去啊，又沒人管。」

「你說什麼？」

「六病房是半開放式的，走廊隨便你走，只要簽到，還可以到院子裡去，繞著房子跑。

他們鼓勵我們多運動。」

艾倫真不敢相信自己的耳朵。「你是說我可以自己一個人走到病房外面？」

「隨便什麼時候都嘛可以。」

艾倫小心翼翼走上大走廊，左顧右盼，心臟怦怦跳。他給關了太久，不知道會發生什麼情況。走著走著，他發覺自己越走越快，幾乎跑了起來，可是他沒真的跑，因為他現在是走在人群裡。兩隻腳一直走就對了。汗水感覺好棒。他繞圈子走。好不容易，他鼓起了勇氣，打開了門，出去到院子裡。

散步變成了慢跑，然後加快速度，最後他全力衝刺，繞著病房建築跑，雙腿蹬著水泥地面，風吹過他的頭髮，新鮮的空氣拂著他的皮膚。他感到熱淚滾落了下來，停住腳步，大口喘息，甩甩頭，為許久不知的自由滋味而欣喜。

可是，他的頭腦裡卻有個聲音說：白癡，你還不是一樣在牢裡。

十二、密利根條款

1

一九八〇年四月十四日的庭審舉行之前，俄亥俄州哥倫布市的司法與政治角力正如火如荼展開。

密利根的快迅移轉——從禁閉室到重警備九號病房，到限制較少的5／7病房，再到半開放的六病房——在某些人看來代表他的心理狀態有極大的進步，可是對別人而言，包括哥倫布各報紙以及幾位州議員，他們卻不樂見其成，反而激發大眾的恐懼，放出風聲說法院礙於法條可能會將他轉到開放的醫院，像是艾森斯心理健康中心。甚至放他自由。

一九七九年十一月三十日，金沃西法官主審的第一次聽證中判決，突然將密利根強制轉院到利馬是違法的。這次聽證會將會突顯出兩點爭議：因為果斯貝里提出動議，要求將密利根轉到民營的精神病醫院，法院就必須決定以密利根的心理狀態，是否仍必須高度戒護。果斯貝里也提出了第二項動議，要求法院判決利馬醫院院長隆納．赫柏德及診療部主任路易．林德納藐視法庭，因為他們違反了金沃西在一九八〇年十二月十日的判決：

「本庭裁定被告轉入俄亥俄州州立利馬醫院，進行與多重人格相應之治療，過去之所有病歷資料均應移交州立利馬醫院……」

心理健康局可能依法將密利根移送到開放式醫院，或是轉回艾森斯中心，或是甚至釋放，這消息不脛而走。幾名州議員得到當地媒體的聲援，採取了行動。為了阻止轉院之事成真，俄亥俄州議員援引「參議院第二九七號修改替代法案」做為緊急法令，「……以確保具潛在危險之個人不得在未經法院監視下〔自精神病醫院〕釋放。」

一九八〇年三月十九日，距聽證會不滿一個月，《哥倫布快報》報導了新法提案，並且與之和密利根相連：

選舉年有所行動意料之中
托詞精神錯亂選民厭煩
本報記者羅勃・魯斯

經過數月的討論，俄亥俄州議會似乎傾向於立法阻擋曾被判精神錯亂之罪犯從州立醫院快速出院。

此事眾說紛紜，莫衷一是。其中之關鍵人物威廉・密利根這名多重人格強暴犯以及……克利夫蘭一名殺人犯，實乃是推動本法案（參議院第二九七號法案）的動力……

許多俄亥俄州民與全美各地的同胞一樣，都認為以精神錯亂做無罪抗辯只是罪犯為了逃避牢獄之災的伎倆……

批評者以密利根為例……

一九八〇年適逢選舉年，因而另一個參議院第二九七號法案才迅速通過，在參議院中屬少數黨的共和黨想以此法條為主要的競選話題。

這件事的影響是，單單提起密利根的名字就能引爆激烈的舌戰。眾人熱烈地討論他眾所皆知的特殊寬大治療，以及他「因精神錯亂而無罪」裁決可能造成的危險。

四月十四日的庭審腳步逼近，兩造律師都傳訊專家來為密利根的心理狀態、診斷結果、治療情形作證。

聽證會前兩天，林德納醫師下令在合格心理健康人事部禁見令上公告，禁止作家和密利根見面，也不得打電話給他。

金沃西法官的聽證會開庭前不久，瑪麗在作家身旁坐了下來，伸手拿他的筆記本，用密密麻麻的蠅頭小字寫下：「保全單位有一本小簿子，以字母順序列出病人姓名，翻到M的部分，左邊夾了一張紙條，上頭寫著『禁止丹尼爾·凱斯（先生、醫師、抑或教授）與威廉·密利根見面，也不准他踏入醫院院區一步。』」

*

林德納醫生並沒有出庭。

俄亥俄州檢察官傳喚第一名證人約瑟夫·車維諾醫生。車維諾醫生矮小結實，灰髮灰鬍，戴一副厚重眼鏡，取代米爾基醫師由他擔任主治醫師。他說第一次見到密利根是在密集治療單位。他閱覽過能夠取得的病歷，雖然他承認並沒有和密利根談過他的情緒與心理問題，可是卻能就密利根的心理健康提出他的看法，根據的是他看過的資料（從發病到十五歲的病歷）和四、五次面談中的觀察。

被問到利馬是否遵守法院的裁決，以治療多重人格疾患的方式來治療密利根，車維諾說因為這種疾病極為罕見，很難找到專家來治療他。到最後他也承認並沒有人跟他討論過法官在十二月十日的治療裁定。

果斯貝里問：「檔案裡不是有法庭判決書的影本嗎？」

「我沒看過。」車維諾說。

「你的意思是你從來沒有針對治療比利．密利根的特殊環境討論過？」

車維諾有些不知如何回答。「我沒看過多重人格。」他說。「密利根從來沒有表現出來。」

車維諾回憶醫院的紀錄，承認儘管密利根不是精神病，卻在一九七九年十月數次服用治療精神病的藥物，包括所樂靜。詢問他原因，他說：「因為高度焦慮——為了讓他平靜下來。」他也作證說診療部主任並沒有給他什麼特殊的指示，而考爾醫師曾寫信建議多重人格疾患的最基本治療要點一事，他也在這次聽證會之前才知道。

一讀之下，車維諾說，他極氣憤。他非但不同意考爾醫師建議的療程，而且還反對所有的判定標準。他指著文件說：「要是我照著做，那我不是光忙著治療，什麼事都別做了。」

考爾認為負責治療的醫師本身必須相信有多重人格疾患，才能夠有效治療，可是車維諾駁斥考爾的看法。「我不認為要先相信才治得好多重人格疾患。」他說。「我不相信什麼精神分裂，照樣也能治得好。」

＊

十一點零五分暫時休庭，再開庭後犯罪精神學部部長約翰・佛姆林醫師出庭作證。這位留著落腮鬍、在荷蘭受訓的精神病學家以喉音很重的口音承認他確實知道法官十二月十日的治療裁決。

「請問你採取了什麼行動？」亞藍・果斯貝里問道。

「我不太清楚裁決的意思。」他說。「我知道比利・密利根的抗辯理由，也知道他在利馬。我的反應是盡量多找一些多重人格疾患方面的資料，再考慮該怎麼做。」

他說他聯絡了幾名俄亥俄州立大學醫學院的醫生，他們推薦茱蒂絲・巴克斯醫生，這位年輕的澳洲精神病學者曾在俄亥俄州齊利柯斯監獄治療過多重人格異常病人。他請她到利馬來看密利根，再將她的診斷直接交給他。另外他也諮詢了考爾醫師、哈定醫師、林德納醫師，以及其他數位醫師。

被要求綜述巴克斯醫師的發現，他說巴克斯醫師認為利馬並不適合治療多重人格疾患，推薦了幾所其他機構，有些不在俄亥俄州境內。

＊

一點三十分休庭之後，利馬醫院院長隆納・赫柏德出庭作證。這位院長非常肥胖，雙下巴極其明顯，下巴的肉還一直顫動，他帶了好幾個檔案夾來。果斯貝里的同事瘦長的史帝夫・湯普森詢問他是否帶來了密利根的護理卡及進度表，他打開了檔案夾，瀏覽了一下又闔上，說：「帶來了。」

他也說到，直到這次聽證會的幾分鐘前，他才知道有十二月十日的法庭裁決。「法庭裁決實在太多了，每一張的樣子都差不多。」他說。「你非要說我收到過，那就算收到了吧。可是我不記得了。」

湯普森問起密利根在利馬第一個月的病歷上的細節，赫柏德似乎既困惑又狼狽。他慢吞吞翻閱帶來的檔案，好不容易才開口說沒有十一月三十日之前的紀錄——雖然密利根早在一九七九年十月五日就轉入利馬了。

湯普森顯然也詫異，繼續逼問。

「這些敏感的醫學紀錄通常是保存在哪裡？」

「病房裡。藥劑室的金屬箱裡，還上了鎖。」

「誰能拿到這些紀錄？」

「醫生、社工、教育專家、護士、值班人員。」

湯普森問赫柏德帶來的護理卡和進度報告是哪年哪月的，這位院長頓時心慌意亂，慢吞吞翻動檔案。翻來覆去了好一陣之後，才承認密利根的檔案還有許多部分遺失了。除了十月的、整個十一月、整個十二月到一九八〇年一月初的檔案都不見了，現在的護理卡只有一九八〇年一月底到二月初的部分。

法庭裡一片交頭接耳聲。

「密利根先生的進度報告和護理卡有可能收藏在別的地方嗎？」湯普森問。

赫柏德的臉脹紅了，輕拍檔案夾，說：「所有資料都在這兒了。」

＊

四月十四日的聽證上，果斯貝里也傳喚了茱蒂絲．巴克斯醫生。自從佛姆林部長派她去利馬評估密利根的病情之後，巴克斯就沒有再見過密利根，而且她隱約覺得他們希望她能夠反駁多重人格疾患的這個診斷，而一名官員示意犯罪精神學部需要她的協助來擺脫這個麻煩。一氣之下，她打電話給果斯貝里：「我去那裡，心裡所知道的就是州政府要我指出這個傢伙不是多重人格異常，好讓他們甩掉這個燙手山芋。」

「我最驚訝的是利馬加諸他的重重限制，連鉛筆也不給他，」她說，「我覺得把一個人關起來，不准他使用鉛筆，簡直是居心叵測。從這個小地方就看得出來，利馬的員工就是要惡整比利．密利根！所以我想告訴你，只要有我派得上用場的地方，只管開口。」

巴克斯醫生宣誓之後，果斯貝里先請她概述她的專業背景，確認她是多重人格疾患方面的專家。她說她在澳洲得到學位，此後就受雇於心理健康局，接著在一九七九年她奉命去看密利根，評估他在利馬的治療情況。關於這方面的經驗，她之前曾治療一名多重人格異常患者，為期一年兩個月，也曾接觸過大約三十名同症狀的病人。

她請教過大衛．考爾醫師以及精神病學家柯內莉雅．魏伯醫師，兩人都證實了她的看法：儘管密利根在適當的治療後病情能夠進步，可是在利馬卻得不到適當的治療。

被問及是否能夠依據與密利根的會面情形來作出診斷，她說跟密利根對談證實了他確實有多重人格疾患。

「其實，那個睡著的人一天裡有兩、三個小時是有意識的。密利根是在不同人格的狀態下生活著。」

她作證說治療對密利根有效，可是唯有具適當設備的機構才能夠給予相應的治療。她讀過考爾醫師所寫的最基本要點，她建議應該根據考爾的意見來治療密利根。

接下來的休庭時間，密利根傳了張紙條給律師，上頭寫著他現在是史帝夫。雷根把比利U弄去睡覺了，他交代史帝夫到法庭傳話。等他上了證人席，他一臉的不馴，睥睨四方。

「你們到底要煩他煩到什麼時候？比利已經睡了很久了。他什麼時候出獄，就什麼時候去看考爾醫生。」他就說了這幾句話。

檢方辯方都做了結辯之後，金沃西法官說他會在兩週後裁定，也就是最遲四月二十八日。

2

林德納持續阻撓密利根與作家通聯，於是果斯貝里向總檢察長投訴，地檢署就命令醫院撤除一切的禁令。聽證會後幾天，助理檢察官A．G．白林契親自打電話給作者，通知他林德納的命令已遭駁回，他隨時都可以在會客時間去找密利根，而且保全部也得到命令，讓他把收音機帶進醫院。

*

一九八〇年四月二十五日，作家前往利馬，皮包裡裝著已完成的《二十四個比利》手稿。他進入延伸走道，踏上兩道電動柵門之間的走廊，等著第二道門打開，趁等待的時間，他仔細端詳這一百呎長的壁畫，他已經從其他訪客那裡聽說了。壁上畫的是風景，巨大茂鬱、結構豐富。

遠景是白雪皚皚的山脈繞著大湖，湖中點綴著幾座樹林蓊鬱的島，島上的青松修茂，樹木都披上了秋色。一座木拱橋將觀者的目光吸引過去，順著橋又看見一條泥巴路，有一道柵門攔徑，過了門就看到山中木屋，木屋有船塢，對面湖上有漁夫泛舟。

雖然署名是比利，作家卻知道只有湯米畫風景畫，他也很高興湯米能夠離開病房，做他最喜歡的事情。只要這名年輕的脫逃大師能夠繪畫，他就能創造出自己的自由之路。

第二道柵門打開了，作家通過。

三病房最大的內廳裡只見病人排成長龍，等待值班人幫他們跟訪客拍照，用的是拍立得相機，他們都要拍背景的燈塔壁畫。

會客室內的一幅畫，讓作者想起了比利的妹妹凱西帶他去的一個地方，他認出了那座有屋頂的橋和新耶路撒冷路，順著那條路走下去就會到布萊曼的一處農場，根據其他人的法庭證詞，在那裡他的繼父查默．密利根凌虐強暴他這個八歲大的孩子。

一名值班人帶比利進來會客室，作家立刻知道這個朝他走來的年輕人不是「老師」。迷惑的臉部表情、沒有起伏的情緒、慢條斯理的說話方式、軟弱無力的握手力道都是顯而易見的證據，比利只融合了一小部分。

「我在跟誰講話？」等值班人走出聽力範圍，作家才低聲問。

「我好像沒有名字。」

「老師呢？」

「我真的不知道。」他聳肩說道。

「為什麼不是老師出來見我？」

「雷根不能融合進來，這裡是危險的地方。」

作家明白了。哈定醫院的瑪琳·柯肯醫師曾指出，要是雷根和其他人融合，就不太能夠扮演好保護者的角色。因為這裡是像監獄一樣的醫院，所以雷根必需要獨立出來，主導場子。

作家懷疑，比利在這次的會客之前被刻意下了劑量很重的鎮靜劑，以免他和外在世界交流，透露出醫院的情況和他的治療狀況。可是利馬的醫療小組不知道的，是在艾森斯心理健康中心，無論有沒有服藥，密利根在訪談一開始通常都會以某個人格出現，可是和作家聊久了之後，這個人格往往就會和「老師」融合。

這個「我不知道我是誰」的舞台曾經是「老師」的一部分，作家相信他們全部的人都知道寫書的安排。

「我覺得雷根會想知道我有沒有謹守諾言，不隱射他犯下了別的他被控的罪名。」作家說。「要是他加入了融合，老師也到了，麻煩讓我知道。」

密利根點頭，讀起了手稿。

過了一會兒，作家去洗手間。他一回來就發現密利根抬頭一笑，指著二十七頁最上面，那裡寫著：「老師。」

錯不了，他變成「老師」了。他和作家寒暄敘舊，他們上次見面還是金沃西法官主持的第一次庭審，「老師」匆匆現身法庭讓米爾基醫師鑑定。

「老師」的作風是絕不肯馬馬虎虎，立刻建議了有幾處需要修改：

「你這裡說：艾倫進了臥室，瑪琳正在抽菸。瑪琳不抽菸。」

「在空白處做個記號，我回去再改。」

幾分鐘後，「老師」搖頭。「這裡說：他在路邊的公園搶了同性戀，開的是他母親的車。說得更仔細一點，龐帝克雖然是登記在媽的名下，真正的車主卻是我。也許可以改成：他開的是他的車，可是登記在他母親名下……」

「寫下來。」作家說。

「老師」修改了一段耶誕節的記述，比利的妹妹凱西和哥哥吉姆為了路邊休息站攻擊案找凱文對質，後來比利就為了這件案子坐牢。

他建議作家加上：「再說，你很久以前就離開家了。」

「是這樣的，吉姆離家了，現在換比利來保護媽了。他覺得是吉姆跑了，棄家庭於不顧。那天晚上，凱文朝吉姆丟了會打傷人的東西，可是凱文是感覺吉姆拋棄了她們——拋棄了小凱西和媽。他十七歲那年離家出走，去念大學，又加入了空軍，把我一個人丟在家裡，家裡只剩下我這個男人來保護我們的母親和小妹妹。我才十五歲半，明明吉姆是哥哥，卻要我來保護她們。我覺得是他拋棄了這個家。」

「這點很重要，」作家說，「我用電話訪問他，提起這件事，我只有吉姆的觀點。這樣你就有機會來糾正了。可是你記得你是那個時候說的，還是剛剛回憶的時候說的……？」

「我是在那個時候親口跟他說的。我對吉姆總是有根深柢固的憤怒，因為他拋棄了家人。」

「凱文的想法也一樣嗎？」

「當然一樣。凱文知道吉姆拋棄了我們。凱文不是個能負責任的人，可是他為媽和凱西害怕，所以他想盡辦法不讓她們受傷害。」

「老師」接著往下看，又搖頭。「你這個角色說：『是啊，你很懂得計畫。』他不會那樣說話。應該是『對喔，你他媽的最會耍心眼了。』你要把另外這兩個傢伙塑造得粗俗蠢笨又暴戾。他們就是那樣的人，智力非常低。開口不離髒話。還有，一定要記得他們說的不是標準國語。」

「在空白處做個記號。」作家說。

「老師」寫下「更多髒話」。

「老師」看到這一章最後，雷根走過雷貝嫩監獄的重重柵門，因為認罪減刑要坐二至十五年的牢。他說：「你可以加上一句：『雷根聽見鐵門在我們背後關上，鏘鎯一聲震天響。』來帶出我的心境。因為那一聲響在我坐牢的很多夜裡，一遍又一遍在我的心裡響個不停。我會半夜醒來，全身冷汗，聽見那個聲音。就連在這裡，每次聽到門關上，我都還是會想起走進雷貝嫩的那一刻。」

「我痛恨查默，到現在恨都不消，可是一直到我進了監獄，我才明白其實我根本不知道恨為何物。你得要有親身經驗才知道。愛波是知道怎樣去恨的人。她想要看查默被抽筋剝骨在她的眼前燒個精光。我們這些人卻沒有那麼想過。我們覺得憤怒，不是痛恨——痛恨要到我被冤枉地關進了監獄以後，我才體會到。我在雷貝嫩學到的東西，沒有人應該知道。」

第五天，密利根走入會客室，作家一眼就看出不對勁。「天啊，你是怎麼了？」

「他們停了我的藥。」

「你覺得他們是故意要阻止你幫我寫書嗎？」

他聳肩。「不知道……」他的聲音平淡，而且說話速度很慢。「我覺得好虛弱，頭好昏。昨天晚上我的頭好像有空氣壓縮機在吹。我的房間不到十三度，可是我還在冒汗。我全身都濕透了，還得換新床單。我現在還在發抖，昨天晚上抖得更厲害。可是我還是跟林德納說不要了……他說他要分三階段減少我的藥，免得我又出現戒斷症候群……」

「你現在是誰？」

「……不知道哪裡不對勁……有些事我記不得了。都是昨晚開始的，可是現在越來越壞了。」

「你還能看稿子嗎？」

他點頭。

「可是你不是『老師』吧？」

「我也不曉得。有些事我記不得，我可能是『老師』，可是我的記性沒那麼好。」

「沒關係，說不定你看著看著『老師』就回來了。」

他閱讀手稿，聲音逐漸變強，表情也更生動。說到雷根闖入醫療器材行幫小南西偷兒童輪椅，他點了點頭。「雷根不會放在心上，因為他們不能證明是他做的。不過你不能寫他有多害怕。」

「雷根會害怕？」

「是啊，所以才連提也不能提。非法入室行竊是最莽撞愚蠢的事了，因為沒有辦法預測狀況——像是不是有警鈴、看門狗等等。而且也不知道出來之後會出什麼狀況。所以總是要揪著一顆心。」

兩人努力看下去，快看完的時候作家注意到他的表情改換了。

「老師」點點頭，靠著椅背，淚水盈眶。「寫得好，完全按照我的原意。完全站在我的角度。」

「真高興在我離開前你回來了。」作家說。

「我也是。我想說再見。來……這是給果斯貝里的。他們雖然向我施壓，要我以最低薪資美化這個地方，可是他們不能只花那麼點小錢，就得到這些藝術作品。」

兩人握手，作家察覺到有張折好的紙塞進了他的掌心，他不敢打開來看，等開車離開了院區才看，寫著：

明細表

比利向俄亥俄州立利馬醫院請款

俄亥俄州政府代轉

一、入口安全柵門間之壁畫	兩萬五千元
二、三病房會客室壁畫（貓頭鷹）	一千五百二十五元
三、三病房壁畫（燈塔）	三千五百元
四、三病房壁畫（風景）	一萬五千兩百五十元
五、三病房門（有頂橋）	三千五百元
六、牙醫辦公室壁畫（城市）	三千元
七、製陶工作室壁畫（生鏽倉庫及牽引機）	五千元
八、繪製金色牆框，框內奉送一幅畫	免費

共計（未含稅）　五萬六千七百七十五元

3

駕車回艾森斯，穿過哥倫布市途中，作家拿起了四月二十九日的《哥倫布公民報》，看見頭條：

密利根仍羈押利馬

【利馬報導】愛倫郡緩刑庭法官大維．金沃西週日裁決二十六歲之多重人格強暴犯威廉．密利根仍舊羈押在精神失常罪犯州立醫院。

密利根的律師亞藍．果斯貝里說密利根並沒有得到相應的精神治療……

果斯貝里對利馬醫院院長隆納．赫柏德及密利根的主治醫師路易．林德納醫師提出怠忽職守之指控。該指控也在週一遭金沃西法官駁回……

＊

俄亥俄州的法官是民選的，所以金沃西法官的裁決誰也不奇怪，至於議會快速通過了二九七替代案，而且州長詹姆士．羅德在兩天後就簽署，當然也沒有人會覺得意外。傑．弗勞爾斯法官和幾名俄亥俄州檢察官（其中還有一九七九年起訴密利根的伯納．葉維奇）在事後向作家坦言，法案之所以迅速通過又立刻簽署是因為比利．密利根一案爭議不斷，而法案的後續效果是讓密利根繼續拘押於重警備機構中，如此一來心理健康局就不能夠自行將他轉送到較寬鬆的機構——尤其是艾森斯心理健康中心——如要轉院，就必須先知會法院，那麼勢必驚動媒體，連帶的，檢察官和敵對的社團就有機會來抗議阻撓。

這條法案，一般都叫它「密利根條款」或「哥倫布快報條款」。

畢竟，公然地提醒州議員和法官們今年是選舉年的，就是《哥倫布快報》。

十三、偷竊門板

1

五月中旬某天早晨，艾倫在早餐宣布要探索六病房，柴克．格林也聞聲響應。兩人在走廊上漫遊，檢查了幾個出口，發現有個出口一開門就是樓梯間，樓梯蜿蜒如螺旋。他們順著樓梯向上爬，到了頂樓，只看見一扇門上頭寫著「職業治療」。他們推門而入，有一名禿頭藍眸的青年正一邊喝咖啡一邊抽菸，嚇得跳了起來。回過神之後，他露出微笑，揮手要他們進來。「我叫蘭寧．坎貝爾。進來看看嘛。」

艾倫看見許多箱製陶用品，兩年前他在哈定醫院也用過。柴克進了一個寫著「木工坊」的房間，艾倫跟進去。裡頭有木匠的設備，卻乾乾淨淨的，一個人也沒有，件件機器都原封不動。

房間一隅擺了張剛做好的咖啡桌。

「好漂亮。」艾倫說。「誰做的？」

「我做的。」坎貝爾說。

「做了很久嗎？」柴克問。

「大概三個禮拜。」

「你要放在病房裡嗎？」
「才不要。」坎貝爾說。「我是做來賣給員工或訪客的。」
「這種東西他們會付多少？」柴克問。
「有個人要用二十塊買。」
「才二十塊？」艾倫叫了起來。「天啊，我是不知道你怎樣啦，那個人也可能是你最好的朋友，可是也太離譜了。我就算用五十塊買，也會覺得是偷來的。」
「賣給你了。」
「唉，我現在可沒錢。」
坎貝爾抓抓禿了的腦袋。「既然這樣，我還是就賺二十塊好了，好歹也可以買一個月的菸。」
「是啊，」艾倫說，「可是這可是你花了三個星期做出來的呢。」
「唉，可惜我沒本事用木頭做出那種東西來。」柴克說。
坎貝爾比了比電鋸。「試試看啊。」
柴克哈哈笑。「我八成會把胳臂鋸掉。」
「為什麼現在沒有人上來？」艾倫問道。
「從來就沒有人上來過。」坎貝爾說。「我在這裡三年了。大概兩年前有人上來過，來了兩天，就只是坐在那裡打屁聊天。就這樣。要是木工坊的老大巴伯．戴維斯來了，我們就打牌，打發時間。其他時候，我就在這裡上班，管好我自己就好。」
「咳，真是浪費了這麼好的設備。」柴克說。

艾倫點了點頭。「要不然乾脆我們來做點什麼好了。」他倚著一張鋼桌，伸手去按牆上的開關。「這是什麼東西？」

「快把手拿開。」坎貝爾說。「下面有刀片。」

艾倫彎下腰去看桌子底下。「切什麼的？」

「我來示範。」坎貝爾說，從角落拿了一塊木頭。「這是我最後一塊了，本來打算做木雕的，管他的……」

他把木頭放到桌上，一按開關就出現許多捲曲的木屑。

「是刨床！」柴克大喊。

「哇塞，有夠猛，兩、三下就清潔溜溜了。」艾倫說。「這玩意可以讓所有的木頭變形。」

坎貝爾哈哈笑。「什麼木頭？你看清楚一點，這裡哪裡有木頭？」

舉目所見淨是水泥、鋼鐵、機器。一間設備齊全的木工坊，卻沒有木料。

柴克指著一道寫著「乾燥室」的門。「那不就是木頭。」

三人哈哈大笑。

「對。」艾倫慢慢地說，若有所思。「這裡大部分的門都是木門……」

柴克微笑。「這幾棟樓裡有一大堆木頭。」

「你不要說了，我不想知道。」坎貝爾說。

艾倫和柴克回到六病房以後，隔著隔板商量找木頭做東西的事。柴克大力主張把木工坊和乾燥室之間的門拆了，切割開來，先斬後奏。

「我們可以做兩張咖啡桌。」艾倫說。「我才不會二十塊就賣哩，那個坎貝爾真是呆。」

「要是你連買菸的錢都沒有了，二十塊可不是小數目。」
「隨便是誰都肯花四、五十塊來買。」
「明天我們再上去吧。」柴克說。
第二天早上他們到職業治療辦公室去報名參加木工坊。哈利．韋德莫值班，他的模樣就像紅頭髮的耶誕老人，可是他從辦公室窗子裡兇巴巴地瞪他們。「幹什麼？」
「我們想到木工坊，」柴克說，「看能不能學點手藝。」
「會不會打尤克牌❹？」
「會。」艾倫說。
「吶，不想在那兒摸機器的話，可以過來這裡打牌。不要給我找麻煩，不要問我問題，我可不知道那些狗屁玩意怎麼弄。那邊有工具櫃，裡面應該有東西，找到什麼就將就著用吧。你們現在就可以進去隨便看看，看能不能找到什麼有興趣的，可是不准搞什麼大卸八塊的把戲。」
艾倫和柴克查看了機器，發現了不少東西，有些用具連蘭寧．坎貝爾都沒見過。他知道怎麼操作固定式電動鋸、帶鋸、鑽子、刨刀、砂紙磨光機，可是他不會使用車床，也不知道怎麼打開線鋸。
「一定有地方插電。」柴克說。
「我找過了，」蘭寧說，「沒看到啊。」
三個人在工作檯下爬，尋找插座，最後是柴克找到了。他把插頭插上，機器立刻發出響動，嚇得三個人跳了起來，頭還撞上了桌子。

「現在知道它會動了。」柴克說。

「再來就是學會怎麼用了。」蘭寧說，揉著光禿的頭頂。

艾倫也摸著頭上腫起的一個大包。「說不定圖書館裡會有資料。」

他們到圖書館去找使用手冊，小心翼翼邊看邊學。三人對於什麼東西最賺錢各持己見，一個說是咖啡桌，一個說是領帶架，一個說是雜誌架。

柴克到角落去翻紙箱，找到了一個盒子，搖起來嘎啦嘎啦響。

「找到了什麼？」艾倫問道。

柴克從盒子裡拿出幾個輪子、齒輪、小小的銅數字，擺在桌上。「不知道。」

蘭寧搖頭。「這是做時鐘的零件，我是外行。」

「我來看看。」艾倫說，摸著小件的金屬，感覺到湯米在心裡蠢動，小王八蛋有興趣了。「我覺得我可以把它組合起來。」

「組起來了也沒用。」蘭寧說。「還是少了外殼。」

柴克看著乾燥室的橡木門，拿起了螺絲起子，把樞鈕轉鬆了。門卸下了之後，他就把門板靠著牆，露出笑臉。「現在有了。」

「夠做三個外殼了。」艾倫說。

❹Euchre，四個人為主的紙牌玩法。

「啨，管他的。」蘭寧說完就打開了電鋸開關，柴克和艾倫合力把門板抬起來，放上桌檯。三個人一齊哼著〈吹口哨幹活〉，把門板切成了幾片。

2

從五月最後一週到六月上旬，艾倫和湯米輪流在場子上，湯米在陶藝坊畫壁畫，艾倫在木工坊做時鐘：鑽洞，做鐘面，打磨，上膠，上漆。

最後三個人的時鐘都做好了，艾倫跟蘭寧說：「你做得最好，是很獨創的設計，就算便宜賣至少也值個三十塊。」

「現在只要有人開價我就賣了。」蘭寧說。「我快沒菸抽了。」

買了蘭寧的咖啡桌的那個醫護人員進來逛，看見了靠牆的桌上擺了三座時鐘。「我喜歡那一個。」他說，指著蘭寧的作品。「五塊錢賣我。」

蘭寧伸手就要去拿。

「你給我慢著！」艾倫說。「蘭寧，跟你說句話。」

醫護轉過來，問：「你是誰？」

「他是比利．密利根。」蘭寧說。「這些時鐘是我們三個一起做的。」

「哦，」醫護說，怒瞪著艾倫，「我知道你。」

艾倫把蘭寧拉到一旁，壓低聲音。「別這麼白癡好不好。我來跟這傢伙講價，保證比五塊還多。」

「好吧，可是他只要走人，我就賣了。」

醫護高聲說：「我真的想要那個時鐘，蘭寧。我馬上就付錢給你的社工。」

艾倫說：「蘭寧說什麼也不可能用低於三十塊的價錢賣掉。」

「你瘋了！」

艾倫聳個肩。「你既然那麼想要，就得付這個價。」

「去死啦！」醫護走出去了。

一小時之後他又回來了，手上拿著粉紅單據，上頭寫著三十元整。他把單子交給了蘭寧。走出去時，還回頭看。「你少在那裡出餿主意，密利根。」

醫護離開後，蘭寧樂得在房間裡跳來跳去。「嘿，我還真不知道三十塊要怎麼花呢。」

艾倫一手按著他的肩膀。「我倒是知道其中的十五塊該怎麼花。」

「嗄，時鐘是我做的欸。」蘭寧說。

「你本來五塊錢就要賣的。」柴克說。「你有什麼主意，比利？」

「買木頭，十五塊就能買到很好的白松木。」

蘭寧同意了，於是艾倫去交誼廳打電話訂貨。可是公文旅行要整整兩個星期，然後木頭才會送到精神病院的木工坊來。

「有這麼多機器，又有那麼多時間，卻讓我們呆呆坐著，簡直是犯罪。」蘭寧抱怨著。

「還有人有什麼主意嗎？」柴克問道。

「這個嘛，我們拆了一扇門。」艾倫說。「還可以再拆一扇。」

「那樣太冒險了啦。」蘭寧說。

「我們要木頭，」艾倫說，「就得將就一點。」

第一個不見的是福利社的門。

要把十五病房和服務處之間的門弄走就比較麻煩了，所以這三名合夥人在服務處門前擺了張桌子賣點心，再趁這時候偷偷把樞鈕都轉鬆。蘭寧想辦法轉移注意，艾倫和柴克趕緊把門板抬下來放在桌上，然後就抬著回職業治療部。進了木工坊之後，立刻就把門板切成了好幾片，毀屍滅跡。

往後的幾週，員工和訪客把他們製作的時鐘、咖啡桌一掃而空，木料來源短缺，弄得這三名合夥人焦頭爛額。他們仔細計畫，再演練幾遍，最後分派任務。儲藏室裡少了四張橡木桌、兩張野餐桌，而候診室、護士站、辦公室裡的木椅也不翼而飛。

艾倫用兩張老辦公桌設計打造出一座老爺鐘，是他的嘔心之作。他在鐘擺上寫下比利兩字。

「我們死定了。」蘭寧說。

柴克嗤之以鼻。「不然他們是能怎樣？把我們丟到牢裡？我還嫌這裡的木頭都不夠好哩，最好能找到好一點的木頭。」

「哪有可能。」蘭寧說。

「欸，我跟你們說。」柴克說。「音樂治療教室的那架老鋼琴根本就沒人彈，搞不好也沒人會注意到不見了，起碼不會很快就有人注意到啦。」

蘭寧和艾倫齊聲呻吟著。

到了鋼琴日，他們就帶著拆卸工具、醫院推車的把手、四個腳輪，進了空蕩蕩的音樂治療教室。進去之後，他們立刻就把腳輪裝在鋼琴的表面，再把鋼琴倒過來。琴椅拆下來的木頭輕易就嵌進豎立的鋼琴腿間，他們帶來的推車把手也裝進了側面。

蘭寧和柴克在後面推鋼琴，艾倫在前面拉，走在走廊上誰也沒有對他們多看一眼，反正也不過就是三名病人兼工人拉著一輛堆滿了木頭的桃花心木推車嘛。

好不容易木材行終於把木料送到了，他們做了更多的時鐘和咖啡桌。電話日那天艾倫打給當地一家郵購商店，給他特價優惠。店主來醫院看貨，發現是優質的木工，立刻訂了一百個時鐘。

他們雇用開放式病房的病人，時薪三十元，木工坊成了利馬有史以來最熱鬧的職業治療活動。

湯米設計了一個組裝線流程，沒多久就有足夠的時鐘來付保護費了，因為差不多每一個醫護人員都想要一個。

「鐵三角」——他們現在以此自稱——又找到了製鞋和鞣皮的工具，又讓皮匠治療組重新開張了。

蘭寧出主意把一道短牆拆掉，利用磚塊來砌窯，燒製他們第一批的陶器。到後來他們用盈餘買了三座窯。

職業治療部主管哈利．韋德莫有個週六來了，並不是他上班的日子。他把艾倫帶到樓上，打開一扇上鎖的門。「密利根，你好像懂很多，而這裡有一些機器我根本就一竅不通。我想了好久，要想辦法丟到垃圾場去，可是我可能也沒辦法運得出去，你用不用得上？」

湯米看著戴維森五〇〇〇、鉛版、平版印刷機、印刷模，全都塵封多年。「欸，可以用得上。」

「好，拿去吧，可是別忘了我的一份。」

找來時鐘組裝線上的工人，「鐵三角」把設備搬下樓，放進毗鄰木工坊的一個空房間。

木工坊現在不需要他們本人監督了，所以蘭寧、柴克、艾倫三個就試驗印刷機。

蘭寧建議找葛斯．唐尼來幫忙，他曾因偽造罪在雷貝嫩服刑。葛斯不但教他們怎麼操作印刷機，經過了幾次的試驗，他還複製了員工證和通行證。贗品出神入化，幾乎與真正的證件難分真假。

「媽的，行政部還花大把鈔票送到鎮上去印。」柴克說。「我們在這裡就可以幫他們做了，還他媽的便宜多了，我們只需要給印刷機上潤滑油，再弄東西來把機器上的鏽清掉。」

艾倫倒是覺得，一旦行政部門開始使用院內病人的廉價印刷，醫院的文具表格經費恐怕就會消失得無影無蹤了。

在此期間，寵物治療組的「肥油」桑尼．貝克也跟阿尼．羅根合夥辦起了寵物飼育場。貝克是監獄裡的法律專家，而羅根原本是年輕的生意人，射殺了一名商場上的競爭者，但是以精神錯亂為由而獲判無罪。

羅根提供資本，肥油則提供法律諮詢，教導羅根如何申請療法必須的工具，如何與周邊各郡的寵物店簽定買賣契約，負責供應乾淨健康，而且受過訓練的動物。貝克跟底特律的一個寵物批發商簽了合約，一個月供應五十隻倉鼠。

木工坊為貝克和羅根的寵物生意做籠子，而且為了表示善意，還送寵物給病人，通常病人是需要自費購買的。他們送了兩隻大白鸚，一隻黑色巨嘴鳥、鳥喙很艷麗，還有一隻蜘蛛猴。

艾倫帶頭組織病患工人工會（木工坊二十四人，印刷坊三人，陶藝工坊十六人），並且說服了會員和寵物治療組的二十七名病人串聯。

柴克申請經費要成立醫院棒球隊，他們用盈餘購買了球具和制服。

3

起初管理階層對於職業治療的興旺並不放在心上，可是鐵三角很快就察覺到組裝線以及生意利潤惹得低薪的醫護和一般員工眼紅。艾倫明白截至目前為止，醫護和安全人員都很滿意有個安安靜靜的精神病院，他們愛虐待哪個病人就虐待哪個病人。可是情況改變了，而他們非常不滿。

艾倫也懷疑員工會擔心任由病人主導職業治療部門，會有潛在的危險。沒多久情況就明朗了，上層鼓勵醫護人員重新恢復恐懼及虐待的那一套。那些多年來會偷病人保險金、賣藥的人對許多病患工人更壞了，有一個醫護還捅了病人一刀，工人也開始帶著鞭痕和瘀傷出現在職業治療部。

他們公推柴克去向醫院的巡視官投訴，卻沒有用。

唯有職業治療部能為病患工人提供一個安全的港灣。接下來又有幾名值班人員到職業治療部來串門子，在不知名的機器間出了無法解釋的意外，謠言立刻傳遍了醫院，說是員工最好不要獨自進入該區域，又說走廊到工坊和木工區是病人的地盤，沒有病人陪同，值班人員都不太敢逾越「病人岬」。謠傳，如果某個醫護到那兒去閒晃，受了傷，或是什麼東西砸中了他，很難歸咎於病人，因為大家都知道工坊裡面都是重型機具。

死硬派的醫護人員都等在角落，一逮到病患工人獨自走在走廊上，就動手痛毆他們。

管理階層否認有虐待事件，他們切斷了瓦斯逼迫鐵三角關閉燒陶窯。管理階層說正在修理瓦斯管線，所以非關閉不可。可是一個星期過去了，事態逐漸明朗，這件事擺明了是惡意破壞他們的生意，所以湯米和蘭寧就把瓦斯窯改為電窯。管理階層的反應是停電三天，宣稱是必要措施，因為要檢查工坊。

時序進入七月，騷擾仍沒有終止，鐵三角發現工人越來越少，招募的新工人來不及補足空缺。好幾名新病患工人被拖進了禁閉室，訊問毒打。

管理階層傳下話來，職業治療工坊不會再得到木料，卻沒有解釋原因。病房的情形每下愈況，鐵三角決定得要有自衛的準備。

七月中旬，熱浪襲擊，情勢更壞。病房停水，病患漸漸失去控制。晚上病房溫度高達攝氏三十七點七度，電扇也因為停電而沒有作用，病房群情激憤。赫柏德院長請羅德州長出動國民兵。

艾倫知道保全部遲早會利用緊急情況，把鐵三角關進禁閉室裡。

七月十四日，他打電話給亞藍．果斯貝里，要他找人到醫院來把他的壁畫拍攝下來。他想叫果斯貝里提出訴訟，控告俄亥俄州政府沒有支付壁畫的「藝術價值」，他雖然得到最低薪資，卻是被迫接受的。他還要連同林德納和赫柏德一起控告。

艾倫說重點不在錢，也不在贏得官司。肥油貝克告訴他一旦提起訴訟，把事件鬧大，他們就不敢暗中做掉他。

十四、戰爭的武器

1

密利根住進艾森斯心理健康中心的時候，瑪麗就覺得他這個人非常有意思，在他轉到利馬之後的九個月，瑪麗仍然持續留意他的進展。

後來她無法直接和密利根聯絡，改而不斷打電話給他母親和他母親的新任丈夫、他妹妹、他的律師，想知道比利的近況。只要她知道艾森斯有人要去利馬，就會問能不能一道去。

終於，在暑假的時候，她在利馬市區租了一間附家具的房間，幾乎每天都到醫院去看比利。她成了比利和外在世界的專屬聯絡官兼傳令兵。她幫他打信，偷渡他的筆記出去。

值班人和員工監視他們談話，又開始擔心密利根把他們的活動訊息傳送出去，而且還計畫要揭發醫院的內幕。他們向林德納和赫柏德院長抗議，並沒有得到回應。

*

瑪麗認為有必要把比利這一段的人生記錄下來，以另一個人的角度來敘述。她會運用她的科學訓練來仔細觀察他，記錄他的言行。她決定寫日記，當作是社會學的田野調查。

2

瑪麗的日記：

一九八〇年七月二十三日週三——早晨比利使計回到職業治療部。等他走進會客室來見我，已經是一點鐘了，他手裡有幾張從雜誌上撕下來的家具照片。他正忙著將來的創作計畫。他要我訂二十個時鐘機件和鐘面零件。回到職業治療部，而且還能夠計畫大企業，他的興奮之情溢於言表。我還沒見過他心情這麼好過。

我警告他這是空中樓閣，因為我不想他一頭栽進去，結果卻是空歡喜一場。

「要是我不能讓自己振作起來，往前衝，把我破碎的城堡再蓋起來，我會覺得一無是處，人生就不值得活了。」

他要我三點鐘再過來，而不是一點，好讓他在職業治療部工作。

七月二十四日週四——早晨比利還在職業治療部裡，有幾個六病房的值班人上樓去，說是奉命要把他關進二十二病房的禁閉室。他們說不出理由，負責職業治療部的鮑伯．愛德華茲拒絕交人。也有別人力挺比利，結果大家吵了起來，吵了足足一個半小時，病人、醫護、管理階層的人（林德納及赫柏德在內）爭得面紅耳赤。

職業治療部的其他病人都被趕到另一個房間，比利抱著身體坐在角落地上。最後事情終於落幕，比利並沒有進禁閉室。

事後他說不出是誰想把他關起來，對整個過程也沒有多說什麼。我懷疑是比利勒索過的那個值班人員所造的謠，也可能是有人看不慣比利又回到職業治療部。

七月三十日週三——早晨比利在職業治療部裡，赫柏德的打手上來了，想要阻撓比利跟他的合夥人蘭寧、柴克重新組建的事業。他們才剛架設了組裝線來生產貨物。赫柏德的打手抗議說醫院可能會有麻煩，因為他們的生意沒繳稅。

所以比利決定工人每人每月從「濟貧基金」裡領到的十塊錢轉做稅金。比利設法消弭了所有的異議，克服了一切障礙，可是這麼多爭吵抗議卻讓他很沮喪。他跟我說真希望他們不要事事跟他作對，因為這樣會害他始終採取守勢……

前一週這三名生意人和利馬醫院簽了合約，只要院方供應木料，他們願意搭造院區裡的露天看台。木料送來了，他們派工人到外面工作，時間約莫是兩個小時，然後就鼓動他們罷工，因為他們基本上是做白工。

他們要求院方以相當於一千二百元的木料做為薪資，他們的要求和院方的某項措施類似：醫院要求病人每為自己製作一個時鐘，就必須再為醫院製作一個，以支付材料費用。院方強烈反對，可是最後仍不得不讓步。

今天價值一千二百元的木料送到了，比利叫他們把木料搬上職業治療部，然後再叫他們去搭建看台。今天下午在職業治療部，比利繪畫。他不記得這是不是他回到A病房以來第一次作畫。

他口述了三封信，我帶回自己住處，幫他打好：

寄件人——45802 俄亥俄州利馬市州立利馬醫院A病房

一九八〇年八月三日

收件人——45802 俄亥俄州利馬市州立利馬醫院

隆納．赫柏德院長、路易．林德納診療部主任

赫柏德先生、林德納醫生：

我注意到院方即將召開內部會議，決定我的診斷。有鑑於我的律師的建議，我必須在此知會兩位，我絕不可能和心理健康局合作，接受任何精神鑑定，或是在特地為我召開的內部會議中回答問題，除非我的律師以及我個人聘請的專業精神病學證人也在場。

另外，我也要重申本人的權利，請內部會議全程錄音，以供將來法庭上提證，我的律師也建議會議必需要有數名媒體人士出席。最後，我在此呼籲州政府，若是想要本人合作，請接受本人的條件，以免有侵害民權之嫌。

署名：威廉．密利根

複本收件人：亞藍．果斯貝里、史帝夫．湯普森律師

佛繆倫醫師

提摩西．莫利茨醫師

（瑪麗寫給果斯貝里律師的信）

一九八〇年八月四日

親愛的亞藍：

比利決定了未來的作戰方針。他覺得最重要的一點是知道他究竟要在這個地方關多久。他情願去坐牢，因為坐牢還有一個出獄的明確時間。可是他覺得坐牢的話他必需要單人牢房。

祝好

瑪麗

（密利根寫給果斯貝里律師的信）

一九八〇年八月九日

亞藍：

你好，我很早就想寫這封信給你了，只是一直不知道該如何下筆。你可能會說我得要追趕上來——趕在節骨眼上……要是我失了時機，就只得仰仗你來為我做最好的打算了。我覺得我們又回到起點了。有時候我覺得早該把比利．密利根殺掉。

那就不會像今天這麼不可收拾了。我覺得我們得不到幫助了，可是我想我跟我們就該這麼活下去。我跟凱西、摩爾太太被查默囚禁了許多年，大概就是因為這個原因我不認為牢頭也會是治療師。我覺得，那麼多年月的抵抗已經讓我累壞了。是福不是禍，是禍躲不過。我知道我們今天的麻煩全是自作自受。州議員也幫了一點小忙，最後笑的人居然是他們，想想還是有點心痛。

3

隔週的星期一，病人領袖、肥油貝克、寵物治療組的阿尼．羅根來到木工坊開會，決定如何因應突如其來的打壓。

「我們要開個會。」柴克跟老帕普．馬辛格說。「別讓人過來。」

帕普的兩個木工助手拿了兩塊二乘四寬的木條，守著門口。

領袖們在乾燥室裡，自己倒咖啡，突然七嘴八舌全都說起話來，話題都是醫護在他們的病房製造的問題。

「寵物治療組的情況越來越糟了。」阿尼．羅根說。「我們有很多人莫名其妙就挨打了。」

「我們什麼辦法都想過了。」貝克接著說。「我試過懷柔手腕，也試過訴之法律，還找過聯邦法官。可是管理階層就是不跟我們對話，費盡心機也沒用。」

「我們還是得回頭用老法子。」柴克說。「我們得給他們一點顏色瞧瞧，讓他們知道病人也是人。」

「要是再拖下去，」肥油說，「我們就會中了他們的招，自己窩裡先鬧起來。一旦讓他們分化了，他們就能控制住我們。我看趁現在我們還有能力防衛，先下手為強。」

蘭寧建議集體逃獄，可是艾倫指出逃獄並不能讓利馬改進。留下來的病人還是像以前一樣受虐待。柴克主張索性敞開來鬧，直接接管醫院。

「要怎麼做才能讓他們知道我們不是虛張聲勢？」蘭寧問。

「我外頭有人。」羅根說。「我可以找人來修理他們。」

蘭寧點頭。「攻擊是最好的防衛。」

艾倫從他們的表情看得出來，幾名領袖是準備要背水一戰了。「如果真要開打，」他說，「那就要打得名正言順。要打得值得。光是找一群烏合之眾，打破二十個窗戶，哪有什麼用？只會給保全部時間來鎮壓，到時候每個人連牢房門都出不了。我是反對暴力的，可是既然已經到了這個節骨眼上，要做就要做得對。」

「沒錯。」柴克說。

「那麼你的意思是？」肥油問道。

「要鬧就要有計畫、有準備。」艾倫說。「就要集體攻勢，不能單打獨鬥。」

「我們可以派出游擊小隊去大肆破壞公物。」蘭寧建議道。

「那樣的話，」艾倫說，「保全部就可以祭出一大堆禁令，我們就什麼也做不成了。因為到時候他們會把我們都關起來，採取一切能對付我們的手段，我們就又退回原地了。」

「我們現在錢多了，」柴克說，「勢力也大了。沒必要一次都梭光。」

「可是我們不能什麼事都不做啊。」蘭寧仍不死心。

「我同意。」凱文說。「可是要做就得做大的。」

「那就投票表決吧。」肥油說。

投票結果全體通過——開戰。

「既然這樣的話，」柴克說，「我們這裡組個突擊隊，寵物治療組可以側翼攻擊，支援我們。」

「你們自己決定戰術武器，」羅根說，「可是要讓我們知道，才好協同作戰。」

肥油朝木工坊點了點頭。「你們得幫我們造武器。不過我們也有些東西可以用，我們能拿到一些你們拿不到的東西。你們供應我們長木柄，像雙截棍，我們會纏上帶刺的鐵絲。」

柴克同意。「我們要打他們一個措手不及，讓他們沒時間反應，然後立刻撤退，讓那些還剩一口氣的人打電話去搬救兵，管他是州道警察還是國民兵——萬一發展成肯特州立大學那樣的事件，來呀，誰怕誰啊。」

「我們可以抓人質。」蘭寧說。

「不能抓人質。」艾倫說。「一扣押人質，就得不到大眾的同情了。還記得阿提卡監獄嗎？員工人質死亡媒體都怪罪囚犯，後來調查才證實是自己人射殺他們的。」

「可是弄些醫護和管理人員可以當人肉盾牌啊。」柴克仍是不死心。

「我們要怎麼樣保證人質平安？」艾倫說。「可別忘了，我們這裡有真正的瘋子，會強暴殺人的，我們可不要那種事發生。萬一我們的要求他們都同意了，等我們離開了這裡，他們卻發現有人被強暴了，或是刺死了呢？那我們說的話不成了廢話了？他們也絕不肯履行承諾的。我反對用人肉盾牌。」

「那你有什麼好主意？」蘭寧問道。

「我們事先決定不想傷害誰，病人和員工一體適用。」

其他人終於同意了。

他們決定先蒐集武器，而且動作要快。大部分的武器就在木工坊製造，然後藏在寵物治療組裡。

「我們這裡的人數從三十一減到二十六。寵物治療組那兒大概是二十二，溫室那裡十四個。」艾倫說。「還有球隊。我們大家分頭行事，盡量說服其他人加入。」

艾倫建議大家把證據都蒐集起來，有文件、公文、錄音帶等，都放進一個堅固的盒子裡，拿鐵條綁在側翼入口的鐵欄杆上。要是大家都陣亡了，社會大眾也會知道原因。

叛軍領袖自稱「自由之子」，決定於一九八〇年九月八日週一發動戰事，行動代號是「黑色星期二」，在病人間口耳相傳。

4

管理階層和許多醫護都以棒球隊為榮，很多人也拿球賽打賭，所以也就不需要太費唇舌請院方買強化手腕的器材來訓練臂力，讓個個球員都變成強棒，至於沙包，他們更說是練習的必備器材。院方不知道的是球員在院區裡練習揮棒、傳接球、慢跑，並不是為比賽做準備，而是在為了開戰訓練體能。

蘭寧通知棒球隊要準備好球棒，隨時都能調動。球棒都鎖在一個箱子裡，加了三道鎖，蘭寧就教他們把箱蓋後面的樞鈕轉鬆，就可以從後面拿球棒了。

而且他們還偷了客隊的球棒。

棒球則拿來當飛彈，釘鞋在短兵相接的時候是很厲害的武器。柴克設計了一支攻門撞槌，把本壘板倒過來釘在球棒的尾端，三根鋼錨釘朝外。

有些球員練得虎臂熊腰，拿球棒打沙袋，連球棒都打斷了。管理階層又下令購買鋁棒來替換。

秣馬厲兵的附帶好處是利馬這支常敗軍贏得了許多的比賽——而蒙在鼓裡的管理階層、醫護員工等個個樂得眉開眼笑。

＊

作戰計畫裡很重要的一環，就是設法控制主要的安全走廊，包括一〇一呎長的壁畫，而湯米很快就發現蘭寧．坎貝爾在電學方面懂得比他還多。蘭寧教他如何用電動柵門的電源來以牙還牙。

電源箱的總供電量高達二千三百伏特，管線設置在天花板上，穿過門廳，延伸到安全站，然後又向下連接柵門的電動鎖，而警衛則在這裡控制柵門。蘭寧和湯米假裝是要修理窗台，進了電源箱，把一對跳接電纜勾在破壞線頭上，然後在測過電力之後，把剩下的纜線纏在頂上，關上了電源箱。

蘭寧管它叫「彈射電鰻」。

保全部的第一次反擊會攻進門廳，這時兩名病人會同時交叉攻擊。等到外柵門關閉了，走道上空無一人，蘭寧就會啟動「電鰻」。他會伸手到電極盒，抓到跳接電纜，把一根電纜尾端接上柵門欄杆，另一根接上鐵絲網。

「這兩邊的柵門誰敢碰一下，誰就會被電擊。」蘭寧說。

「萬一他們關掉了總電源呢？」湯米問。

「那也幫不了那些警衛，緊急發電機立刻就會運轉，這一招非常重要，因為把敵軍鎖在外面就能為我們自己爭取時間，讓我們把其他的武器拿到手。」

為了預防警衛使用炸藥，柴克計畫要在門廳上傾倒食用油、汽油、松節油的混合液體，也同時倒在樓梯上，阻撓警衛前進，強迫他們更小心行動，以免擦出火花。

為了搞定「酸雨行動」，湯米去尋找木工坊附近的灑水系統，發現管線是埋在水泥牆裡的。利用機器的吵鬧聲當掩護，他們鑿穿了水泥牆，關閉了水源，再把灑水器都裝上硫酸，只有印刷坊保持原狀。

*

雷根要求給他刀子，以備肉搏戰使用。柴克把油桶切割成金屬片，再製成刀子。他們又拿焊槍把金屬片切成長條（焊槍是申請來的，藉口是要為棒球場看台鑲金屬邊）。他們也拿企業用鑽石鑽頭把金屬片修整成刀子（這是鐵三角之一託朋友會客的時候偷渡進來的）。

雷根開課傳授近身白刃搏擊。他用皮革纏出刀柄（皮革由皮匠組提供），多出來的皮帶可以繞在手腕上，這麼一來就不會滑掉，也不會傻呼呼地拿來當飛鏢射。

然後他又設計了一個沙包，材料是粗麻袋和帆布袋，裝滿了乾草和沙子，吊在牆上，就在職業治療部的樓上，警衛很少會去巡邏。儘管他知道有些較溫馴的病人並不是冷血殺手，還是認為可以訓練他們近身肉搏，教他們從背後捅醫護和警衛。他教他們如何握刀，如何翻手就刺，如何削砍劈刺。

雖然他們漸漸培養出一支訓練有素的戰隊，戰鬥計畫也日臻成熟，艾倫私下卻希望最好還是不必派上用場。只要肥油貝克、阿尼．羅根可以用外交手腕交涉，提出訴訟抗議他們受到了殘忍不人道的待遇，只要還有一絲轉圜的餘地，「自由之子」就會按兵不動。艾倫說服大家同意唯有在逼不得已的時候才會發動「黑色星期一」。

5

管理階層放話不再准許職業治療工坊對外購買木材，鐵三角又四出覓材。

柴克記得在音樂治療教室看見一些木鑲板，所以他們又回去老地方，這次卻發現門上鎖了。

「快點走吧。」蘭寧說。「有人知道我們的打算了。」

「知道歸知道，他們又不能證明什麼。」柴克說。「證據早變成時鐘跟咖啡桌了，而且還遍布了整個俄亥俄跟西維吉尼亞呢。」

下樓梯下到一半，艾倫倚著一道雙葉門，門竟然開了。

「嘿，兩位……」他喊道。

「這是小教堂欸。」柴克說。「教堂的門可不能偷。」

「為什麼不能偷？」蘭寧問。

柴克聳聳肩，動手就去拆鉸鏈。

「等一下。」艾倫說。「太大了啦。」

蘭寧抬頭看。「比利說得對。拆鉸鏈不是問題，問題是門太大了，搬不進別的門。我們得在這裡拿手鋸分割。」

「那可得鋸很久。」蘭寧說。「現在給逮到可不得了。」

他們走進教堂，東張西望。長椅倒是不錯，可是匆匆檢查之下就發現是鎖在地板上的，而且還需要特殊工具才能拆掉。用弓鋸來鋸掉也太耗時間了。

艾倫走向教堂鋼琴，卻斷定沒有上次音樂教室那麼容易，而且風險也大得多。從聖壇瞄過去，他打量著十八呎高的橡木十字架。

柴克和蘭寧順著艾倫的目光看過去，邁步就走，可是艾倫卻退後了。

「喂，比利。」柴克說。「你可別這個節骨眼上搞虔誠喔。」

「對啊……」蘭寧嘆了口氣。「我們有需要。」

艾倫端詳著打磨得很美麗的木頭。十字架並不是拼裝出來的，而是有人用一棵樹切出主體，再在兩側加上六呎厚的橫樑。

柴克站到聖壇上，擠進十字架後。「該死。」他說。「鎖在牆上。」

「我們可以把螺栓割斷。」蘭寧說。

「那個起碼有三百五十磅重。」艾倫說。「要是倒在大理石聖壇上，一定會折斷，那麼大的聲音可能會引來警衛。」

他們最後拆下了兩張長椅，架住了十字架。然後利用布簾的飾帶綁住自己，另一頭綁在十字架的橫樑上，一點一點往下拉，終於把十字架拉了下來，靠著聖壇和講壇。他們花了將近一個小時的時間把十字架弄倒，連同講道壇一起運出教堂，通過走廊，回到木工坊。

然後他們迅速動手，把它分割成幾截。蘭寧計算了一遍，木頭夠他們做一個瓷器櫃、四張咖啡桌、七個時鐘。

「你們得答應我一件事。」艾倫很堅持。「將來我們從木材廠那兒買到足夠的木頭，我們要替教堂做一個新的十字架。」

「你不是不信教嗎。」柴克說。

「我是不信教，可是這裡有很多人會用到教堂。如果我們只是暫時借用的話，那我心裡會舒坦很多。」

「嘿，兄弟。」蘭寧說。「等我們有機會，我們一定會做一個更漂亮的，搬到教堂去豎起來。我說到做到。」

*

心理健康局在利馬醫院犯了一個極嚴重的錯誤。他們把全州監獄和精神病院裡的極端反社會分子全部集中在一個地方。大家都知道他們心理有病，可是這些罪犯卻比管理這間精神病院的人要有腦子、有才華。

十五、臨界點

1

瑪麗的日記：

一九八〇年八月十二日週二——早上比利、柴克和蘭寧從醫院的教堂偷走了十字架和講壇……

八月十三日週三——早上比利跟蘭寧到體育館裡把籃架上的籃板偷了……

八月十四日週四——早晨比利、阿尼．羅根、肥油貝克（監獄律師）、蘭寧和另外兩名病人被叫到赫柏德的辦公室。據比利說，聯邦政府顯然是懷疑州立利馬醫院侵吞經費。比利說他聽說聯邦調查員帶著搜索令，搜索了醫院所有的大頭目的家及私人產業，並且查了他們的帳。

比利覺得赫柏德臉色鐵青是因為他以為是這些病人搞的鬼，招惹來聯邦調查局。據比利所知，這件事根本與他們無關。他坐在那裡，一言不發，聽得心裡頭過癮極了。

赫柏德抱怨的另一個原因是比利為壁畫求償的官司法院也作了裁決，醫院「連把牆壁洗掉」的權利都沒有！有名警探還到醫院裡來拍照存證。

八月十六日——比利說今天沒吃早餐也沒吃午餐，因為他忘了怎麼吃飯……

八月十七日——早晨比利打不開置物櫃，說是太矮了搆不著把手。他也不識字，年紀太小了。

他出來的時候很沮喪，而且極端暴躁，因為他受夠了，說沒有一件事對勁。我覺得他可能會變換，過了幾分鐘他果然變換了，看得出來他從下午一點開始有些事情就記不得了。他的臉上掛著淡淡的笑，接下來的心情都比較好。

我今天覺得很高興，比利說在我來之前的一個小時左右，他就急著想趕快看到我，不停地來回踱步，坐也不是站也不是，即使是在職業治療部。我很遺憾他變得焦躁，可是也很高興我對他有這麼重的分量。

2

利馬醫院的病人準備大舉對抗醫院管理階層的同時，《明報》也開始刊登一系列的報導，叫做「重訪利馬醫院」。

第一篇文章刊登於一九八〇年八月十七日，下的頭條是：

美國法院之裁決未能改變精神錯亂罪犯之錯誤醫療

傑若丁・史卓濟爾報導

州立利馬醫院……身負治療本州最危險州民之責，卻坐視病人在醫院中自生自滅，忽略他們的心理問題。

有些病人最終會回到社會——但是精神問題依舊。

……據現在的病人及之前的病人向本報透露，許多病人在利馬這部機器的壓榨下血肉模糊，可是心理問題仍受到忽視，而員工工時過長，往往冷漠無情。

他們說藥物分發極為隨便，暴戾的病人表面上平靜無事……

醫院審核聯合委員會（此乃一全國性之醫院檢查組職）發現利馬給病人的治療極為不足，因此前年雖然勉強發給了暫時的認證，去年八月卻拒發新證。委員會批評該院員工不足，高達百分之九十的病人無法得到個人照護……

一九七四年利馬醫院即在俄亥俄州內名列為最殘暴危險的機構之一，當時即有一群病人控告院方，要求院方提供更人道的環境、更適切的治療。

粗心忽略與蓄意殘虐的證據比比皆是，瓦林斯基法官火速裁決，命院方即日改善，也指定了托利多市的約翰・查涅茨基律師擔任專員，監督院方的改善工程……

利馬院長隆納・赫柏德說心理健康局的長官命令他不得與查涅茨基直接聯繫，他表示「事事都需要由律師代轉」。

第二篇文章在隔天見報：

病人說總得不到需要的協助

……隆納．赫柏德院長駁斥病人的說法。他調閱病人檔案，說他們每日都與治療人員見面。但有許多案例他卻說不出專業醫療人員治療病人的時間有多長。而醫病相處的時間雖然不無裨益，卻與心理治療無關。譬如，大衛．史密斯自稱在寵物治療上花了許多時間，卻只是在照顧小動物。

本報取得可靠證據，據悉即使治療師在醫療日誌上寫下曾看視病人，其實卻未必……

第三篇也是最後一篇《明報》報導是在八月十九日刊登的，揭露了病人受虐的部分原因：

利馬諸多問題源自地處荒僻

高層州政府官員承認州立利馬醫院有許多問題，卻說起因是位置偏僻……

心理健康局局長提摩西．莫利茨坦承許多病人抱怨治療不足可能其來有自，肇因是醫院沒有足夠的合格人員。

此外，他也說現有的員工並沒有符合州政府要求的資歷。他舉診療部主任路易．林德納為例。林德納是醫師，卻不是有證照的心理醫師。

莫利茨局長為聘用林德納緩頰，稱讚他是優秀的醫師。「除了林德納醫師以外，我們不作第二人想，我們並不是退而求其次。」……

據莫利茨說，州政府提供的薪水無法讓他吸引最優秀的合格人員。他抱怨議員不讓他以超過五萬五千元的年薪聘用精神科醫師，而這樣的薪資水準已遠低於別處。

因此，利馬的合格專業人員數量不如莫利茨的預期。而因循坐誤的結果是缺少訓練的醫院看護反而勢力龐大。

*

就在八月十九日這一天，利馬醫院有病人由警衛押送到市區參加高中同等學歷考試，其中一名病人在十二點半持槍挾持了警衛，強迫他把車開到岱頓，而後這名病人逃逸無蹤。一名行政人員宣布：「不會再讓轉院就醫的罪犯離開大門，三個月來已經有七起逃亡事件了。」

就在本週週日《哥倫布快報》刊登了一則報導，警衛羅勃．李德告訴記者：「我們的對手都很聰明，大家說他們是瘋子，其實他們的腦筋都很靈光。他們反正成天就是坐著，動腦筋，計畫事情。」

赫柏德下令把監控政策執行得更加徹底。從現在開始病人進出病房都要搜身。

3

瑪麗的日記：

八月二十四日週日——早上比利打電話給我，聲音既壓抑又冷淡空洞。我覺得他的聲音像是少了點什麼，這種感覺好強烈，我真覺得觸摸得到。等比利進來會客室，看起來比較正常了——跟這樣子的他在一起真是太美妙了，我跟他談得很開心。比利說從去年年底進了利馬開始，他心裡面的變化跟以前都不一樣。

我一直想叫比利說清楚一點，可是他一直不肯。

八月二十六日週二——比利開始走訪病人，錄下他們受虐的敘述。他今天有點暴躁。

八月二十九日週五——我發現比利的孩子們在這裡面沒有玩具，尤其是那些太小了、搆不著置物櫃門把的孩子。所以星期一我買了一個塑膠球，大概有壘球那麼大。我要找的玩具可不能引起閒言閒語。比利說今天有人（他其中一個）在玩球，因為他是在地上找到球的。

八月三十日週六——比利一整個星期都一樣，沒有變換，沒有讓我以為他變了別人。星期日和星期一他的心情都很好，可是星期二他很暴躁又愛鬧彆扭。今天他說連續三個晚上沒睡覺了。就算他知道原因，也沒告訴我。

比利說上個星期他跟蘭寧做了一根假炸藥。他們把火柴頭磨碎，做成導火線，然後點火，丟進一間滿是警衛的房裡，警衛嚇得你撞我我撞你，沒命地想往外逃。

八月三十一日週四——比利昨天晚上睡足了平常的四個小時，心情輕鬆多了。他說因為過去的傷痕，他和凱西不知道為什麼，都會因為別人隨口的一句話就突然暴跳如雷，只因為查默以前也說過同樣的一句話。

九月一日週一——太討厭了啦！只剩七天了（她就要回艾森斯的俄亥俄大學了）。

比利跟我說起他認為多重人格最理想的狀態——各人格不需要融合為一——會損失太多，因為每個個體……都比整體要更偉大。不過，還是需要一個防患愚笨的機制，控制由誰上場，還要有一個防衛機制，避開混沌期。另外他們也得要克服遺失時間的問題。比利覺得找出一套系統來不是不可能的，那麼一來，欲望和興趣的衝突就可以靠邏輯來解決了。

我同意這種狀態或許是多重人格最理想的狀態。最近我也一直在思索同樣的問題。如果融合了之後比利會失去某一個人格，那我絕對不樂見。

比利說，儘管他在太小太矮搆不著置物櫃的時候很脆弱，卻因為能夠以孩子的角度來看世界而從中獲益良多。無論什麼東西看起來都是嶄新的——錯縱複雜，等待著他去發掘。那麼小的年紀，他不會覺得什麼是理所當然的，看什麼都覺得新鮮，而不像其他人一樣因為太習慣了所以視而不見。他見識的東西足可讓他在往後的歲月裡細細琢磨。

他的新球上有了齒痕，顯然是有人拿球來咬著玩，很像做齒模的印子。我問是誰搆不著置物櫃門把，比利只說：「還有誰只有四歲？可不是克莉絲汀。」

九月四日週四——我下午三點一到，比利就說他有了麻煩，要我打電話找州道警察來。今天早晨全醫院內外搜查，因為星期二晚上找到了一把刀子。A病房的病人早有準備，所以比利和一些病人早就把置物櫃裡的東西拿了出來，排列得整整齊齊，讓值班的人檢查，讓他們倒省事一點。

可是那些看護簡直是拆了他們的窩。他們把比利的衣服都撕破了，比利的手錶掉到地上，也被他們踩碎了。幸好他們沒碰他的文稿。最讓人傷心的是他們毀損了兩幅美麗的兒童肖像還不足，還要砸個粉碎，而且他的素描也被撕成了碎片。比利氣憤極了……

比利說醫院裡發生暴動只在彈指之間了。這次搜查之後，每次赫柏德經過新病房所在的樓房，每一扇窗戶就都會塞滿病人，大聲吼叫：「孫子王八蛋，有種你就過來啊！」極盡挑激之能事，想讓他一氣之下衝進來，好好教訓他一頓。他並沒有中計。

午餐後比利到職業治療部，發現他們不讓他拿老爺鐘的機械零件，誰叫他打電話找州道警察。他和蘭寧氣炸了，犯了一點偽造文書的罪，還在灑水系統加了一個鎖。今天的殲滅戰害比利意志消沉，甩不掉白費力氣的感覺……

始終不曾間斷的自殺辯論也越來越頻繁。今天，他反覆考量自殺的可行性，思索如何佈置得像是被值班人員殺害的樣子，到時各界震驚，就會毅然決然整頓這個地獄了。

我好言相勸，說他即使自殺了，他們也會粉飾真相，歸咎給他的精神疾病。我說，改革這個地獄最好的辦法，是活下來鬥爭，可是我了解他在這裡也像他的一生一樣，吃盡了苦頭。要是他決定受夠了，我只能祝福他最終能得到平靜。

晚上七點有州警來了，我就離開了。

4

逃亡潮以及《明報》的報導給了管理階層越來越重的壓力。監視更加嚴密，規則更加苛酷，處罰也更加峻厲。動輒搜查，加上緊張情勢升高，艾倫知道管理階層已經感受到風雨欲來，他們冷不防把關鍵病人從寵物治療組抽調了出去。

警衛毒打病人，逼他們供出計畫。幾名病患工人被關入禁閉室，院方連原因都懶得交代。謠傳職業治療部很快也要關閉了。艾倫從一名員工那裡聽到所有的阿舍曼罪犯轉院就醫病人都送回了監獄。他認為這是赫柏德釜底抽薪的辦法，把控制了職業治療部、在病患及某些看護間呼風喚雨的危險分子一網打盡。

病人領袖決定不再觀望，再拖延下去只會削弱了反擊的力量，危及起義。

「時候到了。」柴克說。「下星期一開戰——就是黑色星期一。」

艾倫並沒有告訴瑪麗他們計畫起義，可是他還是勸她把租來的房間退了，星期二就回艾森斯去。他知道等星期一下午三點瑪麗過來，整個醫院會是層層封鎖，她絕對過不了大門。可是他想讓瑪麗在外圍當見證人，將來好告訴大家利馬究竟是怎麼回事。

他沒有解釋原因，只說是阿尼．羅根提出的建議，把醫院虐待病人的事訴諸筆墨，讓病人在宣誓書上簽名，然後鎖進金屬匣裡。他們拆了暖氣管的石綿，貼在金屬匣內壁，以防失火，外殼還纏上四條鋼帶，艾倫還在外殼上用油漆寫了：

致州道巡警及聯邦調查局

他說金屬匣裡的內容會讓世人知道，利馬醫院的情況遠比《明報》說的還要可怕。

「萬一我和別的病人出了什麼事，」他說，「萬一星期一他們不准妳進來會客，不管發生了什麼事，我要妳幫我傳話給記者，叫他們去看金屬匣裡的東西，就會知道究竟是出了什麼事。」

十六、黑色星期一

1

星期五很詭異。

早晨人人都很平靜，彷彿在計畫準備了那麼多月以後，大家都接受了必死的命運。可是時間慢慢溜走，興奮之情也漸漸累積，有些病人蠢蠢欲動，還需要格外注意他們，不讓他們躁進，壞了計畫。

領袖們拍板定案。艾倫拿下棋的術語來當口令。「吃掉一子」是指柵門已經通電了。「城堡移動」說的是柴克這枚黑堡壘要和寵物治療組的白國王交換位置。走廊的每個死角都有哨兵，以口哨為號。主柵門攻陷之後，艾倫會吹口哨給體育館前面站崗的病人，他再吹口哨通知二十二病房的斥候，再傳到職業治療部門口的哨兵，再轉給樓梯頂端的病人，再傳遞給工坊裡的人。

吹完口哨之後，傳令兵就要跑向指定的防禦位置。

星期五晚上，鐵三角關閉了木工坊。關閉印刷坊以前，他們搗毀了所有的活字版。九月八日黑色星期一，一大早，艾倫和蘭寧就走進前辦公室，艾倫拿起電話，打給寵物治療組。

「皇后的棋子準備好了嗎？」

「就站在這裡。」

一半的打擊部隊在各個走道上，手裡緊握著刀子，藏在背後。在圖書館的人都把刀藏在書裡。人人都蓄勢待發。

這時艾倫聽到走廊有人大吼。一名工作隊長跑上前，抓住他的手臂。「快！不好了！大事不妙了！」

蘭寧和柴克也跟過去，四人回到印刷坊。那人抽出今天的印刷訂單，其中有羅德州長的一封信，下令要逐步關閉利馬，最後轉變為俄亥俄州法務部的一處監獄。

「等等。」艾倫說。「要是這玩意是今天早上才送來的，那說不定他們已經知道黑色星期一了，所以使出這一招，騙我們取消計畫。他們是在賭只要我們知道利馬要關閉了，我們就不會為了不必要的戰爭玩命。」

艾倫跑去找阿尼．羅根，要他立刻把肥油貝克找來。要想解讀這封信的法律術語，絕對是非這位律師牢友莫屬。

走道寂然無聲，只有社工朝行政中心走動的聲音。他們一個個挨得很近，朝走廊中心移動，態度平靜，可是也提高警覺，恍若知道有什麼情況，誰也沒開口說話。

肥油貝克腋下夾著公事包，橫衝直撞地過來了。「什麼事？」

艾倫把文件交給他。「這是什麼意思？」

貝克研究了一會兒，搔搔腦袋。「很顯然羅德下令關閉醫院。」

「我不信。」艾倫說。「打死我也不相信。」

「那就只有一個辦法了，上樓去打電話。」

貝克打了電話，假裝成這裡的員工。掛斷之後，他一臉茫然。「嘿，他們說這會兒醫院的管理階層全都在哥倫布市。我不知道是不是真的，可是最遲今天下午就會有通知了。要是到傍晚還不知道，那就是騙局。」

艾倫拔腿就跑，看到寵物治療組的病人已經準備好滅火器，鞋頭也加釘了靴刺，手裡都握著刀子。他停下來，說明計畫沒有變動，只是要延後到下午。

值班人並沒有叫他們回病房吃飯，電話也沒響。事態明朗了，赫柏德和林德納知道有黑色星期一。

下午兩點四十分，林德納醫生在樓梯口朝上大喊，要求見密利根。

「你他媽的想幹什麼？」柴克吼回去。「比利沒那個閒工夫。你別想陷害人。」

「等一下，」艾倫說，「你想幹嘛？」

「我們想請你下來說話。」林德納說。

「要說話就在門廳說好了，要是你那些狗腿子撲上來，那就得在眾目睽睽之下動手。」

三名病人把武器塞進長褲的後腰裡，護衛著艾倫前進，而林德納和赫柏德則一直站在柵門後。

「這是何必呢，密利根先生！」赫柏德高喊。「你大概是惹惱了什麼人，所以他們今天下午不肯來上班了。要不要攤開來談一談？」

艾倫吼回去：「要談也不是跟你談，死豬！」

他的一名護衛亮出了刀子，隨即又收了回去。艾倫知道林德納一定看見了，可是他什麼也沒說。艾倫猜林德納心裡很明白，那人會宰了他，而且連眼皮都不會眨一下。

林德納說：「州長命令莫利茨醫師關閉利馬，改成司法機構。這下子你高興了吧。」

「少騙人了。」艾倫說。

林德納回頭一瞥。「是騙人的就好了。」說完，他就跟著赫柏德走掉了。四名警衛仍守著柵門。

艾倫不知道該信還是不該信，心裡很害怕。

猛然間，蘭寧跑下樓，提著手提式收音機。「你聽，他媽的！你聽！」

心理健康局局長提摩西．B．莫利茨正在宣布利馬醫院不日關閉。

眾人木然而立，彼此留意對方的眼神。

「這麼一來，我們全都會給弄出去。」蘭寧說。

柴克微笑。「我無所謂。」

「他們一定是聽說要開戰了，一定是有人跟辦公室告密了。」蘭寧說。

「糟了！」艾倫說。「我們的麻煩大了。」

「什麼意思？」柴克問。

「意思是，我們得趕快叫停！都到了這個地步，我連能不能解散部隊都沒把握了。」

鐵三角傳下話去，把一組一組的病人拉到門廳最遠的一邊。

「各位，把刀子都交出來。」蘭寧說。「送到職業治療部，我們會負責切斷。」

病人無不吃驚。

「慢著！」

「嘿，這是怎麼回事？」

「我才不交呢，老子要宰幾個警衛，你不就這麼教的？」

「各位，各位。」艾倫來軟的。「耶穌基督，犯不著玩命嘛！」

跟他們講道理根本講不通，他們一心一意只想幹架。

「結束了！」艾倫仍然不死心。「聽好，結束了！他們要把利馬關掉了。我們贏了！」

「也就是說會有新的員工進來。」柴克說。「嘿，就連監獄也比利馬強。」

大家慢慢消化這個消息，暫時安靜了一陣子。然後整個地方像炸了鍋一樣。病人到處亂跳，只要不是固定住的東西都拿起來亂扔。陣陣的勝利歡呼間或夾雜著打破玻璃的聲音。

不再有鎮壓，不再有蓋世太保的統治。

他們也知道監獄系統已經過度擁擠，絕對沒辦法再容納這許多新犯人，所以又有謠傳說假釋的程序會加速，有人可以移送到民營的精神病醫院，而那些不危險的人甚至可以提早獲釋。

謠言傳開來，人人的表情瞬息萬變，先是皺眉，再來是震驚，再後來是鬆了口氣，最後是笑逐顏開。

赫柏德院長的聲音突然由擴音器傳了出來，叫病人回到病房。艾倫看著壁鐘，下午四點整。遲了一個小時。可是沒有押送——沒有警衛。

鐵三角正準備下樓回病房去，卻看到了皇后的棋子仍在警戒，拿著垃圾桶的蓋子當盾牌，嚇得跟龜孫子一樣，可是還是準備好要攻擊來犯的敵人。

等他知道了最新發展，他氣死了。「媽的！怎麼都沒人跟我說！」

所有人慢慢散去，回到病房。

人人都很安靜。保全部不會知道病人正打算放棄武器。他們沒有搜查，也沒有把整個病房掀過來。

艾倫往病房走，一名值班人跟他擦肩而過。「下午好，密利根先生，最近還好嗎？」

2

一九八〇年九月十八日《明報》報導，美國聯邦地區法官尼可拉斯·沃林斯基裁決州立利馬醫院之病人依法有權拒絕強制投藥。

*

目前是「等待期間」，艾倫相信林德納正安排將他轉回艾森斯。他養成了一個習慣，就是叫醒同病房的活死人去吃早餐，要是他等看護來把他們叫醒，他們早餐也會遲到，連帶的他自己到職業治療部也會遲到。

九月二十二日星期一，早晨穿好衣服，刷完牙，他就對著走廊大喊：「吃飯了！」

這時他已經讓活死人們習慣成自然了，所以他一喊就會有很多人下床。賴在床上的人，他會一個房間一個房間去叫，抓住他們的胳臂或腿，把他們拖到走廊上。到了走廊他們就會自己摸到交誼廳去。

然後他就到工坊去了。

他看到只有帕普·馬辛格一個人，坐著喝咖啡。老頭子的動作一向很慢，也始終學不會識字。

「怎麼回事啊，帕普？」艾倫問。

「他們要把我暫時送到盧卡斯維監獄，等找到一個郡立的老人之家再把我弄進去。醫生說我沒辦法照顧自己。」

「哪有這回事。」艾倫說，在老人身邊坐下。「你跟我們一起不是做得很好嗎。你可以獨立，而且還是一個好木匠。」

「他們真的要把這地方關掉？」

「他們是這麼說的。」

「我會捨不得。」

「這個鬼地方？」

「不是捨不得地方，是捨不得人。我從來沒遇到過像你跟你的哥們這樣的人。以前誰也懶得理我。我以前並沒有很期待每一天早上。」他四面看了一圈，朝組裝線揮了揮手。「不會再有人像你們一樣幫我了。」

艾倫拍拍他的肩膀。「噯，帕普，你很會交朋友的啦。只要記得不要躲在角落裡就好了。出來跟大家聊聊天，你就會發現有很多人願意幫忙的。」

說得簡單，可是艾倫知道他只是在安慰老人家。當初他們有共同的目標，有共同的敵人，也願意為改革而送命，那就會人人為我、我為人人。可是現在，戰爭不打了，武器也都切割成碎木頭和金屬片，大家就像一盤散沙，人人就只為自己打算了。職業治療部的旺盛鬥志已經煙消雲散了。

艾倫操作著砂紙磨光機，腦子裡的爭論越來越激烈。只要他相信未來的幾個月會轉到監獄去，想到要從一個鬼地方搬到另一個鬼地方，他還能忍受，可是眼前有可能轉回艾森斯，他心裡就有希望蠢蠢欲動，然而他又不願意去相信這個希望會成真。

下午三點蘭寧也像平時一樣準備要關店，他從外面辦公室探頭進來，說：「我們少了一個人。」

「你在說什麼啊？」艾倫問。

「數目不對。我們少了一個工人。」

艾倫有種奇怪的感覺。「有沒有把馬辛格算進去？」

「我看到帕普的時候，他正在喝咖啡，你不是還跟他在聊天。」

「之後我還有看到他，他在組裝線用帶鋸。」柴克說。「他還說除了這裡不會有別的地方有人在乎他。」

「完了！」艾倫一躍而起，回頭去帶鋸那裡，一眼就看到工作檯下有一隻手，還有一道血跡一路通到乾燥室。「千萬別死！」他喃喃懇求。「拜託拜託……」

可是房間裡，帕普．馬辛格躺在地上，工作衣被血濕透了。

隔天早晨，職業治療部的談話只繞著一個主題：帕普．馬辛格自殺。

「不知道他會想要什麼樣的葬禮。」蘭寧說。

「他會自殺是因為他覺得沒有人在乎，而且他也沒有什麼可以期待的了。」艾倫說。

柴克說：「要是給他來點音樂就好了。你說他們會不會放音樂？」

艾倫搖頭。「他們只會把他隨便埋一埋。他沒有親人，不可能有人幫他安排葬禮的音樂。」

「最好我們可以去參加他的葬禮。」蘭寧說。

「想得美。」柴克說。

艾倫說：「葬禮音樂也有很多種，主要是看那個人活著的時候最喜歡什麼。」

「誰知道帕普最喜歡什麼。」柴克說。

艾倫沉吟了一會兒。「有一種聲音他最喜歡。」他伸出手，打開帶鋸的開關，聽著高昂的嗡嗡聲，點了點頭。柴克打開了磨光機。接著，職業治療部裡的病人一個接一個把十四台機器全部打開，表示追悼。房間裡怪聲轟隆，地板也跟著震動。

3

蘭寧．坎貝爾告訴艾倫在他們把他送到監獄之前，他還有一件事沒做。「我要把風火輪好好修理修理。」

「你要怎麼做？」

「電器方面你滿行的，你應該搞得定。」

「以前是啦，」艾倫說，「現在不行了。」他想起湯米因為沒能逃過電療而極度羞愧，從那次之後，他就迴避一切的電器。艾倫看著窗外，電擊治療車就停在正下方，後車廂緊挨著牆。

「根本沒辦法把那個混蛋東西給做了。」柴克說。「他們安排得太妙了，只要有人投訴，有人來調查，他們就把車開走，一點證據也不會留下。他們就電擊了喬伊．梅森，可是等他的律師提告，聯邦調查局的人來，什麼也沒找到。有個打手把車開進城裡，停在商場外面。」

「要是我們讓車開不走呢？」蘭寧問。

「對了，這一招高明。」艾倫說。「說不定我們可以弄個點火裝置，拿繩子放下去。」

「我看沒有用。我已經想了好多辦法了，可是一直到他們電擊你，比利，我才決定要跟它算總帳。我現在終於想出法子來了。」

「真的？要不要我們幫忙？」

蘭寧指著窗子。「就在這扇窗子外面，你有沒有看到有什麼東西流下來？」

「沒有啊。」柴克說。

「排水孔。」艾倫說。

「那是什麼材質的？」

「這些老房子的排水孔都是黃銅的。」

「喔，貨車剛好就停在排水孔旁邊！」柴克說。

艾倫皺眉不解。電療之前的湯米可能一聽就懂，可是他聽不懂蘭寧在說什麼。

蘭寧看看手錶。「阿尼．羅根的寵物治療組也該把垃圾拿出來倒了吧，看到他就叫我一聲，比利。」

艾倫站在窗邊，看著卸貨區的棧橋。蘭寧從工坊的櫃子裡拿了兩個絕緣導線管，交給了柴克，再戴上一雙橡皮手套，接著打開了供應所有電動機器的電閘盒，直接接了條電線到保險絲上。

「羅根的人出來了。」艾倫說。他緊盯著倒垃圾的病人把垃圾桶推進院子裡，接著只見他慢慢朝貨車過去。「他對著老火花過去了。」

艾倫看見那名病人繞到貨車後面，這麼一來從棧橋那裡就看不到他了。他撩起了襯衫，把腰上纏著的黑繩子拆掉。

「要命！他拿了我們要用來讓大門通電的跳線！」艾倫描述那人的一舉一動：他迅速把跳線的一頭接上貨車的後擋泥板，另一頭接在黃銅排水口上。

蘭寧拿鎚子砸碎了窗戶，再拿起了接上電源盒的絕緣導線管。一隻手臂伸到鐵欄杆外面，再拐回來，剛好可以碰到排水口。

「後退！」他大喊。「要爆炸了！」

他手上的電線一碰到銅排水口，一股電流非但往下竄衝進了貨車，而且還連屋頂上所有的導水槽全都通了電。只聽見一陣嗡嗡聲，燈光全部暗下來，整棟建築都跳電了。這時蘭寧才把電線拉開，從窗前退開。

下方的貨車冒出了縷縷黑煙。

「萬歲！」艾倫興高采烈地大喊。「哇，你聞那個味道！四個輪胎都融化了，老火花的裡面一定燒得面目全非。」

其他病人也聚集到窗邊，伸長了脖子往外看，發出陣陣歡呼。不同的病房傳來打破玻璃的聲音，還有人激昂地嘶吼。

「可惜有一個後遺症。」艾倫懊惱地說，指著從屋頂上飄下的羽毛。「你也電死了一堆鴿子。」

十七、利馬的最後歲月

既然戰爭不戰而止，瑪麗就決定不回艾森斯了，也顧不得她父母力勸她回俄亥俄大學繼續學業。

她就是做不到。尤其是和比利相處的每一刻都能開拓她的視野、都那麼興奮昂揚，緩和了她的憂鬱。她決定留在利馬市，等比利轉院了，看他轉到哪裡她再跟著搬過去。只要她有辦法，就會盡量跟比利住得近一點。她從沒說這是愛，她不敢給她對比利的感情下定義。

*

瑪麗的日記：

十月七日週二——「寫下來。」艾倫跟我說。「我們歸回了祂的麵包，只是濕透的。」「除了是引用聖經上的話之外，還有什麼含義？」「我們用松木和桃花心木做了新的十字架，還給了教堂，比我們以前偷的那個橡木的好多了。」

十月十日週五——牧師說神蹟出現了，說是上帝把新的十字架放回教堂的。

十月十一日週六——我接到亞藍．果斯貝里的電話，他說俄亥俄州政府送了一張帳單來，要比利支付醫療住院的費用，包括艾森斯心理健康中心和利馬醫院。州政府希望比利用他賣畫的收入來支付。

下列是比利寫給律師的信，他口述，由我打字：

一九八〇年十月十一日

親愛的亞藍：

瑪麗跟我說了你在電話裡說的事，我決定還是應該自己告訴你我的經濟情況，以免往後再發生同樣的誤會。

我要先澄清一件事。州政府想要我付錢，除非是地獄結冰才有可能。我是從艾森斯心理健康中心被綁架過來的（受理的上訴法院可壓根就不當回事），監禁在這個暗無天日的土牢裡，得不到治療和精神上的協助。任我腐爛。我對州政府的敵意絕對不是空穴來風。到這個時候，我沒有理由再對那些一心只想傷害我的人表示「善念」，他們的所作所為只差一步就跟查默可以相提並論了。依我看，他們要錢只不過是恐嚇取財。我不會再退縮。拿監禁來威脅我也不會再讓我膽怯了。

他們敲榨、欺騙、肢體虐待、心理虐待、奚落、唾棄我、用洗腦的伎倆操縱、威脅我、不把我當人看、恐嚇我，逼我付保護費。連我的家人、朋友都受到威脅。今年三月瑪麗的住處還遭到搜查。

要是你能說得出一個理由，一個要我表現「善念」的理由，請讓我知道。亞藍，許多對我造成的傷害是無法彌補的。你知不知道害怕睡覺是什麼感覺？不知道這一睡醒不醒得過來，不知道你心裡的人會不會趁著你睡覺殺了你，不知道能不能再信任自己作簡單的決定。知道自己好起來的機率是百萬分之一。

哼，到這個時候我連自己想不想痊癒都不知道了……

亞藍，我累了，不想再打官司而且一直打不贏了。跟世界抗爭的代價太沉重了，對我們兩個人來說無論是經濟上或是心理上都是。我把這一仗當成是最後一場戰役，萬一我們輸了，那我們絕對就是戰敗了。

我最後的一條生命線也是最脆弱的一條。

比利

十月十二日週日——比利和第一班的看護達成了協議，不讓他們進入交誼廳達四天之久。他對他們檯面下的行為或是不法之舉視而不見，條件是他們不進他的交誼廳。也就是說足足四天沒有負面的紀錄、沒有斥責、沒有規矩、沒有罰坐。

病人抓住新獲的自由盡情揮灑。三名病人聽過比利的釀酒法，開始釀酒——以導尿袋等器材——可是比利並沒有參與。他要我下次來帶一套棋，他好教我下棋。

十月十六日週四——職業治療部的員工都必須到哥倫布市，職業治療也就名存實亡了。我一點半到，比利立刻把棋盤擺好，教我下棋。

「我是笨學生喔。」我說。

「嘿，」他說，「我教了我自己好幾個人，我們常常在心裡下棋。下棋是很好的心理訓練，讓腦子有事忙是很重要的。」

「怎麼說？」

「免得變成了魔鬼的工作室。」

「別指望我下得快，我得慢慢想。」

「沒關係。我喜歡下得久。」

我每一步都想半天。

「好了嗎？」他問，漸漸不耐煩起來。

「你不是喜歡下久一點？」

「我的久是一、兩個小時。」他說。

「喔，那樣就叫做久了啊？」

我的第五步想了四十五分鐘，最後還是決定停在原地不動，怕等一下需要用來抵抗比利的攻擊。

「好了嗎？」

「我不想移動。」我說。

「妳說什麼？」

「我沒有理由該動。」

「可是下棋有下棋的規矩。」他不鬆口。

「我不想做就不必做，所以我不動就是不動。」

他哈哈大笑，笑得眼淚都出來了。等到四點十五分，他終於受不了了，自己跟自己下了起來，不到兩分鐘就走一步。他每換一邊就會對敵手嗤之以鼻，不停說著輕蔑的話。

不曉得他在腦子裡下棋，是不是就這樣子下？

過了一會兒，他又讓我玩，可是我的第二步又想了太久，他就把他的國王推倒了。

「妳贏了。」他說。「我棄子認輸了。」

「我就知道跟你慢慢耗就對了。」

他咕咕噥噥了什麼，我沒聽清楚。

「喂，妳能不能打電話給果斯貝里，問他能不能打聽一下我什麼時候會去富蘭克林郡開庭，還有是誰主審的。我得幫年紀小的做準備，告訴他們可能會在富蘭克林監獄醒過來，免得他們害怕，發生了什麼意外。」

十月二十七日週一——回頭想想過去兩週，我覺得比利像是變得更疏離了，他是要以比較獨立的個人而不是融合的整體，來處理等待期的壓力。今天更是明顯不過。比利U顯然有一陣子失去了他的同伴。然後是很強烈的對比，從「老師」變成非常幼稚的比利，又變成知道要去艾森斯的艾倫……最後變成迷失的比利，連思考能力都差不多沒有。

等「老師」再出現，我決定要問他解離然後又融合的感覺像什麼。

「就像是跟一群很討厭的觀光客坐了七十五哩的巴士，終於下車了。」

「那你何必要呢？為什麼不一直融合呢？」

「妳得了解，多重人格是沒有辦法痊癒的。醫師最好的對策是教導這個人怎麼樣以一個多重人格的身分來運作。」

「這樣好像是失敗主義。」我說。「就算不完美，還是接受算了。」

「有人覺得是個疣，說不定其實是一個褐色的大鑽石呢。」

「我倒沒有這樣想過。」

「把一個人用盡心思創造出來的防衛拆掉，他就會失去防禦之力，面對一切未知……而且因為他想不透該怎麼辦，就會變得憂鬱頹喪。醫生不應該忙著剝除多重人格的防衛，而是應該給他們一個比較容易操作的有效防衛機制。可是目前的醫術還不到，所以多重人格是治不好的。」

「這麼想真悲觀。」我說。

「不見得。這麼說吧，如果有哪個多重人格想要痊癒，首先他必須先治好他自己。」

我在傍晚打電話給果斯貝里。他還不清楚比利幾時上法院。果斯貝里說助理檢察官白林契沒辦法把比利的案子送上去，可是他會跟有辦法送上去的人合作。據白林契說，即便法官同意轉院，心理健康局也還沒有決定該把比利送到哪裡。白林契建議送到哥倫布市的中俄亥俄精神醫院或是新開張的岱頓刑事精神病中心。

今天「比利」怎麼也不肯告訴我他是誰，我很傷心。我覺得既惱怒又沮喪，而且一想到萬一比利死了，我永遠不會知道這四個月來我都是和他的哪一個說話相處，我就很痛苦。我一直想讓他知道我有多著急想知道他是誰，還有這一點對我有多麼重要，可是他就是不管。我不是想捉弄他，也不是要黏著他不放，只是這件事對我太重要了，而我想要他知道是多麼……

我問比利他覺得生命有沒有意義。他說：「沒有，人類只是生物學上的侵擾源。」這說法是他從我這兒學去的（而我是看《星際爭霸戰》學的），可是他相信人類有責任盡量學習，然後傳授給下一代。他一直想要回答的大哉問是：「為什麼有我？為什麼有我們？」我們必須設法和其他有智慧的物種聯繫，好分享知識。地球人發現的知識說不定剛好可以為另一個物種的大哉問提供解答。另外，如果人類把地球毀了，就必須遷移到別的星球去，以便再尋求知識。我一直問，對知識的渴求是否值得人生中的種種痛苦，他承認的確不值得，可是他仍然認為我們有責任去追尋知識。

可見得他的人生哲學比我的要健康多了。

一九八〇年十月三十一日週五——比利比這星期的頭幾天要好多了，很像十月之前的老樣子，可是他卻說心情更差了。今天，他和職業治療部的夥伴花了很長的時間回憶那場放棄的戰爭。比利說他真的很不心安，居然會訓練別人去殺人，可是內心深處卻明白這是必要之惡……

十一月二日週日——八點半比利打電話給我。說他回病房，發現他的東西都打包了，因為星期一他就要到富蘭克林郡立監獄，準備參加聽證會。他們會把他的東西都放在入院處，看他是一去不回或是會再回來，到時再處理。他要我知會大家，也要我明天跑一趟，去拿一些東西。他很消沉，說現在還沒有完全融合，所以很擔心萬一哪一個人在監獄裡醒過來，會以為是鎖在盒子裡，不知道只是暫時待幾天。

十一月三日週一——大災難！心理健康局決定把比利轉送到岱頓刑事精神病中心，岱頓是為了取代利馬而興建的刑事精神病中心。自從去年五月開張之後，比利就聽說了許許多多可怕的傳聞。顯然他們認為詹姆士·歐格瑞迪檢察官對於岱頓不會有什麼意見，這麼一來他們就能把比利順利弄出利馬了。而且，從利馬轉岱頓是系統內轉移，也就不需要開聽證庭了。

我下午一點到，才知道比利今天早上衣裝筆挺，警車也已等待多時，卻聽見赫柏德說：

「密利根不走了。」

比利要知道是怎麼回事，院方才慢條斯理找出轉院到岱頓的建議書檔等等……

下午一點比利來會客，表面像是古井無波，身體卻抖個不停，而且脈搏飆到一百三十二下。過了一會兒，我才發現他是一個單一的人格，我好像沒跟這個人格見過面，所以我管他叫m。m好像徹底認命了，說他並不氣林德納出賣他——反倒是氣自己怎麼會相信林德納。事實上，相信林德納的並不是m，而且另外兩個人格，雷根倒是從頭到尾都懷疑林德納，很想要從背後捅他一刀，他要求果斯貝里不要再申請召開聽證庭。

「我要走了。」他說。「我們全體一致同意。」

他的意思是每一個人都會去入睡。我不客氣地說他也太驟下結論了，事情都還沒有定論呢，因為我們也不是真的知道聽證庭是不是當真取消了。他這麼草率只怕會毀了對他有利的因素。可是我好像是對牛彈琴，他已經全然下定決心了。

我一想到再也看不到比利了，心裡就不免深深地痛苦沮喪。我常常哭，想看電視，卻不知道究竟演了什麼。我需要有人陪，可是只有我一個人。

隔天，我看到的不是那個m，比利回來了。他搓著臉，搓了好一會兒，我知道這個動作代表他想把焦慮搓掉。我知道他真的很痛苦，好像受盡酷刑的樣子。同時，他又像專心一意要保持鎮定，才不會鞠躬下台，把這一步棋走錯了。

「我該動作了。」他說。「我沒剩多少時間了。」

我明白他指的是他心裡的計時器。他慢慢地快停住了，可是他也無能為力。

「運氣好的話，我用不著看到岱頓。」他說。

「你會看到的，」我說，「就算你不在場子上。」

他搖頭。「不在場子上，還是會思考，可是睡著的話就很像死亡。我不知道每個人都睡了以後從外表上看我是什麼樣子，可是我覺得那種狀態我們不會活很久。」

看他說話的那個樣子，我才恍然大悟，他是在說某個人可能會醒過來，然後自殺。

「我不要妳再來看我了。」他說，轉過椅子來，筆直看著我。「我不想讓妳看著我變成植物人。」

他握住我的手，揉捏，彷彿這是我們最後一次在一起。「我愛妳，」他說，「我不能帶著妳跟我一起下地獄。」

「天啊！那你會不會痛？」

「不會……我們每一個都睡了就跟死了一樣。可是妳在外面看，妳會痛苦。妳得展開新生活，我不能帶著妳去坐牢。」

「我還是幫得上忙啊，我可以當你跟丹尼爾的聯絡人，傳個紙條消息什麼的。」

他搖頭。

「我還不用走。」我還是不肯讓步。「我們又不知道他們什麼時候要讓你轉院。」

「不，我們現在就要做個了斷。」

我強忍眼淚，免得讓他看見。「我想要一輩子跟你在一起。」

「我也是，可是目前是不可能的。而且我不要妳以為跟妳在一起會傷害我，因為一點也不會，我這一輩子最大的夢想就是跟妳在一起。」

想到要離開他，我的五臟六腑好像撕裂了，可是我看得出來這是他的意思。他極為痛苦，我來看他只會增加他的痛苦，因為他認為我看了他的外表也會很不好受。

我知道早晚有一天我們要說再見，而且他討厭說再見，可是我想讓再見說得有尊嚴。如果他要裂解，我不要一天到晚忙著把他拖進會客室，讓他因為我來看他而覺得降格退化。我知道我得讓步，可是我還是拚命想說什麼，讓他再待久一點。

我們有好多話要對彼此說——可以說上一輩子——可是說出口的卻是那麼少。他在哭，我第一次看他哭。我沒哭，我好難過，我跟他說：「我也會哭，只是現在還流不出眼淚來。」

我們擁抱，抱得又緊又久，不願分開。「安詳地睡吧。」我說。

他說：「保重。」

「我真希望也能跟你這麼說。」我說。「帶著我的愛睡吧。」

離開之前，我看了會客室好長的一眼，我相信再也不會來了，而他站在那裡等著通過金屬探測門。時間是下午四點整。

跟他在一起時感覺到的痛苦、憂慮讓我覺得好像要爆炸了。回到公寓，我受不了待在幽閉似的小斗室裡，我覺得我需要人群，不是跟他們交談，只是坐在他們附近。

我下樓到大廳寫日記，大廳裡有人在看電視。後來我突然想到我忘了說「我愛你」，最後就哭了出來。

第二部

秘密

十八、岱頓刑事精神病中心

1

剛成立的岱頓刑事精神病中心可怕而森嚴，雖然沒有瞭望塔，外觀也比較像公寓住宅區而不是重警備的司法精神病醫院，可是雙層圍牆、牆頭上的刀片鐵絲網，仍然讓人一看就知道建築物的真正用途。

保全部早已從利馬的同事那兒得到警告，他們首批的患者——五名利馬的轉院病人，保括比利．密利根——都是危險的精神病病患，會毫沒來由就攻擊殺人。

不過年輕的新院長亞倫．佛格已經向心理健康局的頂頭上司表明，他要用人性化的管理來經營醫院。

他給員工做過簡報，員工都還在適應新機構的階段。他說明岱頓的氣氛必須和利馬極為不同。病人可以走近值班人或安全警衛的辦公桌，而且病人的問題必須禮貌回答。

第一支四人治療小組由一位學校老師為首，囊括了一名心理學家、一名年輕社工、一名護理長。他們必須清楚表明他們願意聆聽新病人的建議，也會詢問病人想要哪一種的療程。

亞倫．佛格說得很清楚：治療是醫院的使命與方向，而保全部雖是必要之惡，卻必須有所限制。

他的同事都背著他哈哈大笑。

＊

密利根和四名轉院病人是這所新的監獄式精神病醫院的首批病患。密利根第二個通過門口。瑪麗苦苦哀求他先看看情況，親自驗證謠傳是否為真，總算讓他暫時打消了激烈的手段，萬一岱頓跟利馬一樣壞，有的是時間進入等死的地方。

＊

湯米眨著眼醒過來，很驚訝自己沒有死。他推測是暫緩行動的關係，也假設他給推上場是為了檢查這地方的保全系統。警衛個個穿著嶄新的制服——白襯衫、臂章肩章、黑長褲，很像哥倫布市警察——看他進了房間就解開了他的手銬。他們只給他留下衣服，私人物品都帶走了，要等檢查過後再決定還給他哪些東西。

他在B病房的牢房有八乘十呎大，有洗手槽、馬桶、衣櫃。床單和盥洗用具都陳列出來，等著首批的住院病人使用。湯米進去鋪好了床，床板是鋼板，床墊薄得跟馬鈴薯片差不多——監獄弄來的剩餘物資。焦慮逐漸升高了。

湯米檢查了窗戶，窗戶呈L形，橫跨牆壁頂端再從側面牆壁直劃下來。全部是防彈玻璃，那麼厚，連鐵柵欄都省了。他仔細搜索脫逃的缺口。窗戶踢不破、撞不破，開槍也打不破。他研究邊緣的接縫，剛扯掉一條接縫線，整片窗玻璃竟然就跌進他的手裡。儘管累，他還是哈哈笑，趕緊把玻璃推回去。如果這裡有真的病得很重的人想破窗逃走，搞不好還會受傷的呢。

他走出牢房，看到值班的人透過小隔間的玻璃盯著他。偶爾會有一個員工自我介紹，想讓他相信岱頓一點也不像利馬。

其實，他們倒是沒說錯。這裡非常乾淨，結構非常完整。可是護理站由玻璃分隔，玻璃上還加罩鐵絲網，跟裡頭的人說話只能透過擴音器，實在太孤立了，他一看就很洩氣。他沒有辦法靠近別人，別人也過不來。無所不在的監視器像蒼蠅一樣叫個不停，鏡頭轉來轉去，只讓他的神經質更嚴重。

*

第二天，又有幾名病人抵達，其中有一個叫唐．巴特利的開朗年輕人，他認為他們兩個應該走得到一塊。他有種感覺，他們會處得好。

這地方慢慢讓他有點好感了。

轉院之後兩天，病人獲准舉行病房會議，大家討論了一些問題，像是咖啡壺裡總是沒咖啡，或是糖供應不足。這些芝麻小事聽得艾倫很厭煩，在這裡起碼還有咖啡喝，在利馬連咖啡香都聞不到。

醫護人員詢問有沒有什麼改善醫院的建議，艾倫跟頭四個先來的病人提議要寵物治療、木工工坊、創意藝術坊、燒陶窯。

治療小組答應會供應，艾倫不由得同意瑪麗的看法，他說不定是誤會岱頓了，這些人顯然很想把這個地方經營得很正派。

等比利的母親桃樂絲．摩爾打電話來說要來看他，艾倫已經很適應新環境了。

「瑪麗說她可不可以來看你。」桃樂絲說。

他聳聳肩。「我們都說過再見了。」

「她說她想搬到岱頓來，離你近一點。」

「我覺得不太好，她不應該把未來跟我的命運綁在一起。」

「那你就親口告訴她，我帶她來沒關係吧？」

他不願意說不。

*

瑪麗的日記：

一九八〇年十一月二十三日週日——比利轉院四天以後，我跟著比利的媽媽到岱頓去看他。下午一點才到，待到三點半。我們差點找不到地方，因為新的刑事精神病醫院在州立岱頓醫院的舊建築後面，地勢下陷，雙層圍牆包得緊緊的，圈過來圍住兩廂。從窗戶看出去就一定會看過圍牆，不像利馬還用大片草地區隔開建築群和圍牆。

入口非常窄小，訪客只能魚貫而行。這地方散布的氣氛是「不歡迎參觀」，他們不希望我們前來。比利進來會客室，走的是另一道門。起初他的心情很低落，所以他母親想知道他是不是在服藥。並沒有。他說他人來了，可是病歷沒有跟著過來，他們一點也不知道他的問題在哪裡，所以並沒有繼續給他在利馬服用的「愛樂為」。過了一會兒，他的精神才好了起來。

他身上的衣服還是上星期二的那一套（那天他把所有的衣物都給了我，我今天也順便帶過來了），他說他一直穿著這套衣服，因為他們也沒給他什麼制服。他說搬過來之後就只是「待在房間裡」。房裡沒有暖氣，地板冰涼，比利要我們帶張地毯給他。

這裡有人告訴比利說他們不相信他是多重人格，也不相信世界上有多重人格這種東西。他母親以為亞倫·佛格院長跟她說過，計畫把比利當成一個人來治療，同時也把他所有的行為舉止當成一個人的行為舉止記錄下來，因為他們實在是不知道該如何處理多重人格，更別說是治療了。

「我媽說妳要搬到岱頓這裡。」他說。

「你要我搬來嗎？」我問他。

「隨便妳。」

話是這麼說，感覺上他卻是想要我搬過來。他很急著知道我幾時再來，可是又不想給我壓力，像九月初那樣，也不想做得像是強迫我，因為他怕要求我住在他附近等於是要求我把自己關進監獄，毀了我的一生……

既然他需要我，那我就會搬到岱頓。

他覺得利馬的人一定對他議論紛紛，因為岱頓的牧師把他帶到醫院教堂，指著講壇和十字架，鄭重地說：「這些不能動！」

他猜是蘭寧說出去的，因為比利反正離開利馬了，不會有什麼關係。可是比利說他一想到利馬的牧師會有多失望，他就遺憾，這下子戳破了講壇和十字架重現是神蹟的幻想了。

2

搬進來的頭幾個星期，艾倫的心情變換不定，一下子希望岱頓的狀況會比利馬進步，一下子又害怕終究會發現是鏡花水月。

他們第一天就跟他說他可以再繪畫，可是幾個星期過去了，他在藝術室裡只找到紙和彩色鉛筆。

「這是什麼意思？」他問值班人。

「坐下來畫畫。」

他覺得很灰心，也再一次告訴瑪麗應該回校念書，拿到學位，把他忘了。這個地方只是表面上看起來比利馬好。

*

到了十一月底，岱頓的病人總數增加到二十三名，可是生活環境和食物卻是一天比一天糟糕。馬鈴薯泥是冰冷的，也沒有鹽、胡椒；香腸片薄薄的，而且乾乾癟癟的。乾燥豌豆在錫盤上滾來滾去，就像ＢＢ彈。利馬的餐食比起這裡好多了。

對環境的絕望轉生了對環境的憤慨，再轉化為對虐待病人的憤怒。

病人的抗議無人理會，艾倫跟其他人說團結力量大。「我們寫一封信，告訴他們我們要絕食抗議，還要通知媒體跟社會大眾。你們不認識我，可是我有辦法得到媒體的注意。」

他把消息傳了出去，上了《哥倫布公民報》一九八〇年十二月十日的版面：

密利根「痛悼」惡劣環境激生岱頓的絕食抗議

道格拉斯·布蘭斯代特報導

岱頓刑事精神病醫院數名病人在本週二絕食抗議，據病人威廉·密利根指出，生活條件「可悲可悼」……

亞倫·佛格院長表示，週二下午曾派巡視官到病房中聽取病人的怨言。他說病人的不滿「容或有因」。

消息上了電視午間新聞之後，亞倫·佛格親自出面調查。

「聽著，佛格，」艾倫說，「我們可不是沒見過世面的小伙子。我是說，如果你真把我們當人看，想跟我們協商，早早解決監獄的這一套，那我們就坐下來談。幸好這裡的人不是罪犯，不然你跟你的手下就不敢這樣子了，因為他們沒那麼好說話，直接就會動手割開你們的喉管，走廊上會到處是屍體。現在的問題是這樣子的，要是下一餐還是餵豬吃的，那我們會把它倒得滿地都是，免得你那些看護閒著沒事做。等我們的肚子越餓，我們就會越不擇手段。」

隔天早晨，送來的早餐是熱的，盛在保溫盤裡，於是艾倫取消了絕食。

佛格把密利根當成病人的發言人。「我在這裡的主要課題是治療，而不是監禁。治療小組全權負責，由他們指示保全部該怎麼做。難道我們就不能想出一個不衝突的合作方法嗎？」

「你得讓這裡的病人有事做。」艾倫說。「你的圖書館員有兩個助手，可是只有一架子的《國家地理雜誌》，別的書都沒有。你得給他們誘因。他們都有服藥，所以別指望他們會興奮地睜大眼睛。要是你老是去吵一頭睡覺的熊，他早晚會咬你一口的。」

凱文就沒那麼委婉了。「幹！少來煩啦。你定你的規矩，你想這樣玩，好，沒問題，不過你最好知道我們可不會隨便給你欺負。」

湯米要知道為什麼沒有寵物治療。「醫院的說明裡明明寫了寵物治療，納稅人已經為這個付了錢了，為什麼不給我們寵物治療？」

下個星期一，一名警衛拿塑膠袋裝了一尾金魚，丟在地上。「你的寵物治療，密利根，可以封你的嘴了吧。」

結果差點引起暴動。

星期二，保全部宣布從現在起大部分的時間病人的房間都會上鎖，全體病人都待在交誼廳裡。

凱文回頭往唐．巴特利的房間走，推門要進去，卻發現只能推開一、兩吋。他從窗戶看進去，發現巴特利坐在床上朝他豎中指。他把桌子搬過來抵住了門。

唐終於讓他進去，凱文這才發現建築師真是大錯特錯，竟然會把牢房設計成這副模樣。除了入院處以外，所有的門都是往裡面開的！怎麼會這麼笨？要是病人不讓他們進來，那他只需要把鋼床推過來，成九十度角，就能把房門堵死。

而想破門而入的警衛可得想辦法把鋼床撞爛了才能進得了門。巴特利就已經準備要用鋼床抵住門，抗議蓋瑞森的新規定了，多虧了凱文勸他打消念頭。「現在還不是使出這一招的時候。等以後保全部讓我們不爽了，我們再用這一招。要是我們想暴動，我們可以把門堵死，誰也進不來。媽的！妙透了，做出這種笨蛋監牢來關我們，反而讓我們利用來把他們關在外面。」

「那我們要怎麼對付這個鎖在房間外面的新規定？」

「我有主意。」

凱文把話傳下去，教每個病人明天早上離開房間的時候都帶著枕頭、床單，然後就躺在門前的走廊地上。佛格會很狼狽，可是保全部也想不出什麼辦法來解決，這樣就能突顯出岱頓其實是由保全部當家作主的，醫師根本插不上手。

三天之後，佛格下令所有的病房門都不准上鎖。

＊

瑪麗的日記：

一九八一年一月十八日——作家來看我。「比利說心理健康局局長莫利茨辭職了，他當下的反應是『我們得讓他的繼任人失業』，他覺得下任的局長是女性比較好。」

報上說，林德納現在二十四小時都由警方保護，因為仍然在利馬住院的阿尼．羅根雇用了個打手要對付他。聽說林德納不顧莫利茨的反對，曾跟阿尼表示會把他送進民營的心理醫院。後來在阿尼的聽證庭上，林德納反而作證對阿尼不利，說他是個危險分子，後半輩子都應該要關在重警備的醫院裡。

＊

一九八一年一月二十七日，亞藍·果斯貝里向弗勞爾斯法官提出動議，請法官在二月初開聽證庭，裁定密利根是否符合「九十日不公開複審」的條件，舊的州法裡有此規定。他們指出在本案中應用新的比利二九七條款（所謂的「密利根條款」或「哥倫布快報條款」）會追溯既往，違背了憲法。

可是弗勞爾斯法官卻不敢幕後黑手——媒體和當地政客——的壓力，他們到現在還責怪他判決密利根「因精神錯亂而無罪」。所以他裁決密利根適用新法。比利必須等一百八十天才能複審，也就是四月四日，而且還開放旁聽。

聽證庭舉行前幾個月，果斯貝里搜集了多方人士的宣誓書、病歷、證詞、法律論點。這些人都相信比利·密利根並不危險，因此依據法律，應該要轉送到限制最小的機構接受治療。

其中一份病歷是岱頓員工精神病學家沙米醫師在一九八一年三月二十四日寫下的。「建議……病人〔密利根〕似乎不需要高度戒護，也沒有脫逃之虞……在此建議將他轉送至州立艾森斯醫院，交由大衛·考爾醫師治療。另一選擇是轉送肯塔基州列辛頓市，由柯內莉雅·魏伯醫師治療……」

＊

湯米注意到瑪麗漸露疲態。他很高興瑪麗每天下午來，可是他知道每天跑一趟對她的負擔太重。她一天比一天蒼白，也一天比一天憔悴。他發現瑪麗又吃起了抗憂鬱藥，不禁煩惱了起來。

「不是起而行就是坐以待斃。」湯米告訴作家。「無論需要採取什麼手段，都得做個了斷。一定會有什麼事情發生。我不是翻越圍牆，逃亡被殺，就是把這個地方燒得一乾二淨。我知道我越來越覺得走投無路，所以一定要趕快讓瑪麗離開岱頓。我不想讓她來認領我的屍體。」

儘管瑪麗又抗議又爭論又懇求，還是有好幾個人格輪番上陣來勸她，要她別把自己的未來跟比利的命運綁在一塊。瑪麗寡不敵眾，只好眼淚汪汪地同意了。一九八一年三月二十五日星期三，瑪麗最後一次去看比利。

從此兩人再沒有見面。

3

隔天早晨，大衛．考爾醫生在哥倫布市接受詢問，預備在兩星期後舉行的複審庭上做為呈堂證詞。

亞藍．果斯貝里的同事開門見山就問考爾在精神病學上的背景，也調查他在治療多重人格疾患方面的資歷，隨後就由助理檢察官湯瑪斯．畢友盤詰。

「要是他拒絕治療，岱頓刑事精神病醫院又如何能夠給予密利根有效的診斷和治療呢？」畢友問。

「他可能並不信賴他們。」考爾醫師說。「他可能不放心他們，怕他們會利用他的病情來藉題發揮。他可能不相信他們做的結論。我在別的更適宜的環境裡都見過不少這樣的例子，更何況是那種地方，被二十呎長的圍牆圍起來，外頭還有整捲整捲的帶刺鐵絲網。對不起，我是不能苟同的。」

矮小又腆著小腹的精神科醫師仰頭凝視檢察官。「有人必需要決定他們是要治療病人，還是要對付犯人。我很清楚，他是我的病人……那個司法的機構，戒備森嚴，到處是監視器——我要進去看病人還得搜身……連他們自己的診療主任進去也要搜身，還要通過金屬探測門。這種環境我可不認為是治療的環境……我甚至還問了他，我說：『沙米醫師，你要是一天進去個十次，他們真的就搜十次？』他的回答是當然啊。好像我問了什麼稀奇古怪的問題似的。我倒覺得這種精神病治療才是怪誕不經呢，而且我認為那種制度也很難分辨出誰對誰怎麼樣等等的。」

畢友問可不可以說這五、六、七年來，比利的多重人格疾病使他變成了一個非常暴戾、愛侵略的人。

「他有過暴力和侵略的階段。要是你要我把他歸類為暴戾的人，那我不能夠。我只願意據實以告……在艾森斯，他一直到發生了一連串不幸的社會事件之後，才把抑制的感情表面化，那時他才變得受驚退縮，病情又退化，我認為這是有直接的因果關係的，可是事實上，他走進了社會，他沒有傷害別人，他什麼也沒做，他面對相當多的挑釁，我都在治療中教導他怎麼樣處理。

「這是治療的一部分，你必須去教導……而不是只耍一些花招，騙他說你就快康復了，醫治的過程得要持續不懈。

「我始終沒有辦法讓他管好他的嘴巴。他一直都是很多話的人，但是重要的是他說的內容。他是十字軍，他想要改革，可是他沒有傷害過別人，沒有威脅過別人，也沒有偷竊過什麼東西。這情況持續了很長的一段時間，他的病真的是越來越好了。」

代表俄亥俄州地檢署的邁可．伊文斯接著詢問。「是什麼原因讓他轉送到州立利馬醫院的？」

「你是要遠因還是近果？」

「都要。」伊文斯說。

「在比利有了相當進步，有能力進入社會之後，你得記得他是一個私人機構的病人……在報紙，多數是哥倫布當地的報紙，也有一些艾森斯的報紙，刊登一系列報導之後，有些議員採取了連串的行動。加諸我們身上的惡名、限制，還有曝光的程度，影響非常之大，讓他的嚴重焦慮又出現了，因此某些症狀重新出現，壓抑的情緒爆發等等……要是當初沒有人橫加阻攔，今天社會上就很可能會多出一個誠實納稅的公民了。」

伊文斯問：「……你知道這些壓力導致他做了什麼嗎？」

「知道……他變得非常、非常消沉鬱悶。他變得不合作，心灰意懶，說：『有什麼用？我反正一輩子也出不了這裡。他們只是想把我關到老死。』

「我認為假釋局在這件案子上扮演的角色是成事不足敗事有餘；不斷地恫嚇，不斷地打擾。他們從來沒有真正讓我們知道情況如何，我們也好有所因應。那就好像是每天頭上都懸著一柄劍，不知道劍什麼時候會砍下來。

「……我會告訴你們我們有多配合。每次這個病人到哪裡去，我們就會打電話。要是他走到大街上——麥當勞就在醫院一條半街以外——我們就打電話給當地警察，到警長的辦公室，還有假釋局，讓他們知道他去了哪裡，幾點去的，跟誰一起去的，諸如此類的事情……

「後來我們能夠讓他出去的時間長一些了，我們還是每次都打電話。我們是在遵守承諾，我們是在為別人著想，可是他卻始終想著他們只想把他丟回去坐牢，那種壓力、那種緊張——你們聽聽這個：『要是我回去坐牢，我就死定了，我會在牢裡被殺。』麻煩各位停下來，想想這樣的情況，對一個心理不健康的人會有什麼影響。」

4

一九八一年四月四日的複審庭出現了第一個意外：助理檢察官湯瑪斯·畢友拿出一份字跡工整的信，是比利·密利根寫給阿尼·羅根的，提到了羅根雇人殺害路易·林德納醫師一事。畢友當庭朗讀，讓法庭記錄信件內容。信是一九八一年一月十八日寫的（瑪麗也在這一天在日記裡提到打手）：

兄弟：

我看了你的決定，你要了結林德納，我知道你雇了誰，我願意跟你賭二萬五千塊。假設我的猜測是對的，那麼就算動員全美的警察，也阻止不了這個人殺掉林德納醫生。你在選擇職業好手的品味上確實是高人一等，可是你的策略卻是大錯特錯。

你應該考慮一件事……買兇殺人是反社會的行為，只會讓你的刑期更長。你有沒有想過，醫生要是知道說錯話就會遭殃，只怕不會有許多醫生願意聽信你的說法。可是如果林德納已經造成了無可挽回的傷害，如果你覺得這輩子完了，因為你得坐一輩子的牢，那麼我祝福你。

代我問候獅身人面，因為石頭落在青苔上了。

你誠摯的密利根

這封信讓檢方的主張更有力道，密利根仍然是個反社會的危險分子，應該要繼續待在重警備的機構裡，而不是轉回艾森斯。

第二個意外發生在密利根宣誓時。當時，密利根堅持要出庭作證，而果斯貝里年輕瘦削的同事史帝夫．湯普森請委託人報上姓名。

他回答道：「湯米。」

法庭內一陣驚呼聲。

「你不是比利．密利根？」湯普森問。

「不是，從來就不是。」

湯普森問寫給阿尼．羅根的信，湯米說那是艾倫寫的，因為他聽說阿尼就要轉到岱頓來了，艾倫只是想籠絡阿尼，因為艾倫怕他。

「他雇人來殺林德納醫生，做那種事太蠢了。我也不想說他笨，我怕他會反過來對付我。你不能告訴他該做什麼、不能使喚他、也不能小看他……

「因為別人在法庭上作證對你不利，就拿著槍到處亂射人，我知道那樣是錯的。林德納醫生今天的證詞就對我不利，可是我可不會因為這樣就拿槍射他。」

問及他在岱頓醫院為什麼不和醫師們合作，湯米說他不信任他們，而且他也怕他們。

「你不信任他們，就會害怕讓他們來亂搞你的心智。」

＊

一九八一年四月二十一日，第四區上訴法庭終於對一年半前艾森斯郡法官羅傑．鍾斯的判決作了裁定。就是鍾斯下令將比利從艾森斯移送到利馬的。

法庭認為移送他「未通知當事人或其家人，未允許當事人出席，未諮詢顧問，未傳喚證人，未告知其有聽證之權……實乃嚴重之侵犯……移送命令勢須撤銷，當事人必須回歸違法移送之前之處境。」

可是上訴法庭卻拒絕撤銷違法的移送裁決，只說既然利馬將舉行聽證庭，因此上訴法庭的裁決是「本席認為證據充分……上訴人以其心理疾病之故，對自身及他人皆有危險之虞。」

誰也沒有通知法庭所謂的證據是佛瑞克．米爾基醫師提供的，而他自己也承認當時他才檢查了密利根幾個小時，實際負責診療密利根的人是診療主任路易．林德納。

聽證庭過後六週半，傑．弗勞爾斯法官宣布了裁決，命令密利根繼續在岱頓司法醫院治療，「該院為限制最小之機構，唯其可提供被告相應之治療，並保護公眾安全。」

果斯貝里立刻上訴，但是極少人相信比利能在短期內有機會轉送到民營的精神病醫院，因為媒體和政客聯手，火力不斷。

既然瑪麗不再來岱頓會客了，雷根認為讓凱文在場子上的時間更多一點才公平。雷根現在極少自己出場了，他的英語能力越來越差，弄得他很挫折。病人和員工聽不懂他的濃重口音，可是他卻怎麼也不肯多說幾遍。

亞瑟也不肯上場，因為這樣的地方需要的是大老千或肌肉男。在這裡，顯然不是靠斯文人說理可以講得清的。年紀小的自成一圈，不在場子上，所以也只有湯米、艾倫、凱文有共存意識。

5

弗勞爾斯的裁決宣讀後兩天，一名社工來到D病房，告訴凱文如果他想讓恬妲·巴特利來看他，就必須填一張訪客單。凱文不知道她是誰，也不知道是怎麼回事，可是他很喜歡訪客帶來的點心，所以就填了表格，朝會客室走去。

他瞧了瞧訪客，看見有個女人獨自坐著。她穿了短連衣裙，一見他過來，就交叉雙腿，凱文盯著她的動作，一路從纖細的足踝往上看到她圓潤的大腿。

「妳來找誰？」他問。

「你。」她說，還伸舌濡濕嘴唇。

他立刻明白恬妲·巴特利是一個很懂得利用外貌條件的女人。

「我哥哥唐，他跟我說了很多你的事，我覺得好迷人喔。我定期來找你說說話，你不會介意吧？」

凱文凝視她的深色眼眸，嘆了口氣。「唉，我不知道心臟受不受得了耶。」

她笑出聲。「我來看唐的時候看到過你幾次，我就問他：『那個高高的、長得很好看的人是誰啊？他好像一隻迷路的小狗喔。』他就說了很多你的事情。」

「是嗎？妳都聽說了什麼？」

「我知道人都會犯錯，我也知道你犯了什麼罪，可是我一點也不怕。說不定我還能幫你消消悶、解解愁呢？」

「妳也是醫瘋子的啊？」

她搖頭。

「那妳就是那種自以為可以讓罪犯改過自新，所以看到罪犯就春心蕩漾的女人嘍？」

她哈哈笑，笑聲嬌媚動人。「人家是說要是你有性方面的煩惱，我可以幫你解決。」

凱文猴急地點頭，一手按著她的腿。「那更好。我猜大部分的女人也都是看中我這一點，不過我最好警告妳，我需要的幫忙可多了喔。」

「我哥哥唐跟我說過了，人家就是聽見這個才春心蕩漾的。」

*

幾天之後，湯米由看護帶到會客室，發現恬妲在裡面。她氣壞了，因為剛才在大廳安全警衛拿金屬探測器檢查她，嘴巴還不乾不淨的。

「那個王八蛋今天討我便宜。」她說。「他舔嘴巴，說：『妳幹嘛不把那個強暴女人的密利根甩了，找一個真正的男子漢？』真該好好修理修理那個王八蛋。哪天老娘就等在停車場，等他出來了，我會讓他先吃點甜頭，然後就讓他吃不了兜著走。」

湯米認為恬妲這個女人雖然打扮得漂漂亮亮的，睜著一雙丘比娃娃的大眼睛，一臉的天真無辜，又像傻大姐一樣笑口常開，其實卻是他見過最果斷的女人。這樣的女人就算沒有受邀參加宴會，也會自動闖進門，鬧一個天翻地覆。

「別那麼暴力。」湯米說。

「你當然有辦法可以控制感情，你拿腳走人就行了。在心理上走開是什麼滋味？」

湯米絞盡腦汁想解釋。「有沒有到樹林裡散過步？走著走著突然聞到什麼腐爛的味道，然後看到一隻死掉的動物，害你想吐？」

她搖頭。「可是我能想像得到。」

「好，你轉身走了，盡量去想別的事，像冰淇淋，或是很好吃的東西，就是為了要擺脫死亡的氣息，好讓你把死亡擋在心門外，我走開的時候就是像這樣的感覺。你把剛才看到的事情完全摒除在外面，不讓它存在，然後，砰一下，你睡著了。你把那一塊心事一起帶走，放在別的地方——到最後它還是會回過頭來找你，可是你不是一個完整的人，比利就是這樣，他走開了是因為他覺得噁心。他不想再看見或是聞到那個東西……」

湯米打從一開始就知道恬妲在利用他和艾倫、凱文，至於是為了什麼，他不明白。她很聰明，也狡猾，懂得怎麼跟別人攀交情。他親眼看見她操縱一名護士，這個護士顯然對恬妲的哥哥有意思。恬妲在停車場跟護士見面，告訴她唐有多喜歡她。幾個星期之後，恬妲在停車場拿大麻給她，而護士就幫她私運進去交給唐。

*

一個星期後，保全部主管蓋瑞森帶著兩名警衛闖進了病房，事前完全沒有通知。蓋瑞森一臂夾著金屬寫字板，擺架子似的。艾倫注意到他們的步態很不尋常，居然很有節奏！他們齊步行進到值班人的小隔間，詢問他們，再檢查病人的病歷。

山雨欲來。

蓋瑞森對蜜莉．切斯護士說：「叫妳的病人都到交誼廳去。」

她怒瞪他。「上頭有命令，沒有醫療團隊的允許，或是沒有巡視官在場，你都不能發號施令。」

「隨便，反正我們還是要查房。」

護士氣得脹紅了臉，但還是打開了擴音器。「D病房全體病人請注意，保全部正在這裡，準備搜查你們的房間，所以要是有什麼東西還沒丟進馬桶沖掉的，最好趕快丟掉。」

蓋瑞森關掉了麥克風，可是交誼廳早清場了，沒多久空蕩的走廊只聽見此起彼落的沖水聲。

醫院裡有傳聞，說是密利根組織了病人，寫信給中央辦公室，副本還寄給了州長和報社，指控保全部虐待。院長傳令限制保全部違法搜身、查房，蓋瑞森顯然是決定要治一治麻煩製造者。

幾天之後，保全警衛狠狠揍了艾倫一頓。

艾倫叫恬妲打電話給作家，轉告他說亞瑟要出場解決。

＊

一九八一年七月二十二日晚間零時，電話鈴聲吵醒了作家。是恬妲・巴特利打來的。

「比利最近很沮喪，」她說，「我哥哥覺得他有自殺傾向。那個湯米不想要我打電話給你，可是那個艾倫覺得你應該知道。」

「他沒事吧？」

「他幾天前把自己關在房間裡，放火燒了家具。警衛必須破門而入，拿著滅火器到處亂噴。他們給他打了針，給他穿上束縛衣，然後痛打了他一頓，打得他坐輪椅了。」

「可以的話，麻煩妳哥哥代傳話給他，說我明天一早就啟程，應該中午就到了。」

幾星期之前，比利提到他把唐．巴特利的妹妹列入了固定訪客名單。這麼短的時間她怎麼就知道艾倫跟湯米了？

6

作家進入會客室，一看見比利坐輪椅，一條腿綁著繃帶，抬高起來，忍不住一驚。繃帶以外的皮膚浮腫泛藍。

「湯米？」作者問道。

他怯怯地點頭。「欸……」

「這是怎麼回事？」

湯米並沒有直視他的眼睛。「我不是很清楚，可是我現在非常不舒服。」

「你有沒有跟其他人聯絡？」

湯米環顧四周，確定沒有人偷聽，然後低聲說：「只有偶爾一次……」

「他們怎麼說？」

湯米向前傾。「我覺得亞瑟想殺了我們。」

「怎麼會呢。你為什麼這麼想？」

「他製造了毒藥。他說我們永遠也不會自由。他說沒希望了，我們還不如自己隨人顧性命算了。別問我他是什麼意思。」

湯米露出微笑。

「有什麼趣事嗎?」

「我聽到裡面有古怪的事情。」

「是誰在說話?」

「不知道。」

長長的沉默之後,作家問:「你有話要跟我說嗎?」

湯米脫口就說:「有時候我連鞋帶都不會綁。」

「你怎麼可能會有那種問題?我知道克莉絲汀跟蕭恩不會綁鞋帶,可是你怎麼會?」

「所以我才不懂啊。這裡的醫生有的說應該讓我出院,可是我不覺得。要是我到街上去,我會不曉得應該怎麼辦。」

「可是外面有很多關心你的人,有人會幫你。」

「欸……我知道。」

「我一直在跟大家講,」作家說,「可以把你轉到哥倫布市的中俄亥俄精神病醫院,那裡有新成立的司法精神病醫學部。」

「不要。我小時候住過,我可不要再進去。」

「那個地方叫做中俄亥俄地區法醫單位,簡稱中俄法醫部,三個星期前才成立,只離——」

「我不要進去。」

「——你母親家二十分鐘。距離艾森斯也只有一個半小時,而不是三小時的車程。考爾醫師跟我可以更常去那裡看你。」

「我沒辦法在另一個細菌庫一樣的牢裡再重來一遍。」

「你還沒聽到是誰要擔任那裡的診療部主任呢。」

「是上帝我也不管，我不進去。」

「是茱蒂絲·巴克斯醫生，她還問到——」

「他們幹嘛要像踢皮球一樣，把我從一個監獄踢到另一個監獄，又踢到另一個監獄，然後把我當隱形人？」

「有巴克斯醫師在，你不會——」

「那不是又重新開始了，他們就會說：『哎喲，你也才只住了三個月，我們幹嘛要讓你走？』」

「巴克斯醫生也治療過其他多重人格患者，她跟考爾醫生共事過，也評估過你。說真的，前天我打電話給佛格院長，確認是不是可以來看你，他說巴克斯醫生打過電話，跟他說想要讓你轉院過去，讓她在哥倫布治療你。」

「她幹嘛那麼好心？」

「她覺得你漸漸會信任她，而且她也能幫你。她主動打電話給佛格，可見她對你很有興趣。上次我找弗勞爾斯法官，問他能不能送你回艾森斯，你知道他怎麼說的嗎？他說：『我第一次把比利送到艾森斯，並不知道那裡連圍牆都沒有。』我跟他說岱頓不適合你，他就說起了中俄法醫部快成立了，他說：『應該是很好的下一步。』他真的是這麼說的，我一個字也沒變動。」

「啊，我不知道了啦。」

「誰也不能擔保你能轉院，湯米，可是既然弗勞爾斯法官提到了，你應該考慮看看。重點是找到一個能夠治療你這個病的精神科醫師。巴克斯醫生是現成的人選，她又想治療你，這樣不是十全十美嗎？我連這件事有多少把握都不知道，可是萬一有機會，你可千萬不要臨陣卻步——」

「我偏要臨陣卻步！在這裡耗掉的時間太多了。」

「那你寧可留在這裡，得不到一點點治療？」

「我搞不好是死路一條。」

「巴克斯醫生可以給你一線生機。在中俄法醫部你不會是唯一的多重人格。她會主持世界上第一個實驗性質的多重人格疾患治療單位，你會得到你需要的特殊照顧。要是她能讓你融合，跟弗勞爾斯法官說你沒有危險，我覺得你重回艾森斯的機會就大得多。別忘了，法官說中俄法醫部可能是很好的下一步，那個意思是在他的盤算裡還有好幾步。從利馬到岱頓到哥倫布，再回到艾森斯，然後——說不定——就是自由了。」

「到了哥倫布，他們會給我正確的藥嗎？」

「巴克斯醫生知道你需要什麼。上一次聽證，你也在場，她不就幫你說話。」

湯米思索了一會兒。「要是去哥倫布……要是我去……把我轉過去要多久？」

「不確定。」

湯米不安地動了動。「可能要好幾個月。」

「重要的是，你願不願意去？願意，我就打電話給弗勞爾斯法官，跟他說你在這裡得不到治療。不願意的話，那我也就不自找麻煩了。」

「要是我願意，你覺得可不可能兩個星期以後就轉院？」

「我不知道，那得看體制運作。」

「既然你覺得對我有幫助，那就由你來作決定。」

「我不能幫你作決定，你是知道的。」

「我需要別人幫我作，因為我自己作不到。因為我不知道怎麼樣對我自己最好。」

「我只能給你提點意見。如果我說錯了，就糾正我。這裡的情況似乎越來越壞了，既然這樣，隨便轉到哪裡都應該不錯。」

「哥倫布的人不喜歡我。報紙老是說我壞話。」

「而且短時間內也不會停止，湯米。只要有政客等著上頭條，你就是一個好靶子。可是你要活下去，這個機會就得要好好把握住。」

他考慮了一會兒，一面搔著繃帶下的腿，然後點了頭。「好吧，我去。」

*

作家打電話給弗勞爾斯法官，說他感覺比利有生命危險。他提醒法官中俄法醫部三星期後開張，而目前在齊利柯斯矯正中心治療其他多重人格病患的茱蒂絲．巴克斯醫生也表達過讓比利轉院到新的多重人格疾患治療單位的意願。

弗勞爾斯法官說既然是系統內的轉移，從一間重警備機構轉到另一間重警備機構，只要各方沒有異議，他就會下令轉院。佛格院長寫信給弗勞爾斯法官：「……治療團隊的看法是密利根先生在岱頓司法醫院得不到適當的治療，肇因於他的拒不合作（見附件），由是本院在此建議將其轉送至哥倫布市中俄亥俄地區法醫單位，該機構同為重警備醫院，裨使其得到茱蒂絲・巴克斯醫師治療。密利根先生與巴克斯醫師俱同意本次轉院。」

恬妲・巴特利零時打電話給作家之後兩個月，比利轉院了，幾天之後，她搬到哥倫布市跟比利的妹妹凱西同住，以便每天都去看他。

十九、新嫁娘

1

診療主任茱蒂絲．巴克斯醫師在中俄法醫部的特別「C病房」是美國第一個只治療多重人格疾患的單位。新成立之初，只有兩名年輕女性病患，員工則有巴克斯醫師、一名社工、二十一名看護及護士，大多數的人都鬥志昂揚，樂於在這個鮮為人知的心理疾病上充當開路先鋒。

雖然治療團隊每一個人都對比利．密利根一案耳熟能詳，巴克斯醫師仍想方設法幫他們作心理建設，因為等密利根一轉院到俄亥俄州哥倫布市，媒體就會群起而攻，不留情面。她要求絕對不能洩漏病人資料，不准有人向媒體提供密利根或另外兩名女病人的消息。

心理健康局指派她到利馬去評估密利根之後，她就沒有見過他了。她和密利根的律師合作，在四月十四日的聽證庭上為比利作證，也讓大家知道她願意負起治療比利的責任。

現在心理健康局終於把比利送到她的羽翼下，比利卻是青一塊紫一塊的，而且還坐著輪椅。

＊

轉院到哥倫布後第五天，艾倫打電話給作家，說：「我終於鼓起勇氣，跟恬妲求婚了。她答應了，一點遲疑也沒有。她說我們結婚了，她會比較有安全感。」

「你真的想娶她？」

「第一次有人真正接受我這個人。」艾倫說。「我們在岱頓相處了很長的時間。恬妲了解我，我們彼此相愛。」

「我不知道在醫院裡也可以結婚。」

「完全合法。」艾倫說。

「你是不是應該再緩一緩，多想想？」

「我們已經決定了。」艾倫說。「只剩下挑日子了。我們兩個都沒有宗教信仰，我們想找治安法官來證婚。我想請你當我的伴郎，也想請你幫我們寫誓詞。」

「這樣啊。」作家說。「我考慮看看再說吧。」

艾倫說：「我想讓你第一個知道。」

＊

恬妲後來跟作家說，他們在岱頓司法醫院看過幾對新人結婚，兩人也討論過。起初，他們兩人都相信彼此都想等到比利獲釋之後才考慮結婚。

「後來我來了哥倫布，搬進凱西家，我跟比利說我們兩個都認識的一個病人結婚了。一說到結婚，我們兩個就明白我們都不想再等了。」

「那可不會是輕易過關的事。」作家說。「媒體會像聞到血腥味的鯊魚一樣蜂擁而至。妳確定受得了嗎？」

「我愛比利，而且我也不像外表那麼嬌弱。」

「可是妳到底是看上他哪一點？」

她搖搖頭，思索著如何啟齒。「他好有趣，又神秘，又脆弱，三種特性融合在一起。有時候，他是個雄赳赳氣昂昂的大男人，有時候又溫柔害羞。他可以冷漠理性，也可以感情衝動。有時候他是一個愛操縱別人的混球，或是一個滿嘴髒話的街頭混混，可是我相信在那種強悍的表象底下其實他是一個受驚嚇的小男生。我猜我自己也是那個樣子——當然我沒有健忘症——而且我覺得我這種愛可以讓他完整。」

「請問是哪一種愛？」

「類似於強悍的愛。」

她說明她的背景何以讓她夠強夠悍，足以讓他面對和比利這樣的人戀愛會引起的後果。她三歲那年，全家從肯塔基州佛洛伊郡的一個小煤礦營地搬到了喬治亞州，後來又搬到了辛那提。六歲又搬到岱頓，定居下來，沒有再搬家。

她的曾外祖母是茉蒂．麥考伊，也就是那個有名的麥海世仇中的麥考伊家族。麥海兩家的世仇起源自麥考伊家搬到了海菲爾山，建築了自己的木屋，裝設了玻璃窗。海菲爾家因妒生恨，把對方的玻璃窗都砸破了。為了報復，麥考伊家的人有一天就埋伏在路上，趁著海菲爾家的人下山到鎮上，就跳出來用冰鋤攻擊他們，殺得海菲爾家的人進了醫院，而且在醫院裡還不放心，請了警衛守護。

「我父親是肯塔基勇士，」她傲然道，「他的祖母來自卻洛奇族❹，有這樣的血統，我可以照顧得了我愛的人跟我自己。」

2

巴克斯醫師很清楚，考爾醫生使用安米妥鈉來讓比利鎮定，停止轉換，是有相當爭議的，可是她也發現用這種治療來幫助他控制各人格最為有效。在她注射安米妥鈉時，無論是在和湯米或艾倫、菲利普說話，他都會繼續說，而且聲音不斷改變，彷彿她可以聽見他們一個個進入房間，最後全部融合成一體。

「可是說真的，」她跟作家說，「我並沒有真的在治療比利．密利根。我只是在把星星之火撲滅掉。」

她說的是比利轉院不過幾週的時間，報紙頭條和各界指責就又如燎原野火，不可收拾。選舉日前不到三個星期的時間，《哥倫布公民報》就在一九八一年十月十七日刊登了東恩．基爾摩眾議員抗議密利根享有「特權治療」的報導，眾議員聲稱密利根有權選擇與他同房的病人，而且他還有彩色電視，還可以打電動玩具。

俄亥俄州心理健康局局長回應眾議員的指控是「無的放矢」，並且說明電視是黑白的，凡是長期住院的病人都可以帶這一類的物品入院。

❹Cherokee，美國北部印第安人中的一族。

局長也提醒眾議員說「未經授權公布任何心理疾病病人的情況，會嚴重影響該病人的治療效果……」

可是不到一個月，基爾摩眾議員又找到了藉口攻擊密利根、批評巴克斯醫師的療程。一九八一年十一月十九日，《哥倫布公民報》報導了月初的另一則選舉前攻訐：

基爾摩呼籲重新調查密利根

本報記者蘇珊・普蘭提斯

……基爾摩主打幾週前發生的一件事，據診斷有二十四個人格的密利根在半夜二點二十分叫了份大香腸三明治，基爾摩說醫院員工必須為密利根病房內的所有病人準備三明治。

但是院長保羅・麥克佛醫師卻說基爾摩的指責並不正確。醫院在傍晚時分供應點心，這是正常程序……

麥克佛說密利根並沒有特權。但他也說議員和媒體的偏愛倒是讓該名病人的知名度大增……

俄亥俄州心理健康局的官員曾公開譴責基爾摩藉密利根炒作新聞。

*

政客睜著眼睛說瞎話，茱蒂絲・巴克斯極為氣憤，也氣報紙幫著散布流言。她逐漸相信中俄法醫部有間諜，餵給記者消息，因為每一則新聞儘管扭曲誇大，卻不無事實根據。

實際的經過是早上十點左右保全部打電話到她家裡，跟她說有兩名多重人格病人關進了禁閉室，因為他們為了一盤傍晚點心剩下來的香腸三明治打架。

她穿好了衣服，開車到醫院，很快就把事情處理好了。等她指示護士把兩名病人放出來之後，她就去找比利，看見他一直在睡覺。

依照中俄法醫部的日常作息來看，比利並不比別的病人麻煩。巴克斯也沒有額外多挪出時間來照顧他，而且她也並沒有為了多重人格患者而忽略了其他病患。

「可是只要一上報，什麼都是比利．密利根。」她說。「我相信政客為了要搏版面，什麼卑鄙無恥的事都做得出來。」

3

恬妲宣布，她希望婚禮能在耶誕節前舉行，巴克斯反對，因為她已經計畫了許久，要飛回澳洲度假。

「別人憑什麼有意見？」恬妲一點也不退讓。「別人有什麼權利告訴我們什麼時候可以結婚？」

「我覺得妳應該延期。」巴克斯說。

「是因為妳覺得比利應付了不？還是妳想要參加婚禮？」

「一旦消息傳開了，就會是壞消息。我想在場，幫助他度過。我一直在和丹尼、大衛談，我覺得他們還沒準備好要結婚。」

「我可是一直在跟『老師』談。」恬妲說。

「不，妳沒有。妳可以以為是在跟『老師』談話，其實跟妳談話的是艾倫。」

「我還不至於搞不清楚是不是在跟艾倫說話。」恬妲不客氣地說。

「大衛跟丹尼說『老師』三個星期都不在。」

「大衛跟丹尼搞不好根本就不知道『老師』出來跟我說過話，因為我知道我說話的對象不是艾倫。我知道我什麼時候跟艾倫說話，什麼時候跟湯米說話。湯米那個自大狂，老是說什麼『那些他媽的王八蛋搞不清楚自己在幹什麼……』我跟『老師』說話，他總是很理性、很平靜、一點情緒也沒有。」

「妳沒有跟『老師』說話。」巴克斯仍是堅持己見。

恬妲很惱火，難道她這個深愛比利的女人對比利的了解還比不上巴克斯這個每天只跟比利相處一個小時的醫生？「我雖然不是心理醫生，可是我還不至於連是在跟誰說話都不知道。」恬妲說。「我從他的眼睛就看得出來。他不是自己——不是『老師』的時候，眼睛就跟玻璃一樣透明。我只要看著他的臉，一見他的表情就知道了。

「有時候我覺得巴克斯醫生只是利用比利的病來拉抬自己的精神病醫師地位，就像成立多重人格病房一樣。比利並不真的信任她，他一直都不信任她。

「有時候我覺得她對我們結婚的事不是很熱中是因為她並不希望我們結婚。可是我是那種絕不接受『不』這種答案的人。你越是說不可以做，我就越要回去親自做做看。」

保安官跟牧師都拒絕為他們在精神病院主婚，可是恬妲死纏不休，最後蓋瑞．惠特牧師終於同意為他們主持婚禮。他是美以美派牧師，主持哥倫布市新設立的臨時收容所，而且他也在街頭傳教。

儘管巴克斯醫師始終反對，恬妲還是說服了比利，定下了一九八一年十二月二十二日結婚，她知道那時巴克斯已經回澳洲度假了，沒有辦法干預。

麥凱夫法官省免了法定的等待期，讓這對新人能趕在耶誕節前結婚。這是比利從岱頓轉院到哥倫布之後三個月發生的事。

4

結婚當天，寒風刺骨，雪深及踝，新聞記者和電台攝影師擠滿了中俄亥俄地區法醫單位，等待著一睹新娘的手采。他們也要求新郎露面。雖然醫院謝絕媒體進入，有一家電視台還是祭出了法庭命令，要求進入醫院拍攝婚禮。但是沒有法官知會醫院的行政部撤回前項命令，所以記者還是只能圍著恬妲及作家推擠。他們兩人在人叢中努力殺出一條路朝電動門前進。

通過規定的金屬探測器檢查之後，唯有作家和恬妲獲准進入會客室，預備舉行婚禮。醫院員工都從鄰近的走廊和辦公室，隔著雙層鐵絲網玻璃看熱鬧。

遺囑檢驗法庭的代理書記官檢查了結婚證書，授權婚禮進行。

「好，現在我需要兩位做的事是，」他說，「請兩位舉起右手。程序很短，可是兩位必須起個誓。兩位必須發誓，一、神智清楚，並沒有受酒精和毒品的影響；二、都超過十八歲；三、不是二等親；四、兩人的結合並沒有法律上的障礙；五、證書上所言一切屬實。兩位願發誓嗎？」

「我發誓。」恬妲說。

「我發誓。」老師說。

「我還需要十九塊現金，」書記官說，「我差點忘了。兩位確是郎才女貌，可是我可不想自掏腰包付你們的結婚證書。」

恬妞把錢給了他。

文書工作完成了，惠特牧師上前來，給了新人一根特殊的蠟燭，兩人一齊點燃。「這是我送給你們的禮物。」他說。「希望你們能在結婚一週年，在自由的世界裡，再次點亮這根蠟燭。」

「老師」和恬妞手牽手。

「我也想跟你們分享一段經文，」惠特說，「是聖經裡的『迦拿的婚禮』，在這段經文裡，有些事起了變化，願你們很快也會有新氣象……」

恬妞的暗色眼眸反耀著蠟燭的光芒。牧師讀著《約翰福音》第二章：「第三日，在加利利的迦拿有娶親的筵席，耶穌的母親在那裡。耶穌和他門徒也被請去赴席。酒用盡了，耶穌的母親對他說：『他們沒有酒了。』耶穌說：『婦人，我與你有什麼相干？我的時候還沒有到。』」

恬妞和「老師」靜靜聆聽，若有所思。惠特讀著耶穌在婚宴上如何把水變成酒。

「我想跟你們分享這一段，」惠特說，「是希望有上帝在你們的生命中，加上你們對彼此的愛，那麼生活中普普通通的事情就會轉變成不尋常的東西。像水，一種非常無力的元素，變成了酒，能醉人，是極有力的元素。我願你們在來年，在你們的結婚週年，會是自由的人，把生命中平凡的事物變成不平凡……」

「太美了。」恬妲說。

「朋友們，」惠特拖長聲音，「我們聚集在上帝的面前，在這些見證人的面前，以神聖的婚禮結合這對男女……」

新娘、新郎複述婚誓，交換戒指，牧師宣布他們是夫妻之後，兩人低頭傾聽牧師禱告。

「你可以吻新娘了。」惠特說。

兩人親吻，觀眾鼓掌。不過防震玻璃阻擋了聲音，所以參加婚禮的人只看見鼓掌的動作，聽不見聲音。

惠特牧師要求一名看護帶他從後門溜走，避開記者。

作家由前門離開，好讓恬妲和「老師」能在會客室獨處半個小時。他幫恬妲安排記者會，選在市區的記者俱樂部舉行，而不是在醫院的大門台階上，免得大家還得忍受寒風。

5

婚禮後的傍晚，有一個別的病房的病人把「老師」叫到一旁。「你不認識我，可是我聽說你娶了那個一直來看你的漂亮美眉，我要送你們兩個一份新婚禮物。我再過幾天就要轉院了，我要告訴你一件事。」

這人矮個子，頭髮是沙子一樣的褐色。「老師」覺得他像個殺手，並不是很聰明。可是他慫恿他說下去，他的口風卻很緊。

「等我要走了，我才會說。」

「老師」很擔心，問遍了病房才從醫護那裡知道他叫巴瑞．雷德羅，亞歷桑那轉過來的。他殺了三個人，兩個是牢友，所以判了三個無期徒刑。

第二天，在交誼廳裡，雷德羅又招手要他過去。「好了，我要跟你說我的秘密了。等我走了以後，你才能告訴別人喔。」

「老師」答應了。

「你知道那個從利馬轉過來的安全警衛嗎？就是那個胳臂上刺了一條蛇的。大概三個禮拜以前，他來找我跟另一個判無期徒刑的，問我們肯不肯宰了你，他會付錢。」

「老師」迅速掃了四下一遍。「沒開玩笑？」

「絕不蓋你。他話還沒說完，我們就冷冷地打斷了他，而且還開門見山說我們不幹，因為一定會被逮到。我們絕不可能宰了你還能像沒事人一樣。」

「聽著，」「老師」說，「在你轉走之前，萬一巴克斯醫生還沒回來，你願不願意告訴別人？」

「可以啊，可是一定得等我要走出這扇門以前。我那個時候沒跟你說，是覺得你不會有什麼危險，這裡應該不會有別人會下手，可是我現在告訴你是怕有個萬一，說不定這個病房裡真的就冒出一個神經病，幫他做掉你哩。」

「老師」知道那個有蛇刺青的警衛是利馬的單耳傑克。他有一次吹牛說手臂上的蛇是在遠東刺的，可是亞洲刺青會有顏色。他的蛇卻是灰加墨，是監獄刺的。這個警衛坐過牢。

「老師」知道他必須提高警覺。

他早就懷疑會有人不放過他——這個人有權勢，足以影響本州的政客，又能洩漏負面的消息給媒體；這個人想毀了他，至不濟也要讓他的餘生都在鐵窗後度過；這個人不相信什麼治療復健，反而崇尚報復。可是他沒有證據，也完全想不通會是誰。

他回到房間，站在中央，對著牆壁大喊。「不管你是誰，我不怕你！我一定會成功！」

（腦海中默默的掌聲）

「可惡的世界，你打不倒我的！」

他覺得像是過了一道難關。他知道假如他真覺得他們會打擊他，他是不會許下婚姻的承諾的。他不會讓他們得逞的。

「不要再自憐自艾了！」他說。「站起來，像個男子漢一樣，為自己的生存權利奮鬥！你在一九七八年對那些女人做的事是錯的，可是你的腦子有病，現在還是有病，你也很後悔，可是你得把那件事從靈魂裡徹底挖掉，想辦法活下來。他們拿什麼丟你，你都能承受得住。你把自己從地上扶起來，擦掉臉上的血，像一個堂堂正正的人一樣走開。」

突然間，房門飛開來，社工闖了進來，還帶了八個警衛，包括單耳傑克，說：「我們來護送你到禁閉室。」

「我有權利知道為什麼要關禁閉。」

「你沒有要關禁閉，」單耳傑克說，「我們只是要你進去個幾分鐘。」

「老師」沒有反抗，可是一進禁閉室，他們就說要脫光他的衣服搜身。

是可忍孰不可忍。「我要知道原因。」

單耳傑克揪住他的襯衫，說他們可以來硬的，也可以來軟的。「老師」不停發問，卻知道並沒有選擇。他轉過去，還沒能把衣服脫掉，就被單耳傑克一把扯了下來，搜查襯裡。

「老師」解離了。

*

他們搜查了湯米的腳底、頭髮，然後才把衣服還他，叫他在禁閉室裡等，他們要去搜他的房間。湯米等了有四十分鐘左右。

巡視官來跟他們爭論的時候，他們已經動手拆他的房間了。「你們沒有通知我要搜查他的房間。」

「需要通知你的話，我們自然會通知。」單耳傑克說。

湯米要求打電話給他太太。巡視官好不容易才讓湯米去打電話。湯米要恬妲別來醫院，免得被脫衣搜身。

回到房間後，湯米發現他有三幅畫不見了，兩幅是他用紙包起來放在床舖底下的，一幅擺在書桌上。他們拿走了他的畫具、紙張、鉛筆。他所有的法律文件都失蹤了，日記也是。打字機的字鍵不是彎了就是破了。凡是署有律師姓名的東西都被拿走了。他的日記記載了他們的虐待、他們如何大搜查等等。

他們的藉口是：「檢查違禁品。」

連「老師」的婚戒都不見了。

湯米想起有人說——他不確定是誰說的——這下子他跟他的律師大概會收斂一點，不會那麼勤快寫信給心理健康局，抱怨東抱怨西了吧。

湯米覺得好笨，居然會相信「老師」的希望。這個時候，他沒辦法思考、沒辦法記憶，也沒辦法迅速反應。亞瑟跟雷根在他心裡激烈地爭論。

＊

一九八二年一月十七日，《哥倫布快報》以頭條報導了巴克斯辭職：

密利根的主治醫師辭去公職

治療多重人格強暴犯威廉．密利根的精神科醫師茱蒂絲．巴克斯辭去了州政府的工作，因為對中俄亥俄法醫醫院的官員提出質疑。

本州眾議員東恩．基爾摩為她的辭職額手稱慶。

他說他接獲醫院員工諸多抱怨，說巴克斯給予某些病人，包括密利根在內，特殊待遇，而這可是一間重警備的醫院，收容的是精神錯亂的罪犯……

記者打電話到巴克斯家……她憤然否認基爾摩的指控。「我覺得他（基爾摩）是喜歡找藉口上報。」巴克斯說……

巴克斯辭職從二月八日起生效。巴克斯說一名醫院官員告訴她她的合約不會履新，之後她就主動請辭。

巴克斯指出，技術上她並沒有被開除。「州政府不會開除誰。」她說。「那叫做辭職。」

＊

恬妲譴責媒體對比利不公，影響了他們的關係。她的抗議逼得《哥倫布快報》在一九八二年二月四日以頭版處理：

妻子埋怨公眾暴力

本報記者羅賓·尤肯

恬姮·密利根說她忍受了「數不清的嘲弄」，但是她堅稱不是為了錢或出名而下嫁多重人格丈夫的……

「那種緊繃，從來沒停過。」密利根太太說。

密利根太太宣稱由於警衛騷擾，以及不當的投藥，她從耶誕節起就沒見過比利的「老師」人格……她說她的丈夫一天比一天內向，近來她一直在處理密利根的「害羞人格」，密利根太太說每一個人格她都是個別處理，雖然全管他們叫「比利」……

「我們的感情一直沒有機會茁壯，我會不離不棄。」

*

恬姮告訴作家，她的家人給她的壓力也越來越大。「我跟他們說我愛比利，可是他們就是不聽。他們一直說：『那不是愛，那是鬼迷心竅，我們都還在為妳祈禱。妳知道他被鬼魂和惡魔附身了。』

「他們是虔誠的教徒，還想給我驅魔。」她說。「有一次他們把我按在牆上，大喊：『我們斥責你，惡魔，以基督之名！』他們以為我也被附身了，因為比利的關係。不然的話，我怎麼會愛上一個瘋子！」

她說她哥哥唐的態度很難捉摸。心情好的時候，他會說：「哎，這也算是好事。可以說你們兩個還是我撮合的呢。」心情不好的時候，他就說他們兩個絕對不會有結果。「他們死也不會放密利根出來。」

「他利用比利。」恬妲說。「有一陣子，我幫我哥走私大麻進去，一次帶一點。後來我開始跟比利見面，湯米跟我說：『不行，妳不能再那麼做了。我不允許。』

「我哥上一分鐘還對比利很好，」她說，「下一分鐘就開罵了。我知道唐在操縱比利，恐嚇他說不讓我來看他。可是我跟你說，我不想在我哥跟比利之間作抉擇。」

*

結婚之後七個星期，有一天恬妲該來會客卻沒有出現，艾倫打電話到妹妹家。

「她走了一會兒了。」凱西說。「現在應該早到了。」

艾倫有種空洞洞的感覺。「去看她的衣櫃。」

幾秒鐘後，凱西拿起電話。「裡頭都空了。」

他要凱西檢查他的銀行帳戶，果然，恬妲領光了他賣畫賺的七千塊。她跟新車都失蹤了。

凱西回電，說在五斗櫃下找到了一封信，日期是兩天前。

《公民報》以頭版頭條報導了這件事：密利根的新娘只留下分手信。

《哥倫布快報》隔天就直接引用了分手信中的語句：

新娘洗劫密利根

本報記者羅賓·尤肯

多重人格的威廉·密利根迎娶不久的新娘趁夜偷溜，帶走了他的心、他們的汽車，和他們六千二百五十元的銀行存款。

她這一走讓密利根的週日由歡慶轉悲涼——本來要慶祝他二十七歲生日及新婚後的第一個情人節的。他的妹妹說在得知新娘，閨名恬妲·凱伊·巴特利，離開後，他「傷心又憤怒。」

這名二十一歲的少婦只在臥室五斗櫃上留下了一封信，說她承受不了「各方的壓力」，也可能不該和密利根結婚……她知道離家出走是「錯誤的」……很抱歉「趁夜蹺家」。

*

艾倫的第一個反應是打電話給瑪麗，可是克制了衝動。他不要傷瑪麗的心，這個忠誠的女人是真正喜歡他的人。他不得不承認自己很難嚥下這口氣，竟然會盲目得被恬妲的美色蠱惑，騙得他相信恬妲真的愛他。

他跟自己說，恬妲跟瑪麗不一樣，在智能上並不算是什麼挑戰。他都得硬把自己套進某個框架裡，才能走到會客室去坐下來跟她說話，而大部分的談話內容都是恬妲說她做了指甲、想買某件衣服、當紅的唱片、流行音樂。

他不能否認她的美色確實是很刺激，可是她一生氣也可以變得很壞。這會兒他知道了她完全是為她自己打算。他猜測恬妲一定認為這本書一上市，就可以哄抬他的畫價。她這麼一走‧他才恍然，她說不定始終就計畫要海削他一票。

他向作家描述目前的心理狀態。

「我還是分裂的狀況，可是現在有一種和諧了——除非有什麼危機發生。在這裡最難解決的是無聊，所以最方便的做法是多留意年紀小的。他們的世界要小得多，只要給他們什麼玩，他們可以高高興興玩上幾個小時。」

問到人格轉換的時候他的腦子裡是什麼感覺，比利的說法是：「我看得到什麼情況，因為我有一部分就站在那兒。我不知道你能不能了解。想像一下，像你這樣靠文字生活的人，突然有一天失去了認字的能力。上一分鐘你知道自己識字，下一分鐘連一個簡單的字都看不懂了，想像那種挫折感。

「一片一片的拼圖被奪走了，我的能力一直退化。我看著一條物理公式，我知道自己知道，可是就莫名其妙的完全看不懂。信不信由你，這感覺其實還是有好的一面的。無知就會單純，單純就會天真祥和純淨。」

他說明要讓「老師」存在下去需要怎麼做。「有些時候，我就需要負責任，比方說要適應外在世界時，我不必自暴自棄，逆來順受，我不需要減輕自己的責任。現實的生活迎面而來，我必需要應付實際的世界，我得要留在外面，那是我最想要的事。」

他並不在乎讓醫師知道他不再轉換人格了。

「我知道這種機構的情況，他們不在乎你的腦子裡怎麼樣。只要你不是暴力分子，就不算重病，不必關在這裡，這就是他們的態度。我需要轉院到艾森斯那樣的民營醫院，那我才能學習遇上了問題要怎麼處理。有了自由，就會有責任。在這裡他們只是保證我不會挨餓，還有床睡覺罷了。

「你把一個人關進籠子裡，這個人的心一直定不下來，那他唯一的辦法就是逃出這個籠子，不是往外跑，就是想辦法把東西弄進來。要是兩者都不做，也很快就會爬牆。挫折會把你生吞活剝，你就會漸漸想自殺。到最後，你會放棄希望，一了百了。要是沒有辦法自殺，你就會往心裡面退縮。為了要脫逃，你會進入自己的腦袋，創造自己的世界，拿自己的心智玩，自己找樂子。」

「老師」聳聳肩。「他們一定得讓我融合，放我自由，不然就讓我死。」

6

一九八二年三月十五日，中俄法醫部新任的診療主任約翰·戴維斯醫師在病歷上寫下了這些話：

「院方覺得密利根先生得到的醫治充分，而他在一段起伏極大的人生之後，言行舉止也中規中矩，並沒有破壞的行為。上述的心理測試結果，以及為斷定是否有危險的若干個別談話……臨床心理學家及主治的精神科醫師咸認密利根先生並沒有潛在的危險性。因此，院方向法庭強烈建議該病人不再需要高度戒護，法庭若能將該病人轉移到較少限制的民營心理醫院，對其治療將有更大裨益。」

*

一星期之後，複審庭陪審員向法庭指出密利根處理妻子離棄的態度很成熟，可見得他已經變得堅強，不會對自己或他人造成危險了。

戴維斯醫師也在複審庭上告訴弗勞爾斯法官對於被妻子拋棄，密利根的處理態度讓他印象深刻。他說所有的人格，包括雷根，都通過了「手測驗」，也就是說所有的人格都不再列為危險人物，他建議讓比利轉院到比較開放的機構。

弗勞爾斯法官終於裁決讓密利根回到艾森斯心理健康中心，心理健康局卻企圖阻撓，宣稱他在艾森斯無法有效的監督。弗勞爾斯說密利根若沒有立即轉院，他會對那些造成延誤的人員採取法律行動。

心理健康局局長在一九八二年四月十一日的《哥倫布快報》上批評弗勞爾斯法官。「我對他的說法很不滿……法官並不是醫師，怎麼能判定醫師適不適任。」

弗勞爾斯聽說了局長的批評，說：「我寫的判決書，我不會收回成命。」

*

艾森斯警察局長聽見消息後，說他不要比利．密利根回到他轄區。他說他對法官的裁定很不滿，他覺得密利根會危害社區，無論誰想要讓密利根離開艾森斯心理健康中心，一個人或是有伴護，他統統都會反對。

艾森斯市長也是異口同聲。

可是俄亥俄大學學生報《郵報》卻表達了不同的立場，一九八二年四月二十二日的社論頭條是：密利根理應有公平待遇。

威廉·史丹利·密利根要回艾森斯了，本報不能假裝並不憂心。

可是本報的憂心不是為學生及本市市民而發的，而是為密利根而發的……哥倫布的媒體及政客炒作起來的公眾壓力在密利根的多重人格治療上完全沒有幫助。

本報關心的是密利根得到適當的治療……我們別忘了，比利·密利根也是一個人……而艾森斯市需要對密利根這樣的人有惻隱之心。

本報並不是要求大眾熱烈歡迎密利根，只是在要求大眾將心比心。這起碼是他的權利。

*

比利·密利根在轉院到利馬兩年半之後（上訴法庭裁定是不合法的轉院），又收拾行囊，回到艾森斯。

單耳傑克和一名社工帶著上了手銬的「老師」走出來，預備坐上轉院小客車，他們嚇了一跳，只見鐵絲網後面的庭院裡排滿了病人和醫護，有人揮手，有人鼓掌，來和比利道別。比利這次是雙手銬在前面，所以他也能夠揮手回禮，他覺得很愉快，因為他想起了勞勃·瑞福在電影《黑獄風雲》裡移監的一個畫面，跟結婚那天不一樣，今天他聽到了掌聲。

二十、宰了那個王八蛋

1

一九八二年四月十五日，比利抵達艾森斯心理健康中心，警衛把他帶到他以前的病房，解開了手銬。有很多人跟他微笑，說：「歡迎回來。」護士長只簡單地說：「好了，比利，你回家了。」

幾天後作家去看他，「老師」正在等他。「真高興是你。」作家說，與之握手。「好久了。」

這時是春天，這一天的氣溫暖和，兩人在院區散步，「老師」深吸了一口氣，看著對面的霍金河。「嗐，能回來真好。」

「最近怎麼樣？」

「我一直在轉換，可是卻沒有共存意識。我聽見他們的聲音，卻沒辦法跟他們說話。考爾醫生倒是可以。他說雷根一口咬定他不適合在這種開放的民營醫院裡。」

「那就糟了。」

「老師」點頭。「雷根主導場子兩年半多，讓他覺得生龍活虎，回到這個他想要逃離的地方，他的憤怒可想而知……」他回頭看了看病房樓，朝通往一處緊急出口的逃生門點了點頭。「那扇門是他打破的，對不對？」

作家微笑。「那次之後他們就把門弄得更牢固了。」

「嗯，這裡是安全的地方，雷根就失去了主導力。要他交出權力並不容易。他寧可在一些可怕的監獄裡呼風喚雨。」他沉思了片刻，又蹙起眉頭。「作決定變得越來越困難了。他跟亞瑟很多事都意見不合。這個星期，誰也沒控制場子。亞瑟知道其他的精神科醫生不同意考爾醫生用安米妥鈉做正規治療，心理健康局也在干預我的治療。現在有兩股勢力交鋒，都想控制我——一個是外在的，一個是內在的。」

「那麼內在的其他人呢？」

「凱文一直鬧，不讓我注射安米妥鈉，因為我只要融合，他就不能隨心所欲，做了壞事逍遙法外。如果我不用安米妥鈉，凱文就會無法無天，亞瑟雖然把他從討厭鬼的名單上剔除了，但他還是很愛惹麻煩，就連雷根都很難管得住他，除非是有大量的共存意識。凱文跑出來四處亂竄，他的態度是『要是我決定要從那個窗口跳下去，那我就會跳。』這兩年來他變得很強。我覺得無聊會很樂意退場，可是凱文卻喜歡待在場子上，要讓他鎮定下來要費很大的力氣。還在中俄法醫部的時候，有一次巴克斯醫生在幫湯米注射安米妥鈉，凱文卻上場了，一直呻吟說：『他媽的賤女人！』差點嚇死巴克斯醫生。」

「他為什麼要那麼做？」

「他很氣讓女人把他的力量奪走，還有……」

「老師」停下來，皺著眉頭，彷彿對自己說的話很詫異，隨即聳聳肩，繼續走。

「……還有菲利普，他真是個麻木不仁的暴徒。他不罵人，也不說話。他反正壓根不在乎。」

「你覺得討厭鬼會在艾森斯惹麻煩嗎？」

「就雷根的觀點來說，既然有人反對考爾醫生使用安米妥鈉，那我們就不應該在一家開放的醫院裡。」

「可是你說巴克斯醫生就是用安米妥鈉控制住了討厭鬼啊。」

「她靠這個藥可以控制場子，分辨得出誰在場子上，停留多久——考爾醫生始終就辦不到，可是他其實弄錯了，他得要說服亞瑟跟雷根，讓他們兩人合作來維持秩序，因為我沒辦法讓凱文和菲利普走開。」

兩人默然走了一會兒，然後就朝病房裡面走。

「後天我想再來一趟，你會不會在？」

「很難說。」「老師」說。「情況太複雜。我會留字條說你要來，要是我不在，會有人等你。」

作家想要鼓勵他幾句，讓他後天也在場，可是兩人才穿過門口，他就看見他的眼神起了細微的變化，嘴唇也在動，他就知道「老師」走了。

「星期四見。」他說。

幾天之後，考爾醫生和作家午餐，席間他說湯米變了好多，他都不確定是不是湯米了，倒比較像是在痛苦時期才會出現的退縮的丹尼。

艾倫稍後談到湯米的改變。他苦澀地提到湯米在理查．凱斯死後被拖出去，綁在風火輪裡，被電擊。艾倫說湯米後來就變了。他覺得失去記憶、還有沒辦法作決定很蠢、很尷尬。

之後不久，考爾醫生說湯米和艾倫展開了激烈的戰鬥。護士報告說看見艾倫在繪畫，幾個小時後湯米會走出房間，拿起畫筆，在畫布上亂抹。

艾倫說湯米再不停手，他就要同樣惡整湯米的風景畫了。

「我沒辦法讓湯米說出來他為什麼要那麼做，」考爾向作家抱怨，「說不定他肯跟你說。」

作家同意當和平使者，可是哄騙爭辯了好幾天之後，湯米才終於開口解釋。

「艾倫憑什麼跟你說我被電擊的事。」

「艾倫知道你傷得很重，總得有個人出面來求救啊。」

「那是我自己的事。等我好了，我自己就會跟你說。」

湯米描述他記憶中的風火輪，同意跟艾倫講和。

*

往後幾個月，「老師」在考爾醫師的協助下，再一次歷經千辛萬苦，達成了穩定的融合。

一九八二年十月中旬，憑藉著考爾醫師的進度報告，弗勞爾斯法官修正了他的裁決，允許比利參加限定人數的進城活動，不過他否決了比利的請求，不許他不經伴護離開醫院。

比利現在漸漸失去了耐性，因為他相信這是既定的治療政策。他很難過，三年前敢於判他「精神錯亂因而無罪」的法官，現在卻屈從於州議員和媒體的壓力。

一直到一九八三年四月弗勞爾斯才批准白天進城——但書是比利必須由醫療小組的成員或是一名「有責任心的」人陪同。

比利不明白為什麼他跟其他的心理疾病患者仍然待遇不同，有些還是殺人犯，可是只要精神科醫師說他們對自己或他人都沒有危險，他們就可以自由來去。

他說他在一九七九年十月被捕之後，連任意穿越馬路都不敢。他一直是模範病人，忍受了非常人能夠忍受的虐待。他說必須由馴獸師陪同已經夠差了，現在又多了個批准名單，一想起來就有滿腹的苦水。

名單上還有作家，以及幾名醫院的醫護人員，包括一名年輕的護士，辛蒂．莫利森，她幾乎每天都跟比利在一起。她也跟大多數的員工一樣，覺得比利受到不公平的待遇，一有機會就會替比利發聲。

艾森斯治療小組照字面上詮釋弗勞爾斯法官的命令，把白天進城的時間定在早上七點起迄天黑以前。實際執行則是到熄燈前，亦即最晚到晚上十點。比利租了一棟房子，供他作畫，未來若獲准試驗外宿時，也會有地方落腳。

無巧不巧，房子偏偏就在艾森斯郡警長羅勃．亞倫的兒子家斜對面。

2

一九八三年七月二十一日，霍華．威爾森專員奉哥倫布市成人假釋委員會局長之命，開始秘密監視比利．密利根的日間進城活動。

亞倫警長通知威爾森專員，密利根都是搭乘一輛黃色黑頂「大多桑」小卡車進出醫院，車輛所有人是辛蒂．莫利森。據警長描述，辛蒂五呎四吋高，中等身材，髮色烏黑，髮長及肩。他說密利根從上個月底開始，白天都待在那棟房子裡。

警長說他伯父的房子就在附近，會是一個很好的監視點。

威爾森專員穿一條骯髒牛仔褲，緊緊繃在啤酒肚上的破爛T恤，戴著農夫帽，開車到比利租屋的那一區。他把車停好，下車步行，由西邊的樹林穿過，接近比利的房子。可是從這個角度看不到屋子或庭院，所以他又繞到東邊。

沒料到有狗叫了起來，密利根從屋子出來，放開了狗鍊。「去追，凱撒！把那個王八蛋找出來！宰了他，塔莎！」

威爾森退入樹林躲狗，然後就一直監視房子到天黑。等門廊的燈點亮之後，他看著密利根和黑髮女子坐進了黃色大多桑離開。

隔天早晨七點二十六分，威爾森又再來，門廊的燈仍沒熄滅，車道上並不見有汽車。到了七點四十九分，大多桑轉進馬路，威爾森拍下密利根和黑髮女子開車經過的畫面。

當天下午，亞倫警長建議威爾森假裝是在樹林捉土撥鼠的獵人，還借給他一把點二二來福槍。

威爾森在報告中寫道：「……我接近房屋，看見密利根在院子除草。我走進院子，跟他說話。我自稱是捉土撥鼠的獵人，不想打擾他。假釋犯說歡迎我到他的產業上打獵，希望我能幫他除掉一些土撥鼠，我在附近的田野打獵，他仍除他的草。」

後來，威爾森詢問鄰居，大家都說常看見密利根到田野裡作畫，而且那名黑髮女子也總是陪著他。

威爾森在七月二十二日早上八點完成了監視。他到當地的成人假釋委員會口述報告，亞倫警長打電話來，說他看見了密利根和黑髮女子，據他說是辛蒂·莫利森，走在艾森斯市區的法院街上，他拍了照片。

*

辛蒂．莫利森告訴比利那些跟監和威脅讓她害怕。「你真的相信外面有人要殺你？」

「千真萬確。有人付錢要我的人頭，他們要我死，不然就是一輩子坐牢。」

「我很害怕，比利。我覺得我也許離開比較好，我們不應該再見面了。」

「妳說得有道理。我會想念妳的，可是我不要妳活在恐懼裡。」

九月二十日，《郵報》報導亞倫警長承認是他教唆跟監的。「假釋局是我請來的。」他告訴記者。「是我先去找他們的。」另一則報導提到密利根獲得法庭許可，只要醫療小組認為沒有問題，就可以在白日離開醫院，由辛蒂．莫利森伴護，亞倫警長的反應是不以為然：「既然他好了，那就該去坐牢。」

警長的立場代表了許多人的心聲，他們都搞不清楚比利和成人假釋委員會之間複雜曖昧的關係。那宗一九七九年攻擊三名女子的案子他既然被判「精神錯亂因而無罪」，那麼依照現有的俄亥俄州法律，就不能為了這項罪名送他去坐牢。只能把他關在重警備的精神病院裡，等到心理健康局宣布該病人對自身及他人都不再構成危險，大多數的精神疾患者都會重獲自由，而比利期待的也就是這一點。

他和律師假定假釋局會允許他保持假釋的身分，有很多更暴虐殘酷的罪犯都是這樣，其中還不乏累犯。

比利不時表明接受治療之後，他連一條法規都沒有違犯，連任意穿越馬路都不敢。他認為等心理健康中心讓他出院，法庭也釋放他之後，他可以獲准以假釋犯的身分生活，幾年之內仍接受監督，最後終將得到完全的自由。

他三不五時會聽見謠傳，說是假釋局局長約翰·休梅克，基於他私人的理由，正等著要把他送回監獄，罪名是違反假釋條例，要他服完二至十五年的徒刑——現在他就在等心理健康局宣布密利根對自身及他人不再有危險了。這些傳聞讓比利很煩惱。

但是他的律師亞藍·果斯貝里查問過，得到確定的答覆，一切純屬謠言，比利也就盡量不去多想。

比利的下一次聽證結束後，弗勞爾斯法官不顧亞倫警長的持續抗議，終於同意了比利的試驗外宿計畫。一九八四年二月三日，《哥倫布公民報》以頭版頭條處理這則新聞：

單飛——密利根獲更大自由

記者哈利·法蘭肯引述密利根出庭的說法：「我的人生改變了很多。我知道是非對錯，我也在乎是非對錯。我被強暴過。我學會了恨。我的行為並不是特別針對女性，而是針對所有人。我以為世事就應該是那個樣子。我以為人就是應該要彼此傷害……我以前並不在乎是死是活。」

密利根與亞倫警長間的對峙在接下來的一年更加緊張，最後亞倫逮捕了比利，比利卻矢口否認犯了警長控訴的罪。

*

逮捕細節送到了假釋局：

成人假釋委員會報告

一九八四年十一月二十二日，俄亥俄州艾森斯市市民喬治．米斯那家的穀倉遭人射入一發獵鹿子彈，子彈貫穿穀倉，又射穿寄放在穀倉的拖車屋，接著又貫穿了冰箱，再從拖車屋另一側射出，嵌入穀倉對面牆壁。徹底損壞……至少一千六百元。布魯斯．羅素向艾森斯郡警察局自首，承認是他開的槍……而該假釋犯則是駕駛……羅素先生也告訴艾森斯心理健康中心的大偉．馬拉維斯塔，說該假釋犯在事發當時與他（羅素）在一起，而且他（密利根）知道羅素的意圖。注意：羅素先生在艾森斯郡地檢署所錄的證詞中供稱他「並不確定」該假釋犯是否明白他（羅素）的意圖。

此外……助理檢察官特洛伊……說可能會起訴該假釋犯，因該假釋犯威脅要殺害艾森斯郡警長及其家人。注意：本威脅係針對羅勃．亞倫警長而來。

*

布魯斯．羅素原本是艾森斯心理健康中心的員工，他開的槍，所以被控惡意破壞他人財產。他的說詞一變再變，後來由亞倫警長偵訊，之後羅素就告訴檢察官他之所以一再改變說詞是因為密利根威脅他。

一個月後，距離耶誕節五天的時間，比利正監督一家划木公司砍樹疏林，亞倫警長把警車停在他家門外，亮出了拘捕令，逮捕了他。

羅素已經在供詞上簽了名，現在又改口說密利根完全不知情，所以惡意破壞的罪名又換成了「共謀惡意破壞」。

大陪審團認為證據不足，不願給比利定罪，也否決了所有的罪名。亞倫警長不肯罷休，又說找到了目擊證人可以指證駕車的人是密利根。可是助理檢察官羅伯·特洛伊和大維·華倫都在之前的調查庭上告訴法官他們沒有證據，於是法官撤銷了這些罪名。

檢察官宣布會向另一個大陪審團呈上證據，並且以同樣的罪名秘密起訴密利根。

比利現在明白了，除了警長之外，檢察官也一樣非找他碴不可，完全不考慮會浪費納稅人多少錢，因而他的融合也越來越不穩定。他努力不讓「老師」動搖，可是恐懼和壓力逐漸變成了神經質，把黏合他的膠水給融解掉了。但是他沒有跟誰講，連考爾醫師也瞞住了。

蓋瑞·史維卡從哥倫布開車過來，幫亞藍·果斯貝里一起為比利辯護，比利非常感激。果斯貝里跟法官說，這次逮捕顯然會影響他的委託人與成人假釋委員會的關係。如果他因重罪被起訴，假釋局就能因為他違反了假釋法而羈押他。「指控某人，就應該在法庭上提出證據。檢方卻一點證據也沒有，只讓我們的委託人烏雲罩頂，我們要求移除這朵烏雲。」

史維卡也補充說檢方濫用法律訴訟。「檢方逮捕比利的時候說握有證據，」這位體型龐大、留鬍子的辯護律師說，「現在在法庭上卻什麼也拿不出來。不知道他們下一招還要耍什麼手段。」

開槍的布魯斯·羅素認罪，自己具結，不需保釋金就釋放了。

3

既然不起訴，弗勞爾斯法官就繼續下一階段的密利根治療計畫。在哥倫布舉行的聽證會上，弗勞爾斯法官把「試驗外宿」再延伸，宣布了他的條件：比利至少必須一週回艾森斯心理健康中心一次，繼續治療，而且他必須通知健康中心何時要離開艾森斯郡。

數名憤怒的國家婦女組織成員在法庭內大聲抗議。有名女子跳起來，大吼：「我要求公告全俄亥俄州婦女，有個強暴犯要自由了！」

法庭外，又一名女性想攻擊比利，幸好同伴攔住了她。

比利跟這些婦女說他了解她們的感受，他知道仇恨是什麼滋味，因為他自己就反覆被自己的繼父強暴。「可是我不是媒體塑造的禽獸。請到艾森斯郡來看我，認識真正的比利·密利根。」

「我真心祝福你，」有一名女性說，「可是你一定得了解，每次你的名字一出現，幾百萬的婦女就會忍不住發抖。」

三週之後，比利搬出了亞倫警長兒子家對面，搬到他自己分期付款購買的農場。他開始飼養肉牛，除了賣畫所得之外，再多一項進益。

不久之後，席薇雅·錢斯來到艾森斯專訪比利，她的「20/20」電視節目工作人員錄下了比利和狗玩、走路進城、餵牛、作畫的生活點滴。大部分的市民似乎都願意給他們這個惡名昭彰的同胞第二次機會。

可是羅勃·亞倫警長仍是毫不遮掩他的敵視。

《波士頓鳳凰報》直接引用他的話：

「那個兔崽子〔指密利根〕要是為哥倫布北邊那兒的強暴案坐了牢，服完他的刑期，那他現在也出來了，跟你我一樣是個老老實實的公民。

「媽的，他偏偏待在瘋人院裡那麼久，八成比坐牢的時間還要長。不過這是題外話。他還是欠這個社會一個公道。

「有人跟我建議過，」亞倫說著咧開嘴笑，「說我有最好的解決辦法，我卻沒用上。那就是開槍宰了那個兔崽子，把他的屍體丟進梅茲郡的露天礦場裡。」

*

兩個星期之後，比利打電話給律師，說亞倫半夜一點上門來，還帶著副警長，又為了共謀破壞穀倉的事逮捕了他。

雖然比利在傳訊的時候堅稱自己是無辜的，他卻繳不出高達七萬元的保證金，亞倫就把他丟進了艾森斯郡立監獄。

比利在牢裡挨打，皮開肉綻。

兩天後他的牢友賴利·沙波和米榮·麥可彌寫信給《哥倫布公民報》，後來他們的說法以及警長的否認都上了一九八五年三月八日的報紙：

「買兇殺害」密利根一說 警長一笑置之

【記者藍迪．林柏／艾森斯報導】兩名監獄犯人咬定羅勃．亞倫警長唆使他們殺害威廉．密利根，並「假裝成自殺」，據亞倫警長昨日表示，此說正在調查中……

亞倫警長說：「我會調查這件事。」他並且暗示會考慮控告密利根的獄友……

昨日在艾森斯郡立監獄記者訪問麥可彌，據悉亞倫警長還找了第三名牢友邁克．戴，日期是二月二十五日……

沙波宣稱亞倫警長在二月二十五日的「查房」中找他談話，當時所有犯人都必須離開牢房。「他想買通我叫我殺掉比利．密利根，弄得像自殺一樣。事成之後我會拿到不少錢。」沙波在信中如此寫道。

麥可彌寫道：「警長問我願不願意幫忙把比利勒死，弄得像他自己上吊。他說我用不著擔心坐牢……」

與密利根親近的消息人士指出密利根極為消沉，因為目前的指控，又遭監禁，可能會舊病復發。

＊

亞倫警長告訴《艾森斯新聞報》，他並不覺得由他自己來調查不利於他的指控會有什麼利害衝突。「誰比我更合適？」他反問道。

後來他向媒體宣布，指控他意圖殺害密利根的說法，完全是空穴來風。艾森斯警察局的小隊長克萊德．比斯利也應警長之請調查此案，他說其中一名犯人後來承認這些指控是捏造的，一切都是密利根策劃的陰謀，想削弱警長的公信力。

但是蓋瑞·史維卡及俄亥俄州公設辯護律師藍道·戴納卻深信比利處境堪慮，所以取得了法院命令，將他從艾森斯郡立監獄移轉到中俄法醫部（這時已改名為提摩西·莫利茨法醫中心），做精神鑑定。一九八五年四月九日，馬丁法官下令把他送到州立馬西倫醫院羈押。醫院位於俄亥俄州東北部，他會在那裡接受觀察，等待兩個月再多幾天之後的聽證。

同時，真正開槍打穿了前上司家穀倉的布魯斯·羅素，只坐了三十天的牢就出獄了。

*

一連串的轉院檢查之後，戴著手銬的湯米在一九八五年六月十七日又從馬西倫回到了莫利茨法醫中心。他們把他從延伸走廊帶到入院處，湯米看見了熟悉的形影，忍不住機伶伶打了個冷顫。

「那個人是誰？」他問一個經過的護士。

「那是中俄亥俄精神病醫院的新任診療部主任，莫利茨單位也由他管轄。」

「他好像一個人——」

「他是路易·林德納醫師，最近才從州立利馬醫院調過來的。」

林德納和利馬這兩個相關的名字不斷迴響，穿透了他的心房，一直鑽入等死的地方最深最深的記憶凹洞裡。

二十一、獨立紀念日

1

湯瑪士·馬丁法官審閱了密利根的病歷及精神報告，九天之後裁決，將他從重警備的莫利茨法醫單位轉移到中俄亥俄精神病醫院的開放病房，他可以自由活動，只需要簽到請假。

公設辯護律師藍道·戴納是蓋瑞·史卡維的好友，他向馬丁法官提出建言，於是法官指派灰髮藍眸的史黛拉·凱若林醫師來擔任比利的主治醫師。除了心理學家桃樂絲·透納之外，凱若林這位精神病學家，率先在一九七七年就知會法庭密利根飽受多重人格疾患所苦。

「差不多快九年了，」凱若林以她濃重的愛沙尼亞口音抱怨，「我覺得自己好像是在逆流中游泳。在中俄精神病醫院的同事，老是嘲笑我的判斷，說我很好騙，被這樣的大老千給牽著鼻子走。等比利又轉回到莫利茨單位的時候，他人未到名聲先到了，人人對他都有預設的看法，人人都以為他們更了解比利，比他本人還要了解，也比我還要了解。從醫院最低階的員工到層峰主管，每個人都對比利的情況搬得出一套大道理。他們說他是罪犯、酒鬼、毒蟲，我應該就那樣看待他。」

儘管壓力極大，她還是一星期來看比利兩次，可是要面對員工方面的敵意，她實在很吃力。

「我得不到太多支持，」她說，「而且更多人在跟我和比利作對。所以我老是在解釋開了什麼藥，為什麼開這種藥，最新的狀況……這個出名的治療小組，人人的學經歷都比我差，可是卻得到林德納醫生的支持。他們全部的人聯合起來抵制我。有時候，我會說我就盡人事就對了，可是不是為了我個人，而是為了比利。」

大多數的人拒不承認比利在轉換人格，可能會前後言行不一。一個比利出去，另一個在院區裡玩得很愉快，又一個比利很晚回來。所以必須處罰他，奪走他的權利。

他們就是打死也不相信有多重人格疾患。

每次有歧異，林德納醫師就會要她照小組的決議去做。

她回憶某次聽證會，她跟考爾醫師、心理學家桃樂絲．透納、喬治．哈定醫師都作證說比利患有多重人格疾患。比利在法庭上就不斷變換人格，認識他的人都知道是怎麼回事。可是林德納醫生偏偏說比利是假性反社會型精神分裂症。她說從來沒聽說過什麼假性反社會型精神分裂。她猜想一定是什麼古早以前的舊術語，可是竟然就讓他蒙騙過去了，他就是這種論調，而現在他更利用權勢來鞏固他的論調。

她陷入了烽火不斷的戰鬥中，不僅是因為比利，也因為她本人陷入了權力鬥爭的泥淖。就在此時她才了解不只是比利，只要診斷多重人格疾患，你就會有麻煩。

比利得知史黛拉．凱若林受到四方圍攻，就如她之前的考爾醫師和巴克斯醫師一樣，他變得更垂頭喪氣，而病情也每下愈況。

＊

同一時間，假釋局局長約翰．休梅克又主張密利根十年前從雷貝嫩矯治監獄假釋之後，因為在公寓裡搜出槍枝，而違反了假釋法，全然不理睬精神錯亂因而無罪的判決。

以休梅克來看，比利在重警備司法精神病醫院裡關了八年並不能折算坐牢的刑期，因為他在醫院裡假釋局「無法逮捕」他。

休梅克自始至終都堅持一旦密利根治癒出院，不再受法庭管轄，他就要逮捕密利根，把他關上十三年，為他青少年時期犯下的休息站攻擊案服刑。這是當初為密利根辯護的律師認罪協商的結果，他並不知道這個二十歲的委託人有心理疾病。

休梅克死也不肯改變立場，也完全無視法令。法有明言，在精神病醫院的服刑時間可以從最高刑期中扣除。

「我認為俄亥俄州的法令允許犯人在精神病院裡的服刑時間抵銷假釋時間，這是條惡法，」他說，「我要用密利根案來挑戰這條法令，推翻它。」

富蘭克林郡公設辯護律師詹姆士．庫拉覺得休梅克是言不由衷。用比利這種曝光率極高的案子來挑戰法令，並不是明智之舉。

「我看不出有什麼道理，」他說，「我也跟休梅克這麼說。他堅持己見，可是他們想拿比利這麼獨特的案子來詮釋法令，怎麼說都說不通。如果是為了推翻法條，還有別的更明確的案子可以用啊，比利的案子並不是拿來援引前例的好例子，因為狀況太特殊了，不能讓你拿來當作其他案子的先例，這就是底線。」

稍後，他再次澄清對這件事的看法。「還有一個比較好的解釋，」他說，「我覺得比較合理。比利現在是臭名滿天下，而且也成了一種象徵，對於休梅克和當權的人來說，他就像是某個打敗了司法的人，而他們要報一箭之仇。而且比利也可以讓你拿來在政治上鑽營。就跟攻擊海珊一樣。他是政客的好靶子，是媒體的好靶子。這一點是顯而易見的，所以媒體跟政客才會不斷攻擊比利，從中獲利。幫他們賺到選票，幫他們增加銷路，勾起大眾的興趣，而且也百試不爽。」

他握拳猛擊掌心。「比利不得不跟一大堆有權有勢的人鬥爭。多重人格又有心理問題的人容易有一個毛病，就是有點神經質。」他哈哈笑。「當然了，如果他們真的是放不過你，那就不叫神經質。現在的情形很明顯，他們確實是追著比利不放。」

＊

得知馬丁法官裁定密利根轉移到開放式病房，由凱若林醫師主治，休梅克又送了一張新的州政府逮捕令給中俄精神病醫院的院長。日期是一九八五年六月二十七日，部分內容如下：

「本局在此要求貴院逮捕威廉·史丹利·密利根，羈押於任何適當之機關，等待成人假釋委員會進一步行動。本逮捕令賦予貴院應有之權責。」

「既違反假釋法，」逮捕令中寫道，「該假釋犯不得保釋。」

＊

在醫院裡，中俄精神病院的單位主管K．哈秦森巴丁擔任比利的個案經理及藝術治療師。她在一九八五年七月一日寫道比利很配合病房作息，逐漸增加離開單位的時間，慢跑，上福利社，同其他委託人去散步。

於是馬丁法官授權離院活動，但必須有數名負責人陪同，包含蓓琪．B。她是俄亥俄大學的年輕研究生，比利在艾森斯的試驗外宿時間兩人就見過，現在定期來哥倫布看他。社工葛蘿莉亞．查斯綽在報告上寫道她和蓓琪長談，發現她相當成熟真誠。蓓琪剛得到心理學學位，正在尋找幼保方面的工作，她希望能在研究所攻讀運動心理學。

可是在一九八五年七月十日的進度報告中，查斯綽也寫道：「他沒有時間概念，記不得發生了什麼事。健忘。擔心自己的健忘。需要提醒他約會、預定的活動等。」

凱若林醫師向大衛．考爾醫師諮詢比利住在艾森斯期間使用安米妥鈉治療的結果。雖然醫界反對使用這種會成癮的強效巴比妥酸鹽，考爾醫師卻說安米妥鈉對比利的影響跟大部分的病人不一樣。可以暫時讓各人格融合。

有了考爾醫師的保證和支持，她自己也觀察到比利的情況越來越不理想，於是又重新起用安米妥鈉治療法。

「那是我第二次驚訝得合不攏嘴。」她說。「因為一夕之間，比利又融合了，改頭換面了。當然，只持續到藥效消失為止——大約是六小時——每天三次。可是比利並沒有按時吃藥，我猜他多少也有點在要我，可是這個藥有效。」

她在一九八五年八月二十九日的進度報告上寫道：「自從以安米妥鈉投藥之後，他就比較輕鬆了。不再有壓力大的長篇大論，不再暫時喪失知覺。記性也有進步。病人聲稱不會再裂解，並說：『我這一輩子的習慣就是……裂解和順其自然。現在……我得面對實實在在的人生。』」

他早先曾向凱若林醫師描述過混沌期的情形就像是眨眼睛，他打比方說像是一部破電影，剪接得很粗糙，會有幾秒鐘跳漏不見。「我可能在開車，然後咻一下，」他說，彈了手指，「聲音啦，動作啦統統停止了，我跑到了前面一千碼的地方。我的車並沒有失控，失控的是有意識的一段時間……就好像是拍電影突然喊卡。我只感覺到抽了一下。想像一下，你在聽歌，才聽了一半，莫名其妙就跳到歌曲的最後了。」

*

一九八五年九月十五日，艾森斯電視《向公眾開放》專欄節目頻道播放了長達兩小時的紀錄片，內容是密利根的人生，節目還訪問了蓓琪．B，她說艾森斯郡地檢署的人一直對她性騷擾。她說當時她在三十八工作坊當酒保，他們說只要她跟他們出去，他們就撤銷對比利的訴訟。

檢察官聘用的律師向有線電視公司送出了存證信函，要求他們停止播送。節目製作人怕吃誹謗官司，不得不剪輯這捲帶子，他說會把有爭議的部分剪掉。「我會剪輯，可是我會把修剪的地方遮起來，好讓大眾知道是有人審查了我們的節目。」

十月十八日，馬丁法官授權比利可以離開醫院，到公設辯護律師藍道．戴納處打工，前提是戴納必須找人陪他到辦公室，親自監督他工作，而且每天中午都要回醫院服藥。

戴納把比利列為公設辯護律師事務處的員工，支領最低薪資。

*

一九八五年十一月初，戴納的一名調查員收到一捲卡帶，卡帶揭發了艾森斯郡立監獄違法監聽比利和蓋瑞．史維卡的通話。監聽是在亞倫警長拘捕了比利之後開始的。

戴納立刻就申請撤銷所有穀倉射擊事件的罪名，因為錄音違反了憲法賦予比利的人權。

十一月十九日在艾森斯舉行了聽證會，史維卡緊迫盯人，但是羅勃．亞倫警長矢口否認他曾授意違法監聽。

「根本沒有那種帶子，」亞倫說，「以前也沒有。根本不可能嘛。」

可是巴特里警官卻在法庭上作證說警長告訴他警局的錄音機放在哪裡，命令他去錄音，警長還吩咐：「可別讓人看見了……」巴特里說他把錄音機藏在口袋裡，幫密利根撥了史維卡的電話，站在距離密利根兩呎左右的地方，錄下密利根和史維卡的談話，錄了大約二十分鐘。

湯瑪斯．哈德森法官撤銷了所有與穀倉射擊案有關的指控，他指出關押的犯人之中沒有人與律師的談話被錄音存證。「俄亥俄州沒有這種錄音的法令……聯邦也沒有這種法律。」由此可預知他在十二月三日的裁決的走向。

在他具有指標性意義的裁決中，哈德森說：「被告與律師之間私密的、特別許可的溝通是一種各方尊重的歷史傳統，必須不斷地捍衛。這是我們司法體系的堡壘，也是基本的制衡，讓司法系統公開透明。而在本案上，這項特權受到俄亥俄州政府的侵犯……俄亥俄州政府所造成的憲法傷害是無法癒合的。」

艾森斯郡檢察官華倫與緊抿雙唇的亞倫警長一起離開法院，他告訴記者地檢署決定上訴。比利很肯定如此一來富蘭克林郡法院會准他恢復之前的「試驗外宿」，可是法院的裁決卻不如人意，仍命令比利住在中俄法醫部，並且仍由路易．林德納監督他的治療。

蓋瑞．史維卡氣壞了。他想起了一九七九年上訴法庭的判決，比利由艾森斯移轉到利馬。那個判決是「極嚴重的違法……」，可是法庭卻絲毫沒有補救的舉措。現在，六年之後，又是一樣。比利的憲法權利又受到了侵犯，可是法院還是不提供補救之道。儘管嘴巴上主持公理說得天花亂墜，他們還是要把他關起來，讓林德納再治療兩年。

藍道．戴納問法官比利需要什麼條件才能獲准離開醫院，法官和治療小組都說他必須找到工作，並且保住飯碗。戴納費了很大的工夫幫比利在私人機構找工作，卻都白忙一場，最後他索性跟比利簽了個人服務合約，為期兩個月，在公設辯護律師事務處當個庶務。每天早晨都會有人到中俄法醫部去接他上班。

凱若林醫師不想要比利跳過中午的藥或是延遲服藥時間，所以她要求讓他自行攜帶中午的藥。他必須定期驗血驗尿。她在進度報告中持續寫下樂觀的評估，安米妥鈉讓比利的病情不斷進步，而且也有穩定的融合。

2

為期兩個月的個人服務合約即將失效，藍道．戴納不得不終止比利的工作，他覺得很遺憾。他對比利有興趣，也關心這名青年精神病患的遭遇。

蓋瑞．史維卡跟比利說，雖然戴納曾是檢察官，現在卻是一名優秀的辯護律師。「聽他的。雖然他在辯護律師處工作，得服從州政府的法令，可是他是站在你這邊的。」

所以有一天戴納開車送比利回醫院，他說的話比利一句也不敢遺漏：「比利，如果你哪天自由了，往西走，一直走到連著三個城鎮都沒有人聽說過比利·密利根這個名字，然後你就把鬍子刮乾淨，換個名字，定居下來，展開新的人生。」

比利認為，重新建立新的身分是很耗時的事，需要從長計議，所以他最好現在就開始。

第一個步驟是買一些外地的報紙。他查看訃聞欄，找到了一個人，跟他的年紀相當，最近剛過世，然後他打電話給訃聞提到的葬儀社。

「我們是共生情誼互助會，」他說，「我們想要確認克里斯多福·尤金·考爾的死亡證明書是否正確，好把撫恤金寄過去，我們不想打擾哀慟的家屬。」

由於是公開的紀錄，他知道他只需要詢問全名、社會安全號碼、出生日期、直系親屬等資料，而對方果然告訴了他所需要的資料。

然後比利寫信給社會安全局，說他的社會安全卡遺失了，需要補申請一張，他用得自葬儀社的資料填好了表格。等新卡收到之後，他就到俄亥俄監理站辦了一張新的駕照，用的名字就是克里斯多福·尤金·考爾。

萬事俱備了，只要法院放他自由，他就要聽從藍道·戴納的建議，立刻上路。他不會呆呆坐著，也不會只走出法庭，遵照藍道的忠告，他要往西走，而且要奔向山巒。

*

凱若林醫生在一九八六年二月十三日的進度報告中寫道：「病人在我主治期間非常合

作，而且聽從醫囑，但是他如果感覺到完整性受到威脅，對員工的態度就會比較有戒心。以目前的情況，我認為病人已不需要住院，病人有足夠的洞察力，他了解自己必須服藥，也了解治療必須持續到完全整合之後。他也知道幾時犯了罪，做了違法的事，他必須為自己的行為負責，被判刑的話就需要坐牢。」

她接著又建議給予比利在監督下外宿的權利。

馬丁法官終於批准了外宿，前提是比利必須找到全職工作，但是治療小組卻百般阻撓，凱若林憤而抗議。

「……我覺得該名病人有權拒絕被拘禁在一個為慢性退化病人，而且主要是精神分裂症病人的療程裡。該病人有行為能力……遠遠超過該療程的標準，強迫病人接受此療程太苛求，只會抵消治療效果。」

藍道．戴納感覺得出心理健康局是一片好意——拘束住比利，免得假釋局逮捕他——但他還是表明把比利鎖在精神病院裡就跟關在監獄裡沒有兩樣。他要求他們放鬆箝制，讓他能重返社會——在院區外接受職業訓練——反正就是把他的委託人弄出醫院就對了。

報紙和檢察官抗議不絕，可是治療小組在拖延了馬丁法官的裁定之後幾個星期，終於在一九八六年三月二十一日批准了密利根離院的事，仍然附了但書：他必須有工作，必須有人監督。

戴納又雇用了密利根來打工。

治療小組也允許他偶爾到俄亥俄州蘭卡斯特市去幫他的妹夫做建築工作，他的妹夫必需要在晚上十點之前開車送他回醫院。可是員工卻發現密利根是自行駕駛他母親新任丈夫的紅色馬自達小卡車上下班，所以他們不准他把卡車停在醫院院區。

3

治療小組不知道比利不再只是公設辯護律師事務處跑腿的了，一開始比利的確是領六元的時薪，送郵件，維修車輛的雜工，可是他不斷向戴納施壓，要戴納把他調升為調查員。

「我相信你慢慢地找回你自己了，比利，我也知道你喜歡跟調查員來往，可是想想看這會產生多少問題。」

「我真的想當調查員，藍道。給我個機會嘛，讓我幫忙。」

「你能想像自己出庭作證嗎？你能想像檢察官會對證人席上的你怎麼樣嗎？」

戴納採取拖延戰術，可是公設辯護律師處的人都很喜歡比利，所以他開始花越來越多的時間協助調查員，他們大都也很喜歡他這個幫手。最後，戴納善用比利的藝術天分，指派他幫忙繪製犯罪現場圖。

過一陣子之後，戴納才聽說比利跟別人吹噓他奉命跟一名偵探合作調查「瑞特勒兇殺案」。

該案主嫌威廉．瑞特勒殺害了一名警員，可是他的逃亡路線卻有爭議。比利說服了一名曾是飛行員的見習生，他們租了一架飛機，方便從空中拍下瑞特勒的逃亡路線。兇案現場是在州際七〇和七一公路的交會處，行兇之後瑞特勒下了一處交流道，開車穿過了市區。

比利的想法是從空中攝影。他借了一架公家的錄影機，跟飛行員在機場會合，之後沿著公路南飛，讓比利拍下地面的交通格局。

這件事傳進了戴納的耳朵裡，他暴跳如雷。「比利，你這個混蛋！看你做了什麼好事？誰准你跑出去做那種事情的！」

戴納了解比利是越來越難控制了，不禁猜想他是不是停止服藥了，還是他的治療出了問題。

＊

有天下午，一名調查員請比利去找一個線民的下落。比利申請了一個手提式無線電話機、一架攝影機，鎖進他常開的公務車裡，就朝線民最後出現的地點出發了。

車上的收音機正播放著艾爾頓．強的〈窗簾〉，他聽著聽著，突然歌詞不見了幾段，就像電話線路很差，遺漏了好幾句話一樣，他這才發現自己暫時失憶。他盡力甩開這種現象，可是不知不覺間，他開上了州際七〇公路，朝西而去，而不是二七〇號州道朝北方走，可是他並不記得他有從哥倫布的交流道下了高速公路。

他把車停在路肩，伸手到手套箱去拿儲備在裡面的兩顆安米妥鈉膠囊，結果小荷包拿出來卻是空的。

忽明忽暗的頻率越來越快，像是古早時候的電影，可是他一點也不知道暫停的時間都發生了什麼事。不可能是一片空無。根本沒有一片空無。

有人在場子上，而他希望無論是誰在場，都別忘了吃安米妥鈉，可是他心裡很清楚，因為前一分鐘比後一分鐘還要難過，一定是哪一個傢伙把藥丟掉了！

*

艾倫看見有輛州道警察巡邏車停在他的車後面，警察向他走來，他出汗了。艾倫知道這種時候他的心智會加快，身體卻慢下來，他會變得口齒不清，他不想讓警察以為他喝了酒，只希望車上的公務車標籤能讓他占點優勢。

「你有麻煩嗎？」

「沒事。」艾倫說得非常慢。「本來要吃……吃藥的，可是我把窗打開了，藥被風吹走了。我正想看看能不能找得到。」

「你哪個單位的？」警察問道，瞧了標籤一眼。

「公設辯護律師事務處——藍道．戴納。」

「你是在辦瑞特勒殺警案？」

艾倫點頭，希望汗沒有流得太厲害。

「你們竟然幫殺警兇手，我應該把你撞出馬路才對。」

「嘿——我只是個跑腿的——」

謝天謝地，他還不至於語無倫次，除非吃幾顆安米妥鈉，不然情況只會更糟，可是此時此刻，他只能硬逼著自己不要慌。

「你乾脆下來找找算了。」警察說。「我來幫你指揮交通。」

他回頭在高速公路上跑，假裝找藥，汗水像水流一樣從臉上往下滴，他知道找不到。不管是哪個傢伙把比利逼下場的，一定趁明滅不定的時候把藥丟了，這個傢伙不想要他融合，不想要他自由。

某個討厭鬼？還是雷根？

「該死！」他咬牙切齒地說。「不管是誰，都不准惡搞比利！」

他回到停車處，跟警察說他沒事，可是他得打電話通知老闆他得去拿藥，沒辦法準時到。警察點頭，走回巡邏車，駕車離開了。

艾倫知道，回到醫院有他好看的了。可是沒有了藥，比利也不能工作了，而他可是極為看重這份工作的，它表示自由。艾倫決定要解釋是如何弄丟藥的，等他們把藥開給他，他會在醫院裡停留二十五分鐘，等藥效發作，等他的心智慢下來，不再忽明忽暗，比利就可以上路了。

他找到了一家速食店，打電話到醫院，找亞卡米醫師。他怕說了實話會被限制在病房裡，等候凱若林醫師再次的鑑定。打死他他也不願意，尤其不願意在事事順利的時候。

「亞卡米醫師。」他說。「我出了一點小問題。」

*

進度報告：

一九八六年六月十八日下午三點二十分——亞卡米醫師

「今天比利從一家叫芮克斯餐廳的地方打電話給我，說開車的時候不小心把藥瓶弄丟了。他說是朋友把藥瓶從手套箱裡拿出來，而他在高速公路上『撞車』，藥瓶飛了出去。他想換一瓶新藥。我建議他打電話給護士，回病房來拿另一瓶藥。他在電話中一句話反覆說好幾遍，聲音焦慮急躁。

比利在三點十分左右回到病房，似乎很激動，有點蓬頭垢面……我要他到會議室。他戴著太陽眼鏡，摘下了眼鏡，卻拿不住，掉在地上兩次。他左肩側揹著攝影機和無線電，不停地玩弄，掉在地上一次，他沒辦法平穩操作機器，他心智運作的活動變得遲緩，而且行為舉止也不像平常的他。

他說吃了藥再過二十五分鐘也就沒事了，沒什麼好擔心的。我從來沒有看過他這樣。我跟他說他必須留院觀察，等他能完全控制自己再離開。而且我不能讓他在這種情況下出去。他雖沒有爭辯，也沒有如我預期的一樣欣然同意。

我下令採血液與尿液做安米妥鈉檢驗，也做毒品篩檢，等取得樣本之後，就會給他藥劑。他也會列入觀察。」

＊

然而，亞卡米醫師怎麼也採不到血液樣本，因為艾倫的手臂動個不停。第二次抽血失敗之後，艾倫在四點十分服下了二百毫克的安米妥鈉。

亞卡米醫師起身要走，艾倫卻堅持要在二十五分鐘之後離開，返回公設辯護律師處。亞卡米說他的情況不能離開醫院。

艾倫堵住了他的去路。「你不能走，你得讓我離開醫院。」

「你知道使用蠻力，或是對我有攻擊性會有什麼結果。」

「我不會攻擊你，可是我不能讓你離開病房，你得先簽名放我走。」

「你目前的狀況不適合離開病房。等你的情況改善了，凱若林醫師會來評估。」

「拜託你讓我回去工作。」

他讓開路，讓醫生過去，可是口中仍念念有詞。「我得回去工作，不然我會失業。拜託你幫我簽字、讓我出去，拜託……」

林德納醫師一聽見消息，就親臨病房，下令關閉病房，他說密利根必需要重新評估。

一九八六年六月十八日下午三點四十分，凱若林醫師記下了觀察所得：

「比利躁動、憤怒、害怕、焦慮。說話口齒不清，但條理分明，前後連貫。事件發生時，比利從一個外表非常隨和的人變換成非常焦慮畏懼的人，又變換成憤怒的人。」

*

比利現在處於一對一的觀察狀態，醫師要求他在觀察室裡過夜。

翌日，N．L．柏立接到藍道．戴納的電話，戴納通知中俄法醫部及凱若林醫師比利的工作暫停，他要接受調查，如果他沒有做錯什麼，可能會復職，但是在結果出爐之前，戴納都不願和比利聯絡。

比利驚慌失措。

不過，一個星期之後，藍道．戴納和蓋瑞．史維卡到醫院來，和治療小組及凱若林醫師、林德納醫師、亞卡米醫師開會，討論導致比利局限在病房裡的事件。

「我的調查很徹底，」戴納說，「而且就我所知，比利並沒有做錯事。直接和比利合作的人都說是他們讓比利出公差的，而且他一直表現優異。」

會議的其他議程則集中討論投藥及藥物的作用。凱若林醫師主張繼續使用安米妥鈉，可是林德納醫師說他諮詢過心理健康局藥物科科長杰伊．戴維斯，他們決定不讓比利使用安米妥鈉。心理健康局覺得萬一比利又經歷了上一週一樣的混亂狀態，他們負擔不起那個責任。會中除了長期治療之外，沒有提出別的替代方案。

第二天，凱若林醫師觀察到比利思路連貫。「沒理由不讓病人週末請假外出。」可是林德納醫師勾銷了比利的請假和一切特權。「該病人每日二十四小時皆不得離開本單位，除非院長或林德納醫師撤銷此項命令。病人必須在本院員工監督下始得享有各權利。」

星期五下午，比利到護理站拿他中午的安米妥鈉，護士打電話給藥局，掛上電話之後，她搖搖頭，在病歷表上做了記號。「藥劑師說從現在開始，他需要許可證才能給藥。」

比利一聽見就忍不住發抖，這下子他明白了，他們打算整個週末把他關在病房裡，不給他服藥。他的服藥經驗豐富，知道突然的戒斷會害死他，於是他請護士打電話給凱若林醫師。

下午五點五十分，凱若林寫道：

「比利很活潑、思路清晰連貫，沒有解離的徵兆。他持續服用處方藥。病人很驚慌，害怕藥物會間斷，那時他就會解離，沒有行為能力。我向病人保證週末的投藥不會改變。

今天護士打電話來，說沒有比利的藥，而且藥局也不送藥來，因為預備要改變藥物。我跟藥局談過，說明週末不換藥。病人乃持續服用二百毫克的安米妥鈉。奉林德納及院長丹．米勒之命，病人仍留院，靜待調查結果。病人了解目前的狀況，但仍極懼怕藥物中斷。」

凱若林跟比利保證員工都答應不會完全排除安米妥鈉，一切會等到她度假回來再議。

凱若林極力主張在這段期間內服用安米妥鈉不會有問題，只要管理得當——像她做的一樣——要戒斷也必須小心控制，選擇適當的地點，由專家監督，就不會危及比利。

她在週末幫比利開了安米妥鈉，他也又一次融合。

「老師」回憶前一個星期藥物不見的情形，是湯米認定他們死也不肯讓他離開這間醫院。林德納說要停止他的藥物，他嚇壞了，所以他偶爾就漏吃一劑，偷藏起來，以備不時之需。

*

六月三十日星期一，社工查斯緯的報告：「林德納醫師建議我們應該展開一個值得信賴的……排毒計畫，並且要在排毒開始時，隨時都能啟動。」

凱若林醫師下午五點四十五分寫道：「病人仍很合作，沒有解離。病人害怕是因為他自己說『我會又解離。我會失控。』病人抑鬱焦躁、惶惶不安，因為有人告訴他會給他排毒。」

當天下午，亞卡米醫師送了一張「會診單」給韋斯勒醫師：「病人密利根已服用二百毫克安米妥鈉超過九個月。林德納醫師提議中斷安米妥鈉，而且病人需要脫癮計畫。可否請您看看這個病例，推薦一個測試過的標準脫癮計畫？」

韋斯勒醫師在一九八六年七月二日星期三回覆：

「要我推薦一個脫癮計畫，而該病人竟然服用二百毫克安米妥鈉長達九個多月！這種藥物是藥效極快的巴比妥酸鹽，藥效持續八至十一小時，通常都由肝臟排毒。到這個階段，病人可能對該藥物產生了精神上與生理上的依賴，極可能出現戒斷症候群。脫癮過程可能危及生命安全，應該在醫院進行。戒斷症候群可能引發譫妄、抽搐，嚴重可導致死亡。一旦程序啟動，極難逆轉……戒斷巴比妥酸鹽的死亡率極高……我不會在本機構嘗試如此的計畫，因缺少加護設備，應將該病人送往有這類計畫且有充足的脫癮設備的醫院！」

D．J．韋斯勒

*

漫長的七月四日週末的前一天，湯米得知林德納醫師下令把他關進禁閉室，一對一觀察。把他關進去的值班人還調侃他說他們會等三天假期過去，林德納回來之後再開始給他排毒，不過呢，放長假醫院人手少，說不定他們就乾脆自動自發了。

湯米聽懂了這個人的言下之意，這個三天的假期他可能得不到藥物，他們才不管韋斯勒的警告。湯米看過亞卡米醫師的「會診單」，看見了譫妄、抽搐、死亡這些字眼。不由得讓他回想起利馬的風火輪，還有不時會鑽進腦子裡的話：「三好球，密利根先生！」總害他尖叫著驚醒，晚上翻來覆去，睡不安枕。

哼，他可不要留在這裡，等著戒斷的時候一命歸陰。他為林德納醫生和今天做了準備。他在左腳拇指纏了一個髮夾，用OK繃遮住了。而且他也知道監視他的值班人抽大麻。

湯米知道他們全都巴不得看好戲，看他出現脫癮的症狀。兩個值班人拿了冰桶來，其他員工都坐在外面，等著看他猛烈的反應，等著看他出汗蠕動，等著聽他扯心撕肺似的慘叫。

才不會讓他們如願呢，他們沒有一個人知道安米妥鈉對他的影響跟對其他人格的影響不同。在他，影響是在內部（混沌期），忽明忽暗會變得更嚴重，解離得很快速，他內在的各人格會到場子上來看看是怎麼回事。

一個值班人發牢騷。「喂，你不是說他會絆倒，做出很反常的舉動嗎？這是怎麼回事啊？」

「哎唷，不要急啦。你沒看見他長得那麼大一叢喔。」

「放心啦，」另一個人說，「他撐不了多久的啦。」

他們不知道的是湯米早就破裂了，卻不是他們想像中的樣子。他需要他的專家們，而且每一個也都到場子上來看有什麼事是要他們做的。

一小時又一小時過去，一個值班人說：「打電話給林德納。要是他沒有脫癮症候群，我們就沒理由把他關在禁閉室裡。」

他們放他出來了，反正還有的是時間再把他拖回去關禁閉。

湯米知道行動必需要快。

他朝病房的娛樂室走，翻動拼圖和著色簿，尋找山繆常拿來捏小人像的黏土。湯米找到了一罐，扯下一塊，在手裡滾出一個球。幾個星期以前他就一直在籌劃了，就在意識忽明忽暗的階段，他看著分發藥物的護士把鑰匙放在櫃台上，寫字板旁邊。母鑰匙有很清楚的記號，這次他也跟往常一樣排在隊伍後面。

「比利，來吃藥了。」護士喊他。

「林德納醫師說不讓我吃了。」

「我說的不是安米妥鈉，你吃的是消腫藥和維生素。」

他假裝不情願的樣子，左手握著黏土，啪的一聲拍在櫃台上。「可不可以不要吃？」
「這可以讓你的瘻管暢通，比利。快點過來。」
他岔開她的注意力，冷不防右手指著窗戶。「窗戶外面是什麼東西？」
護士轉頭去看，他趕緊拿左手壓住母鑰匙，讓黏土壓出一個模子來。
「什麼也沒有啊。」她說。
「好像一隻很大的鳥。」
「可能只是影子。」她說。
「對喔，有可能……」

*

回到娛樂室，他坐在牌桌上，背下四齒鑰匙的峰點。等圖樣烙印在他心裡，像奔向自由的地圖之後，他就把黏土又團成一球，沒有露出馬腳。全部都藏在他的腦子裡。
等時機到了，他會解開腳趾上的髮夾，拉直成一根鐵絲，用來開鎖。他知道插進去多深多淺才會觸到鎖裡的制動栓。
現在他需要的就是值班人的鬆懈了。指派來監視他的是一個大毒蟲，因為不能趁休息溜班去吸大麻而氣得要命。
「喂，大哥！」湯米喊道。「我要上廁所。」
兩人一路走回到男廁，湯米說：「欸，大哥，通風口在那裡。我可以幫你把風，讓你去哈草。」

「嘿，你很上道嘛！」

值班人一走進男廁，湯米就溜到後面的出口，打開了那扇有防彈玻璃的門鎖，再迅速回去把風。

「嘿，謝了，兄弟。」值班人說。

「哇塞，貨很上等喔。」湯米說，幫他把大麻的氣味搧開。「味道還是很重耶。」

「嘿，有義氣喔。」

兩人一塊走回娛樂室，坐了下來，才剛坐下，湯米就猛然跳了起來。「要命，我忘了小便。」

值班人把湯米又帶到走廊上，一想到要走那麼遠，顯然很不樂意。「好吧，」他說，「我在這裡等你。別玩花樣，兄弟。兩分鐘給我出來，動作快。」

湯米走到走廊盡頭，故意很大聲關上廁所門。等他偷看到值班人轉回頭去跟娛樂室的人講話，湯米立刻鑽出開了鎖的門，不到五秒鐘，就把門又鎖上了，然後他跳過籬笆，輕鬆地漫步，走向艾倫停放紅色馬自達小卡車的地方。他把駕駛座旁的側窗推開，伸手進去打開門鎖，跳進車裡。

總是藏在駕駛座下的備用鑰匙仍在原處，他發動引擎，卡車立刻生龍活虎。他駕車離開，忍不住大笑。

「四壞球，林德納醫生！」他大喊大叫，「不用你保送，我自己開車。」

他停進一處休息站，毀掉自己的駕照，把簇新的駕照和社會安全卡插進皮夾裡，兩張上的姓名都是已下世的克里斯多福．尤金．考爾。

「自由了！」他揚聲高喊，又駛上高速公路。「七月四日，自由紀念日！」

二十二、逃亡

1

獨立紀念日下午五點半，路易．林德納接到比利．密利根打去的電話。六點十二分，他在「進度紀錄」中略述梗概：

「電話中，病人喋喋不休，十分神經質，口氣很衝。我雖然極力想將他的注意力導引到他造成的傷害上，尤其是聽證會即將來臨，病人仍謾罵不休。每次我帶開話題，他立刻就惡罵不止。病人暗示他知道我昨天和杰伊．戴維斯醫師、白林契先生午餐，竟自稱知道我們的討論內容！他宣稱我們密謀要加害他，部分手段是戒斷他的安米妥鈉（他自稱備有足夠的劑量，可以讓他服用到找到另一家醫院）。他還聲稱我們受到凱若林醫師及整個團隊與邁可．伊文斯先生的反對。他宣稱計畫逃亡已有一段時間，並且通知了法官、他的律師群，甚至有幾名醫院員工也知情。

我建議病人自行返回醫院，病人的答覆是反覆聲明我無疑佈下了天羅地網，只要他一現身，就會遭當場格斃，因此他『沒辦法』回來……」

＊

《哥倫布快報》以頭條報導這個消息：

一九八六年七月六日——密利根逃亡行蹤成謎

一九八六年七月七日——密利根逃亡案線索難求

＊

艾倫打電話給朋友，他在俄亥俄州洛根的森林深處有輛活動拖車，比利在他那裡寄放了一些東西，艾倫說他現在就過去。另外他還打電話給賴瑞．魁達克，這是他在艾森斯認識的朋友，艾倫請他把他那架攝影機帶到活動拖車那裡。他想要錄製三捲三十秒的個人錄影帶，讓誰也沒有辦法剪輯。

七月十七日星期一，下午兩點十五分，艾倫走向哥倫布市灰狗巴士站的販賣部小姐，交給她一個小塑膠袋，裡頭有置物櫃的鑰匙，還給了她五塊錢小費，請她把鑰匙轉交給記者。然後他溜進了電話亭，打電話到一家哥倫布電視台，密報他們他留了錄影帶在車站的置物櫃裡。

錄影帶由當地各電視台播出，帶子裡密利根衣衫整齊，說他留下這些訊息，好讓社會大眾親眼看見、親耳聽到他是一個完全沒有和現實脫節的人，他並不是瘋言瘋語的神經病。

他想讓大眾知道，他之所以逃亡是因為他成了體制的犧牲品，是因為醫師們在他的藥物和治療上意見不一，是因為他為自己的安危擔心。為了保護自己，他必須離開醫院。他說還繞著他的指控和頭條都在迫害他的治療，如果政客仍不收手，俄亥俄州的納稅人得花上幾百萬，只為了讓他的餘生在牢籠裡度過。

隔週，《今日美國》大篇幅報導了舉國皆知的消息：逃犯受二十四個不同人格驅使。報導中引述了蓋瑞．史維卡的話，他說比利這一逃，九年的治療功虧一簣，他也怕比利可能會自殺。「我深信他不會傷害別人。」史維卡說。「可是我很擔心。」

湯瑪士．馬丁法官應助理檢察官之請，發出了拘捕令。助理檢察官說如果密利根的藥吃完了，或是沒有每天按時服藥三次，他就可能會分裂，變得危險。法庭裁定密利根落網之後，應該送回重警備的莫利茨法醫單位。馬丁也排定了聽證會的日期，在七月十一日星期五，旨在討論史黛拉．凱若林醫師與路易．林德納醫師對於正確療法的爭議。

哥倫布警方發佈全面通緝令。

藍道．戴納向《哥倫布快報》記者表示他覺得這樣的情況實在是悲劇。「密利根在我們的部門工作，和大家相處得非常融洽，而且他也快熬出頭了，治療小組即將建議讓他住在社區裡，每週只要有一天到醫院報到。」

往後幾天，媒體報導比利會向蓋瑞．史維卡自首，可是馬丁法官發表聲明：「即便他在這裡，也不會有聽證會，因為他必須接受檢驗鑑定，之後才能決定該採用何種治療。」

2

讀了馬丁法官的說法後，「老師」知道自己得作決定了。他信任馬丁法官，他畢竟能通融的地方都通融了，可是他不信任林德納醫生。湯米偷看了韋斯勒的報告，知道在中俄法醫單位脫癮可能會致死，而且他也忘不了湯米在利馬的遭遇。

所以他必須離開俄亥俄州。

但首先他去的地方是哥倫布市的西城商場，他那裡有熟人，能幫他弄到幾個月的安米妥鈉。為了怕被醫院的人看見，他戴了一頂黑色長假髮（賴瑞．魁達克幫他弄到的），一頂棒球帽，黑框厚鏡片眼鏡。他知道大多數的人遇上一個有心理疾病或肢體殘障的人都會迴避視線，所以他就坐在商場裡，穿著有污漬的T恤，讓肚子露了出來，弄出他在醫院裡見過那種嘴巴合不攏的表情。社工凱柔．哈里斯走過去，連看也沒多看他一眼。

艾倫拿到了藥之後，魁達克又來找他，說會幫忙他到西部去。「要做就要做得對。我在亞斯朋有朋友，我們可以到他那兒住個一、兩天。」

「你不用這麼麻煩，我一個人可以。」

「反正我也需要放個假。」魁達克說。「你有沒有帶槍？」

「老師」搖頭。「不需要。他們要是想抓我，就讓他們抓好了。要是他們開槍，我要人人都知道我手無寸鐵。」

他們租了一輛新的奧斯摩比「加萊」，塞滿了補給品、美術用品、睡袋、露營用具，駛向柯羅拉多州。

他們在亞斯朋跟魁達克的朋友住了四天，然後魁達克才飛回俄亥俄。

「老師」喜愛在戶外繪畫，他到廣場上和其他畫家一起畫。喜劇演員巴迪．哈奇特走上來看。「嘿，你要是還在這裡，我下次過來買你的畫。」

哈奇特一張畫也沒買，倒是一位紐約的猶太教教士花了一百五十元買了一幅亞斯朋的山景，畫家的落款是C・考爾。

老師覺得很有意思，有個攝影師在拍攝街頭畫家的故事，給他拍了照片，問他叫什麼名字。他說自己是克里斯・考爾，佛羅里達來的藝術治療師。可是他知道在照片上報之前，他必須離開。

他注意到出來的這兩個星期內，一天三次安米妥鈉使他的儲量消耗很大。他變得擔心起來，在找到下一個落腳處、補足藥劑之前，說不定藥就先吃完了。雖然降低劑量可能會有分裂的危險，他仍然決定一天只服用兩次。

他把租來的奧斯摩比停在丹佛市的史戴普頓機場停車場，車裡還有一些他的物品，好讓警方知道他來過。然後一時衝動，他又打電話到英屬哥倫比亞的溫哥華市，跟他的哥哥吉姆講話，解釋他的情況。吉姆冠了他生父的姓，現在叫吉姆・摩里森。

「你打算到哪兒去？」吉姆問道。

「我在想朝南走。」他說。

「西北可能比較好。」吉姆給他提意見。「會有你認識的人，不會有人騷擾你，他們也找不到你。」

「也是不錯。」

「我會幫你安頓下來。你可以找個工作，重新開始。」

「你說得我都心動了，吉姆。」

「買到機票就打電話給我，我到西雅圖機場接你。我等你喔，比利。」

「我不是比利了。我已經開始新生活了，現在改名叫克里斯多福・尤金・考爾。叫我克里斯吧。」

＊

第二天，也就是一九八六年七月十七日，丹佛機場航警通知哥倫布警察局他們在停車場找到了一輛棄置的奧斯摩比「加萊」，是在俄亥俄州哥倫布市租的。警方很快就聯想到是密利根。

「他要是想故佈疑陣，那就弄巧成拙了。」富蘭克林郡助理檢察官愛德華·摩根向媒體宣告。「這麼一來反倒給了我們一個理由來偵辦非法潛逃案。」

事實擺在眼前，密利根越過了州界，於是假釋局請出聯邦調查局，協助追捕一名為免牢獄之災而潛逃的假釋犯。結果，附上他照片的通緝令貼滿了全國的郵局，還不忘加上危險人物的警語。

聯邦調查局追捕比利·密利根的行動在全國各地展開。

3

吉姆·摩里森以為去西雅圖機場是去接他弟弟的，可卻是艾倫上場接替筋疲力盡的「老師」，因為他再也無力二十四小時掌控。吉姆說會送他到北邊的貝林漢，找家旅館讓他過夜，可是他自己當晚就得趕回溫哥華。他明天再來幫比利找房子。西華盛頓大學附近有許多出租給學生的房子，大多數的學生要等秋季班開課才會回來。

「好主意。」艾倫說。「透過大學部的美術系，我應該能買到便宜的繪畫用具。」

第二天，兄弟倆找到了一個附家具的公寓，距離大學只有四分之一哩。艾倫從窗戶眺望，看見七月中旬貝克山的峰頭居然仍白雪皚皚，立刻察覺到湯米躍躍欲試，想拿畫筆。

吉姆臨走前，一名瘦長的年輕人拄著丁字杖正在開隔壁的門。他自我介紹是法蘭克．波登，請兄弟兩人進去喝啤酒。吉姆說他得走了，艾倫倒接受了邀約。

艾倫打量波登的面容，研究要怎麼畫。披頭四髮型，金邊飛行員眼鏡，綠眼珠，臉頰像花栗鼠。艾倫看到床上有武士刀，問起緣由。

「我很愛武術。別看我的腿這樣就小看了我。我是騎摩托車出了車禍啦。可是我能照顧自己。」波登是拿公費念書的，另外還有海軍付給他殘障撫恤金。他雖然長了個娃娃臉，但其實都三十二歲了（比核心人格比利年長兩歲），而且他的談吐舉止也比較像個老頭子。

「你主修什麼？」艾倫問道。

「電腦程式設計。其實我骨子裡是個駭客。」

「我倒想學學電腦。」艾倫說。

「我可以教你。」

往後幾星期，艾倫發現自己對法蘭克．波登越來越有興趣了，他神秘多疑，卻莽撞自信。波登只有在過度使用左腿，腿痛了才會拄丁字杖，不然他寧可拿手杖，他說手杖不但可以支撐還可以當武器。

「看起來實在不怎麼樣。」艾倫說。

波登旋開杖頭，抽出一把劍。「外表是會騙人的。這玩意可不是用來唬人的，所以別動什麼歪腦筋。」

有天很晚了，艾倫看見他在草坪上練武士刀，耍得跟啦啦隊的指揮棒一樣，他就跟自己說：「三軍儀隊式的——混球——小心這傢伙。」

可是波登喜歡派對，凱文和菲利普欣然加入。就算波登注意到新朋友的行為起了變化，也沒多說什麼。兩人培養出互相的尊重。艾倫和波登下棋，波登也教他基礎電腦知識。

一天下午，波登問艾倫有沒有認識的人能幫他偽造證件。

「這個州裡我沒有認識的人，可是我可以幫你自己做。」

艾倫也不問波登為什麼需要新證件，只教他怎麼做。

*

雷根總在早晨去貝克山攀岩，穿短褲，打赤膊，任陽光遍灑皮膚。他仰頭望天，發出快樂的長嘯，他現在是山地人了，是自由的。

*

湯米畫下了白雪覆蓋的山峰，可是他更偏愛海灣。他找到了一家便宜的租車店，租了一輛老爺廂型車，放上從學生會買來的繪畫用具，駕車到碼頭去素描彩繪，不到一小時畫布上就出現了海景、船塢、船隻。賣了幾十幅給過路的人。

有個顧客叫梅洛伊，是個中年嬉皮，出租房間給學生。他有次就邀請湯米去參加他每週一次的派對。

「梅洛伊是大酒缸。」波登跟他說。

「大什麼？」凱文問道。

「他們那些人賣桶裝啤酒，收學生每個人三塊入場費，一天就能賺上八百到一千二。」

「好像很好賺的樣子。」

「警方正在加緊取締他們，他們的鄰居抱怨整晚音樂震天響，打算要讓他們歇業。」

凱文很喜歡認識大學生，跟他們談話，所以成了常客。到最後，他成了梅洛伊非正式的保鏢。梅洛伊倒喜歡讓考爾來控制學生，他有手腕，不會嚇到客人，他給的報酬是食物和家用品。

有天傍晚艾倫跟幾個學生坐在台階上，艾倫建議自己來辦個啤酒派對。「我們可以湊錢，租個熱療浴缸。」

大家都覺得是好主意。

開了一家熱療浴缸出租店的年輕人提姆．柯爾送來了一個浴缸，艾倫幫他裝設起來。兩人就成了朋友。派對過後，提姆說浴缸就先擺在這裡，等有人租他再來搬，也省得他來回地跑。

艾倫當下又有了點子，提議跟他合夥。他們可以到溫哥華買浴缸，運到貝林漢來，再組裝，大概是五百塊錢。艾倫再把浴缸賣或租給老人之家做復健用。提姆覺得這點子不壞。

艾倫印了名片，自稱克里斯多福．尤金．考爾教授。

可是混沌期越來越糟糕。為了讓安米妥鈉的存量不那麼快就消耗光，他把一天服藥三次改成了兩次。現在他一天只服一次，偶爾還會跳過一、兩天不吃藥。

時間從他的手錶上消失了。

大約兩個星期之後，法蘭克．波登打電話給他。「幫我個忙，到我的房間去把我的電腦毀了。」

「你是在開玩笑吧？」

「誰在開玩笑，混球。拔掉插頭，毀了它。硬碟一定要砸爛，要粉身碎骨。」

艾倫遵照他的指示去做。

當晚波登出現了，還帶了一帆布袋的錢。他大吹特吹自己駭進了銀行電腦，很長的一段時間從每個帳戶吸走半分錢。再用新的證件開了幾個帳戶，把偷來的錢存進去，今天他到每一家銀行把錢全部都領了出來。

「來，給你一些。」波登說。

艾倫很心動，可是生平第一次，他考慮到後果。「我只要一拿錢，就會被逮。」

「這錢是追查不到的。」

「這叫現世報。」艾倫說。「要是我拿了這種容易拿的錢，而且又是不義之財，我就會有恐怖的報應。」

波登不以為然。「照你這麼說，我不是完了。」

艾倫點頭。「你的確是完了，豬頭。」

「哼，我反正有新證件，可不會待在這裡等報應上門。你願不願意開車帶我到加拿大？」

「可以啊。」

波登把一袋子的錢和小袋子放進廂型車後面。

過邊境很順利。海關人員問他們為什麼進入加拿大，艾倫答道：「度假。」海關就揮手放他過去了。

波登要他在白馬鎮下高速公路，小鎮距離溫哥華十分鐘，有遊艇、脫衣酒吧、賭場。然後他掏出了皮夾。「我得把舊東西都丟掉，克里斯。來，這個給你。」

「我要你的證件幹嘛？我自己就有了。」

波登把學生證、信用卡、駕照都塞進座位底下。「那就幫我丟掉。聽著，我沒辦法去領每個月的殘障撫恤金，也不能換通訊地址。要是支票一直塞在信箱裡，別人就會知道我不在。我還需要活一陣子。幫我一個忙，把郵件丟掉，保管我的錢。叫舊貨商來把我的車拖走。」

「我會幫你拿信。錢的話，我幫你寄過去不就好了？」

「你不知道我的下落會比較安全，混球。要是你要找我，去找一個我認識的人，他叫左撇子珍珠，他知道怎麼傳話給我。可是最多只能跟我聯絡一次。」

「幹嘛還要透過這個叫珍珠的傢伙？」

「因為無論我在哪裡，左撇子都有辦法把大麻送到我手上，你這方面就不行了。」

艾倫等到波登住進了飯店，才離開。既然波登過起了地下生活，他大概不會再有他的消息了。

可是兩個星期之後，他又接到波登的電話。「我有點事得做個了斷，還要搬點東西。你能不能開車來載我？別告訴左撇子或其他人。」

艾倫開車到白岩鎮去接他。回程中，波登要他停在邊界的伯連鎮，然後又指示艾倫開到荒郊野外的一家舊車商。

「別熄火。」他說。「我馬上就回來。」

五分鐘之後，波登回來了，拿了一把點四四左輪槍和一把烏茲衝鋒槍，放在廂型車後面，艾倫再送他回貝林漢。

途中他們停下來吃飯。

「大哥，我可不搶劫喔。」艾倫說。「我不能牽連到這種事裡。」

「我只是要你送我到碼頭上，我要上一條船，有話要跟別人講。你只要在車上等就好了。要是他們朝我背後開槍，你就開槍還擊，趕快逃命。」

「到底是怎麼回事？」

「我只能說，這筆買賣要是做成了，我的錢就會漲三倍。」

「我可不要運毒到加拿大。」艾倫說。

「沒那個必要。等我拿了東西，我會去找別人。你連送我回去都不用了。十五或二十分鐘我就會回來。」

他們停在碼頭上，法蘭克下了車，拿了左輪槍，上了一艘遊艇。

艾倫在車上等，越等越緊張。冷不防意識開始忽明忽暗，然後他變成了那些年紀小的，又變成雷根，換來換去，最後時間感消失了。等艾倫再上場，一看手錶，赫然是三個小時之後了。法蘭克死哪兒去了？

突然間，他看見遊艇前後的燈都亮了，有人從舷梯下來，解開了纜繩，艾倫嚇死了。他很確定波登不會就讓他愣愣地坐在車裡。既驚慌又憤怒，艾倫感到明暗交替的速度加快，緊繃的情緒已無法忍受。

然後他就不見了，雷根抓起了烏茲衝鋒槍，對著經過的遊艇發射，打光了一個彈匣。遊艇加速離開了射程範圍，雷根把武器丟進了水裡。

＊

艾倫不記得是怎麼開車回貝林漢的。他想不通波登是出了什麼事。他為什麼沒回來？還是說他回來過，叫菲利普或凱文送他到別的地方去了？

波登的撫恤金支票寄來了，艾倫拿到銀行兌現。櫃員盯著他看，說：「你不是法蘭克·波登，每次他都是自己來領的。」

「我是他表弟。」艾倫說。「是法蘭克叫我來領錢的。」

「那也得有他的背書。」她說，把支票從窗口後推出來。

「遵命。」

可是艾倫覺得最好是不要再來了，於是他簽了名，把支票存進了自己的帳戶，下一張支票也是循此例辦理。但以後他就把支票都撕了。接著他又打電話給廢車場，用波登的證件，把車給了他們。

他們不花一毛錢就得到一輛車，似乎也喜出望外。

4

幾天過去了，房東打電話給波登的父母，說恐怕是出事了，因為她上次看到法蘭克是九月十五日，他跟新鄰居克里斯．考爾一起來付房租。

九月二十七日，波登的父親向貝林漢警察局報案，九月三十日，貝林漢警長把法蘭克．波登失蹤案交給威爾．紀貝爾偵辦。這位四十四歲的警探也只以為是一般的失蹤人口案。

初始的調查結果發現考爾和波登經常在一起。波登的父親說他跟法蘭克的新朋友談過，總覺得怪怪的。

紀貝爾警探在十月三日星期五開車到桃金孃東路五一五號的公寓，問了幾個人之後，就找到了克里斯多福．考爾，他正躺在戶外椅上曬太陽。

年輕的考爾一口咬定不知道法蘭克．波登的去向，只說最後一次看到他是幫他個忙，開車載他到加拿大去。

「他好像失蹤了。」紀貝爾說。

「真的嗎，」考爾說，「我很遺憾，可是我又沒有責任義務要看好他。」

回到辦公室，紀貝爾越想考爾的伶牙俐齒就越生氣，決定要查查克里斯多福．尤金．考爾的背景。調查結果很乾淨，考爾沒有犯罪紀錄。

下個星期一，紀貝爾又開車去找他，可是考爾不在家。紀貝爾在他的名片背後留言，請考爾盡快打電話給他，隨後把名片夾在門的側壁上。

5

紀貝爾警探問過話之後，凱文決定走為上策。他把所有的個人物品和每個人的畫作都搬上了租來的廂型車，第二天一大早就開了大約八哩路北上，抵達提姆．柯爾家，那個社區在湖邊，叫做「突然谷」。

凱文說要搬家，柯爾建議他搬進來跟他和他的達克斯犬「膽大包天」一起住，分攤房租。凱文接受了。他把一些畫作搬下來，柯爾很欣賞地看著一幅風景畫。

「哇塞，這幅畫要是掛在我爸媽的客廳裡，一定很讚。」

在心裡和湯米快速商量之後，凱文把這幅畫送給了他，讓他拿去送他爸媽。

凱文決定了藝術教授的幌子不再適合艾倫了，就跟柯爾說他可以幫忙拓展熱療浴缸的生意。他想出了租給老人之家的點子。凱文說明加裝一個液壓升降機就可以很輕鬆地把年長的病人舉起來，放進浴缸，抬出來也不費力。市場需要這種產品。他們的公司就叫做「瀑布液壓動力」，而且他們是開路先鋒，可以賺一大票。

他會負責行銷業務，找那些經費不是很多的小型的老人之家簽約。「我們可以行善又賺錢，兩者兼顧。」凱文說。

柯爾心動了。

下個週末，他們辦了個啤酒派對，賺的錢夠付房租，支付開銷。可是有天下午，凱文正在聽收音機，聽見了地方新聞：「據報那個有多重人格的威廉．密利根從俄亥俄州哥倫布市的精神病院逃走之後，可能藏匿在貝林漢地區……」

凱文趕緊轉到別家電台，看有沒有相同的新聞，但是都沒找到。這個時候，「膽大包天」忽然叫了起來，有輛車開進了車道。凱文從窗戶看出去，認出是那個詢問過他的警探。

關車門的聲音讓提姆．柯爾從廚房走了出來。「到底是誰啊？」

凱文慌忙低聲說：「喂，我沒有時間解釋了，可是他們是想說我跟法蘭克．波登失蹤有關。」

「要命！真的嗎？」

「跟我沒關係，是有些壞蛋雇他用電腦駭進一些銀行帳戶偷錢，他越偷胃口越大，後來就自己幹了。他捲款潛逃，那些人現在在追他，可是我又不能跟警察說實話。」

「你要我怎麼做？」

「就說你兩天前才見過他。描述他的長相，他的跛腳那類的。要是他們問起我，就說我不在這裡，你不知道我的下落。」

柯爾一想到要跟貝林漢的警察打交道，就緊張得手腳都沒處放，可是凱文知道他還是會挺他的。他躲在後面房間偷聽，柯爾果然照著他的指示做。然後他聽見紀貝爾說：「好吧，等你見到克里斯，就告訴他我有些問題要問他。」

＊

警探的汽車剛駛離車道，凱文就動手收拾行李。

柯爾進來後坐在床上。「唉，我們偉大的熱水浴缸生意大概是太完美了，所以還沒開張就打烊了。」

凱文知道柯爾早晚會聽到廣播，決定先解除炸彈。他概述了他的歷史，說如果柯爾想知道更多的話，他可以去看一本寫他的書。

「不是真的吧。」柯爾說。

「我會送你一本。」

「你要到哪裡去？」柯爾問道。

「南下到洛杉磯，再來就走到哪裡算哪裡了。」

「我跟你去。」柯爾說。

「不需要。」

「當然需要，兄弟。至少陪你走一段路，我要弄清楚究竟是怎麼回事。」

柯爾丟了些衣服到袋子裡，抓住「膽大包天」，跟著凱文坐上了車。他們開出車道，南下往大學城前進。柯爾跟他使了個眼色。「這個多重人格的鬼玩意到底是怎麼回事？是不是像《西碧兒和她的十六個人格》跟《三面夏娃》？」

「說來話長，也太複雜了，不過你既然跟著來了，也應該讓你知道。」

凱文在一家大學書店前停車。「他們應該有賣，可能在心理學那一區，去買一本吧，我會幫你簽名。」

柯爾從店裡出來，紙袋裡裝著書，眼睛瞪得老大。「裡頭有你的照片欸。」

「不是我，」凱文說，「是比利。我在鏡子裡看見的人長相不是那樣的。」

柯爾讀書，凱文繼續朝高速公路行駛，預備到波特蘭。柯爾不時驚訝地搖頭。「你是十個裡面的哪一個？」

「你還沒看到我的部分啦。」凱文說。「以前，我是討厭鬼裡其中一個。」

6

十一月二十日，紀貝爾警探接到突然谷保安官的電話，說他從柯爾的鄰居那兒聽說聯邦調查局在附近打聽克里斯·考爾這個人，可是柯爾跟考爾已經搬走了，並沒有留下聯絡的地址。

紀貝爾心情低落，考爾那傢伙始終都搶在他前面一步。他覺得很肯定，法蘭克·波登失蹤一定跟考爾脫不了關係。

當天下午一名聯邦調查局探員來到貝林漢警局，交給他一張通緝海報，是一名違反假釋犯，從俄亥俄州的精神病院逃走的。乍看之下紀貝爾沒認出威廉·密利根就是波登的鄰居兼朋友，等到聯邦探員說據查比利·密利根化名克里斯多福·尤金·考爾，住在貝林漢，他才認出來。

這個時候，紀貝爾很肯定是比利·密利根殺了法蘭克·波登。

「你們怎麼知道到哪裡找他？」紀貝爾問道。

「我們的探員盤問過他的哥哥吉姆·摩里森，他在溫哥華教書。是他告訴我們到哪裡去找的。」

7

提姆·柯爾不知道該相信什麼了。克里斯·考爾，還是叫比利·密利根的（管他是誰）滔滔不絕地說著他們可以到佛羅里達去開創瀑布液壓動力公司。

一想到打造熱療浴缸的王國，柯爾就很興奮。他看得出密利根不但是滿腦子的點子，而且還是一個很懂得在街頭求生的人。他有許多值得學習的地方。他開始叫他比利。

比利在波特蘭打了通長途電話，從舊金山轉接，免得被追蹤。他打給一個叫藍道·戴納的人。

柯爾問起是怎麼回事，比利說戴納是俄亥俄州的公設辯護律師，也是他的雇主。州政府還欠他一點錢，比利說，而且戴納說下星期他要到佛羅里達州的比斯坎礁，參加一個很重要的律師大會。

「他給了我旅館的電話，我會去看看他。」

兩人朝南走，沿著加州海岸線，看到海灘就停車。天氣太冷，不適合游泳，可是柯爾還是覺得從來沒這麼好玩過。

當然免不了也有黯淡的時刻。接近沙加緬度的時候，柯爾察覺到同伴起了變化。直升機飛過頭頂，比利驚慌失措，命令柯爾路邊停車，隨即跳下車，衝進樹林裡。

柯爾下車去找他，跟他保證直升機只是報導交通氣象單位的。懊惱的比利又坐上了汽車。

他們在沙加緬度旅店住了幾天，比利說他們必須暫停等待，因為他有個俄亥俄的朋友會寄藥給他。突然間，柯爾明白了。少了藥物，比利就像書上寫的一樣，不停地改換人格。他大著膽子問他現在是誰，回他的一眼既奸險又多疑。

「我不知道我他媽的是誰，又關你屁事？」

「我沒別的意思。不管你是誰，我們都是事業夥伴，我們也是朋友。」

他只是聳聳肩，抽出一把刀子，亂砍雙人床的床墊，胡言亂語。

柯爾嚇壞了，退到一邊，問：「你這是幹什麼？」

「管他的！」他厲聲說。

話聲方落，比利就拿起了電話，打給貝林漢警局，指名要找威爾．紀貝爾警探。他說他手上有提姆．柯爾這個人質，要是警探不把尾隨他的警員都撤走，他就會宰了柯爾，把屍體丟進樹林裡。

他一講完電話，柯爾就抓起「膽大包天」，拔腿就朝門口走。

「嘿，我那麼說是要幫你脫罪啊，免得他們以為是你幫我逃走的。」比利說。「我不想讓我的新夥伴因為協助窩藏逃犯而惹上了聯邦調查局。」

柯爾很感激。

俄亥俄的藥寄到之後，比利似乎恢復正常了，可是他限定劑量，所以有時就會有可怕的行為失常。他會變得避重就輕，疑神疑鬼，不准柯爾單獨走出旅館房間。

到了洛杉磯，比利拿克里斯多福．考爾的證件買了一把獵槍、一把割桶子的弓鋸。駕車出城途中，他射壞了一個紅綠燈跟一輛汽車的車窗。

柯爾自己在動腦筋，想琢磨出是比利的哪一個人格在活動。

比利教他需要加油的時候，專門找沒有最新式刷卡機的老舊加油站。雖然柯爾的信用卡都刷爆了，大部分時候他們還是能加油，不需要動用到手邊的現金。

「我現在真是愜意極了。」柯爾說。

柯爾駕駛，路上比利似乎陷入了沉思。停到路邊小便的時候，密利根說他好像聽到灌木叢裡有聲音。「你去看看好不好？」

柯爾看著比利手上的獵槍，搖搖頭。「我什麼也沒聽見。」

「去。」

「我不去，搞不好有蛇。你既然那麼好奇，你自己幹嘛不去看，獵槍我幫你拿著。」

兩人繼續上路，比利抓起「膽大包天」，說下次再叫柯爾做什麼他不聽，就要把狗丟到車外。柯爾立刻揪住比利披在頸背的頭髮，用力往後扯。

「不管你是誰，敢動我的狗，老子宰了你。」

這麼一來，比利倒安分了下來，他更規律服用藥物，似乎又恢復了老樣子。他們談論熱療浴事業，為佛羅里達需要疏筋活骨的老年人服務，同時賺大錢。

可是距離佛羅里達越近，柯爾對這個新事業的感覺就越不安，也不禁納悶這是不是比利一貫的做法：跟某人友好，得到他的身分證件，儘可能了解對方的一切，然後再擺脫他，竊用他的身分。

他知道比利的克里斯多福·考爾身分已經派不上用場了，而且他也沒有空去弄個新的身分。他發現他睡不安穩，隨時隨地提心吊膽，生怕比利會對他不利。

到了比斯坎礁，比利又跟他說很奇怪的故事，像是他爸爸是黑手黨的，他要把這個熱療浴缸的生意帶去給他。

「可是我得單獨跟他談，他不見不認識的人。他恨我，可是我得讓他相信我跟以前不一樣了，而且這是門好生意。」

柯爾注意到他的表情跟行為都像《飛越杜鵑窩》裡的傑克·尼柯遜，尤其是像他建議到水溝裡去找鱷魚的那一幕。柯爾忍不住疑心比利是不是打算把他丟去餵鱷魚。

然後比利又開始胡言亂語了。

「我有個表哥住這裡，」比利說，「我要介紹你跟他認識，可是再想一想，還是不要算了。你在這裡讓我一個人下車。」

柯爾問為什麼，比利說他們是幹走私的，從古巴走私毒品，他們有些朋友炸掉了一架飛機，再偷偷到飛機失事現場去等毒販來，跟蹤毒販去做買賣，再打劫他們的貨。兩幫人鬥得你死我活。

「他們的組織很嚴密。」比利說。「你最好不要說出去，免得有危險。」

「我絕對不會說。」柯爾說。

「明天下午我們就在這個停車場碰面，然後去找藍道・戴納。」

「好。」

可是比利離開才兩分鐘，柯爾就把「膽大包天」推到兩腿之間，駕著車朝北方走了。開了幾哩之後，他停下車，左思右想，就是想不出個究竟來。後來才覺得比利大概是把他甩了。

他打電話到貝林漢警局，告訴紀貝爾警探比利的下落，以及旅途中發生的一些事。他重複了比利的買賣毒品故事，還有到比斯坎礁見俄亥俄州公設辯護律師的事。

「這就說得通了。」紀貝爾說。「這是他一貫的犯罪手法。冒用別人的身分。」

柯爾想到了獵槍跟鱷魚。

「小心點。」紀貝爾說。「要是他被捕了，可能會怪你出賣他。」

柯爾不需要他再多說什麼。他一路不停，直接開到傑克森維爾，在那裡過夜，第二天，開了八百哩路，十個小時就衝到了底特律。

他心裡想的是如果比利其實心理沒有毛病，那他倒願意更了解他一些。

可是提姆·柯爾從此再也沒有跟比利·密利根見面。

8

藍道·戴納打開飯店房間，電話正好響起。他把袋子放下，就去接電話。

「是我。」對方說。

他立刻認出是比利。「你好嗎？你還真會算時間，我才剛進門。你在哪裡打的電話？」

「就在飯店大廳裡。」

戴納一驚，坐了下來。「你說什麼？」

「我說就在樓下大廳。我能不能上去？」

「不行！你不能上來我的房間。留在大廳裡，我馬上下來。」

「好，」比利說，「可是別報警。」

「我一點也沒有那個意思。」

戴納掛斷電話之後，就從手提箱裡拿出一瓶威士忌，喝了一大口。身為司法人員，他是有責任舉報比利的，可是他非常清楚比利為什麼要逃出醫院。

他打電話給馬丁法官，卻得知他要三個小時之後才會回辦公室。

他做好準備，下樓去到大廳見比利。一出電梯，他就看見大廳和泳池附近站滿了衣衫筆挺的與會人士，他看到比利坐在泳池另一邊的餐廳吧台，看起來真是邋遢得可以，牛仔褲的褲管剪短了，戴著太陽眼鏡和草帽，無袖背心讓他顯得邋遢。

戴納以前沒有參加過這類大會，什麼州法官、聯邦法官、美國律師、聯邦調查局副主管、法律教授、高等法院法官，一個也不認識。

他會來開會是因為他剛被指派擔任美國司法協會公設辯護律師委員會辯護服務委員會主席，而且他受邀在司法資訊計畫中演講。能成為司法協會刑事司法處的一員，是極為光彩的事情。

而此刻他卻全身冒汗，口乾舌燥，他該怎麼辦？比利又會怎麼做？

戴納坐在他對面，點了飲料。

「你有點不修邊幅喔，比利。」

「我是跑步來的。」他說。

戴納還沒能再開口，就有兩個穿運動外套的人走了過來。其中一個說：「密利根？」

第二人秀出了警徽，說：「我們是聯邦調查局的。」

戴納抬頭，一臉震驚。「喔，我的天！……」

他們立刻給比利戴上手銬，拉著他就要走。

「等等！」戴納高喊。「你們要帶他到哪裡去？」

「請問你是誰？」一個探員問道。

戴納頓時了解他們一定以為他只是某個路人甲，坐在吧台跟比利閒磕牙。「我是藍道．戴納。」

「站起來，面對吧台。」

「喂，這是──？」

探員給他搜身。

戴納轉過來。「喂，我是他的律師。」

「兩手放在吧台上，先生。」

「我是俄亥俄州公設辯護律師。」

探員一臉不解。「有沒有證件？」

藍道出示了他的證件，手抖得太厲害，皮夾差點脫手。「我是俄亥俄州公設辯護律師——他的律師。」

「他得跟我們走。我們得到的情報是他是極度危險的人物。」

戴納看見比利的表情改變，受驚的眼神也意味著他在轉換。戴納跟著探員跑，跟著他們到停車場，這時又有兩輛聯邦調查局的車開過來，有探員跳出來攔阻他。

「什麼也別說，比利！跟誰也不要多說一句話！什麼也別說！」

人行道上幾名與會者一聽就懂是怎麼回事，也紛紛喊了起來，大廳裡的人也湧出來看是什麼情況。

「——沒有律師在場，什麼也別說！」

「——怎麼回事？你們為什麼逮捕這個人？」

「——你們有逮捕令嗎？」

「——這人是他的律師。他有權跟委託人說話！」

其他探員形成人牆，圍住密利根。「他是我們的犯人，各位。請別妨礙公務。」

「什麼也別說，比利！」藍道仍反覆說道。「我們今晚就能把你保釋出來！」

「那可不見得。」一名探員說。「這是逃犯逮捕令。你明天早上可以過來找法官。」

三輛車組成的車隊駛離了。

藍道沒有和大廳裡的律師或法官視線接觸，溜過大廳，回到房間，又倒了一杯酒，開始忙著打電話。

9

一名聯邦調查員檢查比利的皮夾，找到了偽造的證件。

「這是你的某個多重人格嗎？克里斯多福．尤金．考爾教授？」

湯米筆直盯著前方。

「你是不是還有一個律師叫蓋瑞．史維卡的嗎？」

「對。」

「他到牙買加幹嘛？」

艾倫哪裡會知道蓋瑞跑到牙買加去了，所以只聳聳肩。「我無話可說。」

「你們到底是怎麼回事？」第二個探員說。「我倒想知道。」

「哥倫布市幹嘛那麼急著要抓到你？」第一個探員問道。「你真的只是從瘋人院逃出來而已嗎？」

「我們聽說你屬於某個組織，專門打劫從古巴走私來的毒品，這個律師是不是涉及運毒？」

「沒有律師在場，我什麼也不說。」

這句話堵死了他們的盤問。他們把他帶到邁阿密的聯邦監獄，等待明天早晨聯邦法官的引渡聽證會。

法官指控他為了迴避監禁以及迴避起訴而違法逃亡，將他的聽證定在一九八六年十二月一日，她裁定比利還押邁阿密大都會監獄，不准保釋，後來又從大都會監獄轉到了岱德郡立監獄，而監獄已經人滿為患，不勝負荷了。

從他被捕開始，混沌期也跟著開始，讓年紀小的人格在監獄裡極脆弱。他的個人物品，包括跑鞋，都被偷了。他們給他穿紙拖鞋。

第三天，法院將他轉送回俄亥俄州，由兩名哥倫布市警員押送，他們出示了證件，可是艾倫分不清他們的名字，只把他們當成高警察跟胖警察。他們說他們是來帶他回俄亥俄的。

往機場出發之前，他們到下榻的優質小棧去吃午飯。席間，凱文注意到隔桌有兩個人在看他。他吃完了飯，他們就走了過來。

凱文看到肩部鼓起的槍帶。「這是怎麼回事？」他質問道。「是埋伏嗎？」

哥倫布市的兩名警察頭也不回，凱文猜想他們一定心知肚明。

兩人亮出了警徽。一個說：「我是威爾．紀貝爾警探，貝林漢警局的，這位是達朋索勒警探。你可能還記得我找你問過法蘭克．波登的消息。也真巧了，我們住在同一家旅館裡。」

「是啊。」凱文嗤之以鼻。「我最相信巧合了。」

「我們想問你幾個問題。」達朋索勒說。

凱文冷笑。「我又不是抓耙子，死豬。」

「我們並不是要問——」

「你不覺得我應該要有律師嗎？」

「咳……抱歉了，兩位。」胖警察不滿地說。「他一提到律師，就玩完了。」

貝林漢警探離開後，凱文這才恍然，說不定是高警察跟胖警察設計了他，不過有些問題他也想知道答案：遠在西北部華盛頓州的紀貝爾警探，怎麼會知道他在比斯坎礁，千里迢迢跑來東南部的佛羅里達？而且他才剛到比斯坎飯店跟藍道見面，聯邦調查局怎麼就追蹤到他的去向了？

他假設是藍道通報聯邦調查局的，因為他怎麼也沒想到慌了手腳的提姆．柯爾會在前晚打電話給紀貝爾，而且他自己又不夠謹慎，留下了太多線索，足供警探追查到比斯坎飯店正舉辦律師大會，也追查到那位前來開會的俄亥俄州公設律師的大名。

紀貝爾打電話給聯邦調查局，比利終於落網。

到了邁阿密機場，艾倫問哥倫布警察：「可以幫我買包菸嗎？要坐很久的飛機耶。」

高警察說：「等你回哥倫布，再隨便你抽個過癮。」

「哎呀，沒關係啦。」他的同事說。「又不是什麼大不了的事。」

「我說不行，我上個月才戒菸，我不要坐非吸菸區。」

艾倫直視他的眼睛。「喂，大哥，我知道聯邦航空局的登機規定，我只要隨便亂喊一聲，你就得開三天的車從邁阿密回哥倫布。」

高警察說：「給這個混蛋買菸。」胖警察實在很難掩飾臉上的笑容。

＊

飛機在哥倫布機場降落，滑行到偏僻的跑道，艾倫數一數，有九輛警車開過來，圍著飛機繞，閃爍著警示燈。他們出動了霹靂小組，全副鎮暴裝備、來福槍，形成三重的安全措施。

「要命！是在迎接總統喔？」艾倫問道。

「這些人是來迎接你的。」

「迎接我？」

「這還沒什麼，等你看到媒體的陣仗就知道了。」

接著他看到媒體在另一邊。他走下登機梯，閃光燈亮個不停。

「你一定是在開玩笑。」

「嘿，你都還沒聽到媒體怎麼說你呢。」第二個警察說。「航空站那邊擠滿了記者。本市的記者現在一定都等在郡立監獄。」

「不過我們要耍點手段。」第三個警察說。「我們會弄個幌子，等走了四分之一哩以後我們就會改道，讓你坐另一輛平常的車，送你到法醫中心。」

「幹嘛這麼累？人家還以為我殺了人哩。」

「難道你沒有嗎，克里斯多福．考爾教授？」

艾倫打了個寒噤。「你說什麼？」

「你沒看報啊？」

「我哪有時間看報？」

警察抽出一張縐巴巴的《哥倫布快報》剪報，日期是一九八六年十一月二十五日。艾倫立刻瀏覽：

密利根涉及神秘事件

本報記者羅柏特．尤肯

心理疾病病患威廉．密利根涉嫌十月三日華盛頓州貝林漢市學生失蹤案。密利根逃亡期間曾化名在該地停留。

貝林漢警察岱偉．麥當勞隊長相信該名學生，三十二歲的法蘭克．波登，已遭殺害。

密利根化名克里斯多福．考爾，與波登結識，兩人在同一間公寓租屋……

「他絕對有嫌疑。」麥當勞如是說。「我們詢問他幾次；他給了我們幾種不同的說法，接著就失蹤了。

「有鑑於證據確鑿，如果我是波登先生的親屬，我可能會做最壞的打算。」

麥當勞說有關單位一直到密利根在邁阿密落網才得知他的真實身分。聯邦調查局查出考爾是化名，隨即與貝林漢警局聯絡。密利根有一張華盛頓州駕照，登記的姓名是克里斯多福．考爾。

＊

原來動員那麼多警力，媒體大陣仗是為了這個緣故，他們要以殺人罪來起訴他了。

二十三、死亡絕食

1

藍道．戴納發現自己處境尷尬，聲譽與事業都岌岌可危。密利根被逮時他也在場，讓聯邦調查局及哥倫布市的美國律師協會也考慮要展開全面的清查，看他在密利根違反假釋法的期間，扮演什麼樣的角色。

十一月二十五日《哥倫布快報》刊載了戴納的聲明：

本州公設辯護律師否認窩藏要犯密利根

「我在公設辯護律師事務處服務五年，從來沒有，也絕對不會窩藏逃犯，或包庇不法行徑……」

戴納昨日否認安排在佛羅里達與密利根會面，也否認在全國通緝密利根期間知情不報。

「我會做那種事嗎？我有那麼笨嗎？我會拿自己的執照開玩笑，冒著坐牢的風險而隱匿委託人嗎？」

話雖如此，戴納雇用來為他窩藏比利．密利根一罪辯護的律師卻提醒他，必須為自己的前途著想，並且勸告他不要再擔任比利的律師。「萬一你被起訴了，比利可能變成污點證人，反過來告訴他們內情。他隨便改個說法，說整件事是你一手籌劃的，你就成了眾矢之的。」

朋友與同事紛紛向他施壓，可是戴納無論如何不肯背棄比利。

犯罪辯護律師協會開會，會中同事都力勸他不要再為密利根辯護，但他仍堅稱比利比以前更需要他。會議的時間拖得很長，他們喝了大量的酒，激烈爭論，直吵到夜深人靜。

「比利被捕的時候，你也跟他一起在佛羅里達，藍道，那種情況損傷了你的信譽。現在你有了利益衝突。」

「藍道，這件事不是只涉及你個人，整個公設律師事務處的名聲都會毀於一旦。你還有別的委託人——有些還是死刑犯——他們的生命也會受到影響。」

「就算是為比利著想，你繼續辦他的案子也對他不利，藍道。該換別人來接手了。」

戴納堅定的決心漸漸動搖了。「還有誰能處理他的案子？」

「蓋瑞．史維卡呢？他一開始就有分，而且比利也認識他，信任他。」

戴納搖頭，很疲倦的樣子。「他現在自行執業了，比利又沒錢。」

「你也知道有錢沒錢蓋瑞從來都不會考慮。為了公益，他會接下的。」

「這樣對蓋瑞不公平。」戴納仍是反對。

「你再代表比利，對你的家人也不公平，對你的同事也不公平。連對比利都不公平。」

戴納嘆口氣，緊繃的情緒一洩而空。「你說得有道理。可是還得要蓋瑞先答應才行。」

＊

蓋瑞．史維卡同意再度擔任比利的律師，兩人的關係兜了一圈又回到原點。一九八六年十二月九日，他到富蘭克林郡立監獄去探望比利，這是他和茱迪．史帝文生第一次接這個案子之後的九年又一個月。

「記不記得，我第一次在這裡跟你見面時說了什麼？」

他點頭。「你跟丹尼說：『閉緊嘴巴，因為隔牆有耳。』」

「什麼也沒改變，除了我，不要跟別人說話。」

他點頭。

「你現在是誰？」蓋瑞問。

「艾倫。」

「我想也是。」蓋瑞說。「把我的話告訴其他人，要他們都合作。」

「我會盡量，蓋瑞，可是你也知道在這裡並不是我說的話算數。」

回到事務所，蓋瑞打電話給好朋友兼前老闆，年輕的富蘭克林郡公設辯護律師詹姆士．庫拉，告訴他他又同意擔任比利的律師了，而且是無償的。

「可是已經排定了聽證會，」蓋瑞說，「會決定他發生了什麼事，送到哪裡去治療，由誰治療。而且假釋局一直在邊上等著要把他丟進牢裡。我沒辦法一個人對抗休梅克跟假釋局。我需要本郡的公設辯護律師協助。讓你的辦公室正式接下這個案子，我來當你的同案律師。」

詹姆士．庫拉在協會會議裡一直保持沉默，看著他的朋友藍道．戴納在各方壓力下辭去了比利的辯護律師一職。一聽見有人提起蓋瑞的名字，他就知道只要蓋瑞接受，就需要協助，像比利這樣已審判的案件，法庭是不會批准高於一百元的花費的。

凡是腦筋正常的律師都不會無償代理這麼一樁錯綜複雜的案子。只有蓋瑞．史維卡那麼理想主義，只為了原則，就全力以赴去打一場贏不了的仗。這也是他欣賞蓋瑞的一個地方，兩人也越走越近，最後成了朋友。現在，即使是違反了最佳的判斷，庫拉仍無法拒絕。

「你說得對。」他說。「政治壓力太大了，別的俄亥俄法定團體都幫不上你的忙。我會指派處裡的人跟你合作。」

可是回到富蘭克林郡公設辯護律師事務處，庫拉手下的公設律師卻抗議連連，說他們手上的案子已經辦不完了，而且比利．密利根的爭議過多、太受矚目，他們沒辦法處理得很成功。

「這是你的案子，」茱迪．史帝文生跟他說。「你從一開始就應該幫比利打官司的。」

庫拉明白她的弦外之音。回溯一九七七年，庫拉指派茱迪和蓋瑞去負責一宗看似多起強暴案的官司，蓋瑞一回到辦公室，就說他跟茱迪都一個頭兩個大。史上第一起以多重人格疾患精神錯亂為辯護理由的案件，當然會引起全國注意，甚至國際注意，媒體和政客的炮火也必然不絕於耳。

當時，庫拉是公設辯護律師事務處處長，他實際接下的案子是手下稱之為「庫拉案」的官司——亦即處裡沒有人願意接手的討厭案件——委託人太難纏，委託人動輒開除律師，委託人性格分裂瘋狂。

蓋瑞跟茱迪老是騙他自己去接這類的案子，雖然在一九七七年他們沒能把他拉進密利根的案子裡，現在茱迪又故技重施。

現今比利成了殺人案的頭號嫌犯，假釋局局長又比以前更頑固，已經放話說有當局的「密利根條款」為後盾，他打算在法庭及心理健康局釋出比利之後，立即送他去坐牢。

「我們不能讓休梅克抓走他。」蓋瑞說。

「好吧，」庫拉說，「我來阻撓干涉，可是還是由你主投。」

史維卡和庫拉請求法庭重新指派史黛拉．凱若林醫生擔任比利的主治醫師，可是富蘭克林郡檢察官卻反對，說地檢署不認同凱若林，因為她不是法醫中心的員工。

馬丁法官裁決密利根仍羈押在哥倫布市的莫利茨法醫單位，等到兩個月後的複審再議。《哥倫布快報》在十二月十二日報導了這則消息。

密利根不得選擇醫師

……昨天不對外開放的法庭會議中決定，將密利根交由單位主任路易．林德納醫師治療，或該單位另一名醫師……

2

他們把比利關進莫利茨法醫單位，交由林德納管轄的那一天，比利才明白他不在乎了。他在房裡來回踱步，研究地板，數地上的方塊，決定要了此殘生。

儘管蓋瑞不斷鼓勵他，他仍然失去了一切希望。他知道司法體制不會改變，他們還是會把他從一家司法醫院轉移到另一家，同樣的循環，同樣的模式。他想像自己在未來的二十年、三十年坐在這類醫院的深處病房裡。

他不願再這樣子活下去了。

以前，他拿自殺當威脅的手段，挾制別人，但現在他到了再也做不出那種事的階段了。他已經體驗了自由自在的滋味，不必面對身為比利．密利根的缺憾，知道少了這個污點，他什麼都做得到，可是社會是絕對不會允許他滿足這份渴望的。

現在他只能做一件事，就是死。

往後無論他去哪裡——如果他還能去哪裡的話——他都可以獲得一個新的人生。他不知道死後的世界是什麼樣子，但是不管什麼樣子也都比這種推著旋轉門一直繞圈子，找不到出口要來得強。

他想出去。

可是要怎麼出去？

治療小組下令讓他二十四小時一對一觀察，這一次他連上廁所拉個屎都有人看著。這一次不是預防逃亡的監視。由於他有企圖自殺的病史，這一次是預防自殺的監視。

在混沌期，亞瑟、雷根、艾倫為了了而爭辯不已。

雷根終於接受了亞瑟的論點：對抗心理與精神的折磨，唯一真實而完整的反抗就是死亡。有意識地選擇停止一切，他們就能控制自己的命運。

他們選擇絕食。

決定一出，人人滿意。飢餓的痛苦只有頭幾天，一開始會產生幻覺和欣快的感覺，然後就不會再有生理的、心理的、精神上的痛苦——再也不會了。

絕食不是操縱別人的手段。他再也受不了被醫院剝削，被政客剝削、被媒體剝削。他沒辦法接受自己是頭號殺人兇手，殺了某個仍健在的人。

他分階段減少熱量的攝取，有系統的，讓年紀小的少受一點苦。亞瑟說必須先給孩子們心理建設，鼓勵他們要勇敢。他告訴他們搬進新家以前，不吃不喝是必要的步驟，搬家之後，每個人都會有自己的房間，不用跟別人擠。

這麼優渥的條件，哪個孩子能不心動？

生理系統一點震動也沒有。第一個星期過後，他不再感覺餓。目前總有一名值班人盯著他不放，每隔十五分鐘記錄一次他的行為，所以員工很快就發現，現在他一天只吃幾口食物。

護理紀錄上指示值班人要鼓勵比利多吃。

他們開始每天早晨給他量體重，後來又一天量兩次。後來他們威脅他要是不吃飯，就不給他菸抽了，他也只是聳聳肩，說反正抽菸有害健康。他並沒有告訴他們他的盤算。他們並不知道在他心裡他已經死了。

部分絕食幾天之後，他聽見亞瑟告訴年紀小的每件事都按照預定行程進行。「我們終於到了，到了等死的地方。你們會感覺到一點點痛，一點點餓。然後等真的發生了，我們每一個都會有自己的獨立空間。我們可以做一直想要做的事。這麼一來，你們每一個都可以整天在場子上。我們來世會再見面。」

當然是謊言，可是亞瑟也不知道該說什麼。

孩子挨餓的哭聲引發了激烈的爭辯，接著是說理，接著是全體達成共識。最後一次會議在第六天，最後一次人格改換，最後一次失憶。重生、達成結論——全部的他都接受死亡。然後，沒有了聲音——他的頭腦裡再沒有動靜。生平唯一一次，他真心想死。

對醫院的管理階層來說，他的拒食只是個笑話。

最後他完全不再進食了。

這時他們才不得不來處理密利根這個燙手山芋。他們還想要哄騙他，他知道他們以為他是在跟他們玩談價碼的遊戲。

「跟我們說你要什麼。」

言下之意是：我們滿足你的要求，你就進食。

「我什麼也不要。」他說。「別管我。」

他並沒有宣告，就是某一天直接不吃東西。換班的時候，紀錄上多了一條。一九八七年一月二日：「比利一天都沒進食。留意他。可能病了，或感冒了。」

當晚吃飯時間，值班人問：「喂，你不餓嗎？」

他只是搖頭，帶著微笑。

「你是不是嗑藥了啊？」

比利仍是微笑。

「好吧，你既然不想吃，就算了。」

第二天比利也不吃早餐，醫師進來給他檢查。「別管我。」他說，低頭看著地板。「我很快樂，我很滿足。別管我。」

「給他驗血。」醫生說。「看他是不是吸毒了。」

驗血的結果是陰性的。

頭兩天，媒體指控他私運食物進去，心理健康局帶陌生人來看他。

緊接著他連話也不說了。

知道他們不再有力量控制他，他得到極大的喜悅。知道他自己掌握了人生，只因為他會死，而他們得抬著他步下樓梯，把他的屍體弄出去。無論他們有多麼想囚禁他，卻關不住他的腦子，而現在他們也關不住他的身體，因為他要走了。

他發現，這些日子竟然是他一生中最快樂的時刻，不禁訝異。他看得見結局，很快就結束了，他心滿意足，這一生他不無遺憾。

他為別人感到難過——那些曾被他利用的人、被他傷害的人，他精神錯亂時攻擊過的三個女人。

可是他不再為自己感到難過了，因為他走在出口的路上了。他當然會想變成牆上的蒼蠅，看看他們在他走後會說些什麼。但，繼而一想，他才明白管他的呢，隨便他們愛說什麼吧，他只急著等下一步。

現在，就在他的胸膛裡，他感受到一種灼熱，把他的心臟給扯掉了。有一部分的他說：「快呀！還等什麼……採取下一步吧。」可是卻有一小片求生本能低聲說：「不要……不要……」

痛苦不是生理上的，而是真正在心臟裡極為劇烈的心理痛苦——他這一生所有的焦慮苦難都棲息到了這裡，好痛，痛得好深。

他知道靠酒精或是毒品，可以暫時壓制，可是一清醒，它還在那裡，這時候你就知道該走了，顯微鏡是察看不出來的——可是它是存在的，就像皮膚底下有火在燃燒。

斬斷這種痛苦的唯一方法是同意死亡，決定死亡就扣下了扳機。

接受自己的死亡也就讓痛苦消失了。

他不知道自己的生父強尼．摩里森在密閉的車庫裡發動引擎之前，是否也有同樣的感受。

他飛臨在痛苦之上……

然後幻覺開始了。

絕食十天，他看見了連想像都想像不出的東西，成千上萬的鳥在窗外飛翔，真實得讓他問其他人格：「有沒有看見？」

還有五彩繽紛的光，紫紅色——豔藍色——美麗驚人的色調——他東張西望，看顏色是哪裡來的，可是卻找不到源頭。

是死亡的景象和聲響。

讓他想起了那次查默活埋他，他才八歲大，快滿九歲了，丹尼看見過死亡的顏色……

3

六月中旬的早晨，玉米長了兩呎高，朝陽灑在露珠上，閃閃發光，擋風玻璃上有雨點。

小比利在卡車上等，穿著灰色絲光卡斯布襯褲、T恤、藍色無鞋帶平底鞋。

查默從屋子裡出來，走得很快，順便繫好點二二手槍的槍套。

他把檔打得很猛，一轉就出了車道，輪胎吱吱叫。

比利看到查默駛離了二十二號公路，轉進石牆墓園路，他忍不住害怕，可是查默跟他說不要下車。比利看著查默走向那個有十二面牆的最小的墓地，雜草太高了，看不見查默在做什麼，可是等他回來時，他的樣子似乎平靜得多，兩人繼續北上，走二十二號公路。那是個奇怪的小墓園，他聽說過崇拜惡魔的人的故事，還有那個被埋在那裡的小男生的事。

他還納悶，不知道死掉是什麼意思。

到了山頂，查默在綠洲酒吧停車，半個小時之後才出來，帶著半打啤酒，一路喝到農場。他把牽引機卸下來，丟給比利一把鋤頭，要他把玉米田裡的雜草鋤掉。

查默駕著牽引機從山坡上下來，比利還認真地看著地面鋤草。猛然間，查默的拳頭打中了他的腦袋。

「後面有棵草漏掉了，天殺的！」

比利眨掉眼淚，躺在地上仰望生氣的巨人。查默走向穀倉，拿著啤酒大口灌。他在穀倉裡忙了一會兒，然後大喊：「給我進來！」

比利磨磨蹭蹭到了穀倉門口，不敢進去。

「拿著，」查默說，指著一個圓盤，「讓我穿個螺釘進去。」

比利剛扶穩了，讓他拴上了螺釘，查默就從後面使盡力氣打他的腦袋。比利給打趴在地上，嚇得不知所措，趺在耕作機的上面。查默從後面過來，拉出打人的紅色橡皮水管，迅速套住比利的手臂，往後拉，綁住他的雙手。

比利又哭又叫，腳跟卡進土裡。

「你知不知道你媽是個婊子，你是個小雜種？你知不知道你媽根本就沒嫁給強尼．摩里森？所以你是他媽的猶太小丑跟婊子生的小雜種！」

比利拚命想掙脫繩子。「我不相信！」

查默揪住他的褲子後腰跟頭髮，把他拖到外面。比利想起了引泉屋，查默曾把他綁在工作檯上強暴，比利以為他又要把他拖到那裡面去。可是這一次，查默反而把他拖向玉米田，把他推在一棵樹上。比利放聲尖叫，查默掏出了他的點二二手槍。「再叫一聲，小兔崽子，老子就宰了你！」

查默解開了他的手，丟給他一把鏟子。「挖。」

比利閉上眼睛，只剩模糊一片，最後是黑暗。

*

丹尼抬頭看，不知道他又做錯了什麼，惹得查爸這麼火大。「怎樣了？怎樣了？」

「挖條水溝。」

丹尼謹遵查默的命令，挖了條水溝，大約有三呎深六呎長。差不多完工之後，查默喝完了最後一罐啤酒，把罐子丟掉，抓起鏟子。「他媽的窩囊廢！像我這樣挖，鏟子直直插下去，像這樣。然後一腳踩上去，往下壓，再把土丟掉。」

他把一鏟子泥土往丹尼臉上潑。「我不能事事都教你，你這個婊子養的！」他把鏟子一轉，直接往丹尼的肚子上打，丹尼痛得彎下腰，倒在地上，查默又抬起腳把他踢進水溝裡，踩住他不讓他上來。

越來越多泥土打中他的臉，丹尼不斷扭動，他抓住靴子，想要推開，結果害查爸一個重心不穩，險險跌在他身上。查默又掏出手槍，指著丹尼的頭，空著的一手伸過來，抓住一條生鏽的爐管，猛抽丹尼的臉，割傷了他的皮膚，然後他把爐管的另一頭靠在水溝壁上。

「用這根管子呼吸，不然你可就憋死了！」

他不停把土往溝裡鏟，丹尼可以感覺那隻腳踩得很緊。泥土在他身邊堆了起來，丹尼突然覺得好涼，他的臉幾乎不能動。他覺得把膝蓋往上推，搞不好可以推開泥土，可是查默又會開槍射他。說不定他要是靜靜躺在溝裡，查默就會走開。

他聽見查默在大喊大叫，好像是對著天在尖叫，他聽到鏟子砰砰響，像是他拿鏟子在打樹。接著他感覺到查默在他身上走，又停下來，他覺得胸膛像要爆炸了。忽然間，有水從爐管流進了他的臉、眼睛、嘴巴，他聞到了查爸的尿，忍不住嘔吐，又嗆到，不停咳嗽。

原來死掉就像這樣……

他只想著媽跟凱西會不會沒事。

還有吉姆會不會從民間航空隊回來照顧她們？

接著他感到查默的靴子又踩到他身上，但這一次他是把一些泥土踢開，然後空空洞洞的。

*

大衛上場來承受痛苦。

他的腦子裡各種聲音咕咕呱呱，雜亂無章，只有雅德蘭娜的聲音甜美清澈，唱著歌哄孩子們安靜。「二十四隻黑鳥烤成派……派打開來，鳥就開始唱……」

湯米忙著掙脫打結的繩子，卻白費力氣。

艾倫踢穿了地面，把泥土推開。

丹尼爬了出來，咳個不停。

查默解開了繩子，拋了條濕毛巾給他。丹尼擦掉臉上、脖子上、還有腿上的土。他盡量跟查默保持距離，可是每次查默轉身，丹尼就嚇得跳起來，隨時準備逃跑。他一句話也沒說，只是抽泣，完全不敢靠近那個瘋子。

回家路上，查默又在綠洲酒吧停車，在裡面待了一個小時左右……

＊

比利睜開眼睛，很奇怪頭髮裡、耳朵裡怎麼會有那麼多土。他習慣了在農場會弄髒，可是這麼髒也太離譜了，然後查默從綠洲出來，拎著六罐藍帶啤酒。

查默爬上卡車，紅通通的眼睛怒瞪著他。「你若敢跟你媽說，下一次我就把你埋在穀倉裡，跟那個婊子說你逃家了，因為你不喜歡她了。」

比利本來要問跟媽說什麼，可是沒敢問。

查默上了二十二號公路，把假牙弄得喀噠響，還把假牙摘下來，露出恐怖的笑。「只要你多嘴，惹出麻煩，你就可以坐在這裡，看我把你媽踢個半死。」

比利知道他不能跟任何人說。

回家後，他到浴室去，出來之後就躲進了地下室，他把顏料和蠟筆都放在後面，他在地板上坐下來，全身發抖。他嚇壞了，又生氣，咬嘴唇，咬手，前後搖晃，默默哭了一個多小時。

他不能讓媽媽發現。因為她要是敢說什麼，查默又會打她，搞不好還會殺了她，而他不想讓那種事發生。

他希望時間會走開……

從那時開始，比利知道他必須想辦法保護自己，他不再是這個家的一分子。就算他還太小，打不贏查默，他也必須想辦法抵抗他，活下來。

所以他躲進了心裡，時間越來越長，醒來之後總在不同的地方，昏昏沉沉、迷迷糊糊的。

開學了，他又擔心萬一他在不同的地方醒來，他會惹上麻煩。他仍然尊敬老師和校長，可是不管誰說什麼都不再有意義了。要是有人想攔住他不讓他走出教室，他就只是繞過去。查默做出了那些事之後，他什麼也不在乎了。無論誰做什麼都傷不了他。別人對他再壞，也壞不過他經歷過的事。

往後五年，查默強暴他、凌虐他，一直到他十四歲那年，可是他熬過來了。要是連查默都打不倒他，就什麼也打不倒他。只有他自己想死、想埋葬自己。

4

一九八七年二月十七日《艾森斯訊息報》頭版刊載了美聯社的報導：比利·密利根絕食抗議三十四天——主張他有死亡權。

蓋瑞·史維卡向美聯社的記者透露，密利根要求他代理他打死亡權官司，如果他不願，也請幫他找到願意打這個官司的律師。蓋瑞跟記者說他和詹姆士·庫拉尚未決定如何著手。

密利根已緊急送入考爾梅山醫學中心的急診室，治療營養不良後又送回莫利茨單位。

「心理健康局打算上法院申請強迫餵食。」庫拉告訴密利根。「你要我怎麼做？」

「我要大家都別管我，讓我靜靜地去死。」

「你確定？」庫拉問道。

「喂，你要是不想為我的死亡權抗爭，那我就自己來。」

「好吧，既然你決定要這麼做，」庫拉說，「我是你的律師，我會去奮戰。我一向的立場就是為委託人奮戰，無論他們的理由是什麼。我不去決定什麼是最好的，我只把所有的事實呈現給委託人，讓他們自己決定。而且我代理過許許多多的人，他們一絲不掛坐在牢房裡，有人經過他們就亂丟糞便。可是我還是認為他們應該自己作決定。這是我的原則，我對你也是同樣的原則，比利。」

「我已經作好決定了。」比利說。

於是庫拉去做功課。最近有個案件，一名聲稱是瘋子的女性，以宗教為由，拒絕就醫。俄亥俄州高等法院同意了，判決書上說一個人有自由決定不接受強迫的治療。

這件案子才剛發生沒多久，庫拉為了研究先例，還得借閱俄亥俄州高等法院的判例快報，上頭還有改正句法的手跡。

一九八七年二月十九日，他出庭為比利的死亡權力爭。儘管他知道贏了官司，比利的命運也就底定，他還是真心真意地辯論。他不願意看著比利被綁起來，拚命掙扎，而他們用管子強迫餵食。

法庭同意了，一九八七年二月二十日，《哥倫布快報》的頭條如此寫道：法官說絕食中的密利根不想吃就不必吃。

接下來——因為密利根並不是以退為進，也不是以死相脅，因為他什麼要求也沒有，也沒下最後通牒——媒體把絕食抗議改成了死亡絕食。

這麼一來，醫院員工和心理健康局簡直是不知所措。本來他們很肯定自己在法庭上贏了，現在才明白了過來，他們最惡名昭彰的病人，在他們的監護之下，將很快死於自己的意願。

比利很愉快，知道自己終於完完全全控制住不久後的將來。

他可以從玻璃牆看見那一堆的大人物：柴克曼院長，林德納醫師，還有一名心理學家，一名社工，教育部主管，護理部主管，一、兩個他不認識的大官。

他們當面質問過他幾次，設定規矩，可是不管用。接著他們又嘗試操縱他，說自殺違背了他的宗教，還帶了一名牧師來。

他一點反應也沒有，某人就指出他的母親雖然是天主教徒，紀錄上卻說他的生父是猶太人。所以他們又找了個猶太教士來。教士一聽說比利三十二歲，就說：「哇，你是想打敗耶穌的紀錄啊？」

每個人都一直追問他想要什麼，他只說：「什麼也不要。」

可是他們還是假設他一定是有所圖謀，只要他們能弄清楚他究竟是要什麼，滿足他的需求，他就不會繼續胡鬧，再搞什麼絕食了。

《死亡警戒》這一家媒體每隔一小時就打電話來查問他的狀況，他心裡想：哇塞，他們可真關心啊。

一個護士哭著求他吃飯。

他察覺到員工及管理階層漸漸同情起他了。他們很討厭目前的情況。他們感到束手無策，知道自己打輸了，也知道他們是在跟一個一心求死的人講話。

他這時才明白查默．密利根教會了他消極的抵抗。一旦他能夠承受折磨而不崩潰，別人就再也拿他沒辦法了。

他的胃腫脹，牙齦一碰就流血。視線模糊。把手挪到眼前，只看到空中殘留的手指影像。

他半夜三更醒過來，全身冒汗，大聲對世界說：「還有什麼招，只管使出來！」

他拖著身子走到水槽邊，看著鏡子，只看見蠟黃的、凹陷的眼睛，掛著很深的黑眼圈。形容枯槁，身體衰弱，他知道就剩一口氣了。眼前一陣黑，他強自撐持，喝了口水。他覺得很奇怪，少了什麼似的。他側耳傾聽聲響，除了沉默，什麼也沒聽到。

他這才明白他們都走了──亞瑟、雷根、湯米、丹尼、大衛跟其他人。沒有聲音了。沒有裡面的人了。不是因為服藥而融合了。不，是由內而外發生的。秘訣必定就在這裡了。在他個人的黑暗來臨之前，以一個完整的個體回來，這就是他最後的現實。

他現在只是「老師」，一個忠實的朋友都沒有。

他默默呼喚他們，卻無人回應。

失去了他們，他哭了。

死亡治療讓他融合了。

*

然後「老師」開始大聲說話。負責監視的值班人聽見了，還以為是迴光反照，就通知了管理階層。他們半夜三更趕過來，圍在他身邊，等待他嚥氣。

「老師」突然想到，就算他改變了主意，開始進食，只怕也為時已晚。

一方面他覺得左右為難。他贏了，他們讓步了，這段期間他們學了不少教訓——在治療病人方面，他們做錯了。因為他，他們的態度已經有了改變。

現在就快到落幕的時候了，他又不無遺憾，希望為其他病人做的不止這些。要是有所改變是要付出這個代價，那麼不自殺的話，他是不是能夠多扭轉什麼？

不能打敗他們，就加入他們，他心裡想。

是他自己的想法，並不是裂解的想法。問題是他不知道該怎麼加入他們。雖然他們一直在鼓勵他加入他們，說的話諸如：「你可以幫我們了解制度的缺點啊。虛擲生命太浪費了。」

「要是我沒死，你們能保證我會怎麼樣？你們能跟我說我什麼時候可以出院？你們能教我如何展開新生活？」

「我們會盡力，比利。」

「你們能給我一個人生的遊戲計畫，保證會信守承諾？你們會聽強生法官的命令，幫我找一個外聘的醫生？」

這個刺激讓他們動了起來。

他們開始協商請新醫師的事，也更願意送他到俄亥俄州境外鑑定。他們同意在兩個月後的聽證上請求法庭讓他出院。

「我們得給你一點教育，教你一點技能，你才能自給自足。我們該做什麼才能讓你覺得我們是認真的？」

他有了一個想法。電腦。

他想起了法蘭克．波登用電腦提供的資訊駭進了某個系統。要是他們肯讓他動用社會安全的錢來買一台電腦，就表示他們是真心實意的，他們重視諾言，也遵守遊戲規則，然後他就能滲透心理健康系統的檔案，知道他們是不是又後悔了。要是他們說謊，他總是還可以再去死。

波登說過，要想摧毀某個系統，你得創造一個邏輯炸彈，把系統內一切紀錄都抹除。說不定他可以自學，寫出一個程式來，要是他們言而無信，他還可以在墳墓裡報復。一想到這念頭，他就心癢難搔，忍不住嘻嘻笑。

他並沒有意思要跟他們協商，他告訴自己。這只是他最後的妙計……他的最後勝利。就跟他的生父在密閉的車庫裡發動引擎，在遺書上留下最後的蠢笑話一樣：

「媽媽，狼人是什麼啊？」

「別多嘴，去把臉上的毛梳一梳。」

啐，他可不會像強尼．摩里森一樣，只是個失敗的脫口秀演員。在他死之前最後一個笑的人會是他，光為了這點，就值得再活一陣子。

「要是你們肯讓我拿社會安全的錢買電腦跟相關設備，」他跟他們說，「我就吃一個花生醬三明治。」

他們同意了。正式核准要等上幾個星期，不過他們擔保他會得到電腦。

等他們走後，他躺在枕頭上，瞪著天花板，虛弱地微笑。既然他決定活下去——決定求生——他的新原則就是待在這個星球上，把每個人都煩死。

二十四、電腦駭客

1

聽證會不到一個月的時間了，為了準備，庫拉必須把比利的所有病歷從頭看起，可是得動用到傳票才迫使莫利茨單位允許他翻閱比利的檔案。

他帶著法庭命令，跟著醫院的保全警衛進入一間四乘四、沒有窗戶的斗室，只擺了一張小桌子、一張椅子。比利的病歷——大多是手寫的行為描述，有時候是每隔十五分鐘的觀察紀錄，還有醫師的報告，可追溯到入院後的小組會議紀錄——從地板直堆到天花板。庫拉心裡想，管理檔案的人可真是幫了律師的大忙。

*

三月二十日的聽證會上，比利對於緩慢的程序十分不耐，要求有權盤詰一名精神科醫師。強生法官的裁定是比利已有律師代理，再者他有心理疾病，所以不得盤詰證人，比利一聽就說要開除律師。

強生法官拒絕，再度確認富蘭克林郡公設辯護律師詹姆士·庫拉是密利根的律師，蓋瑞·史維卡也是同案律師，不支酬勞。

然後強生將聽證會延期到四月十七日。

西碧兒的心理分析師柯內莉雅．魏伯醫師十一年前曾診斷過比利，她作證說俄亥俄州並未給密利根適當的治療。

「莫利茨法醫中心是監獄。」她說。「要是給予他適當的治療，現在他早已經痊癒了，已經是一個正正當當工作的納稅人了。」

她推薦由史黛拉．凱若林醫師繼續治療他。

助理檢察官邁可．伊文斯反對，說心理健康局希望由席拉．波特來治療密利根。波特是一名有精神病學背景的社工，會在一名精神科醫師的監督下工作。

庫拉向法官表示比利逃走是因為他相信有醫師意圖對他不利。論戰的重點放在醫師間對治療的不同意見以及對適當藥物的分歧看法上。

說起藥物來十分的可怕，因為據庫拉所知，幾乎每一種藥物都曾用來治療或是壓制比利。他覺得精神醫院，尤其是州立精神病醫院，在現代的聲名狼藉，因為他們使用藥物而不是用束縛衣來麻木病人，特別是具破壞力的病人。

比利始終是一個鬥士，總是想要跟他們對抗。現在他說他怕他們要搶走他的想像力，從根鏟除他具創造性的心志。精神醫院的目標究竟是幫助比利，還是要讓他一直由他們監管？

可是庫拉也知道，無論是哪個法官、哪個陪審團，都很難讓他們信服你是出於必要逃亡的，因為體制內有人想以他們的治療殺害你，都說監護人是邪惡的人，這樣的論點很難讓法庭採納，因為法官也是司法的一部分，他必須支持司法。

一九八七年四月二十日，強生法官裁決，密利根必須在重警備的莫利茨法醫單位再治療兩年。

庫拉說他會上訴，就連州政府的證人都指證比利只對自身有危險。「而他對自己有危險，」他說，「是因為他關在莫利茨。」

直到後來，庫拉祭出傳票，調來了假釋局的紀錄，才發現他知道何以強生法官會採取強硬的立場。

約翰．休梅克局長私下寫了一封信給強生法官，強硬要求法官將比利交給假釋局，該局會把比利關回監獄，等候新的假釋庭。休梅克主張該名犯人逃亡後是由假釋局發出通緝令的，所以理當由他們來羈押密利根。

可是庫拉也知道極少有犯人在這類的聽證庭之後獲得假釋。假釋局自有它的一套法律，在犯罪矯正系統裡要風得風要雨得雨，不聽令於任何更高的機構，而且任何判決都不得上訴。他跟史維卡都覺得讓比利落入休梅克之手，無異死刑。比利可能在監獄中自盡，也可能看似自盡卻死因可疑。

他們逐漸了解強生法官用心良苦，唯一能讓比利避開坐牢厄運的就是要求心理健康局以及法庭持續對比利有裁判權。庫拉得知強生其實是站在比利這一邊的，著實吃了一驚。

2

治療小組以及大多數照顧比利的人都很高興，比利計畫要學電腦了，他們早就想說服他學個技藝，等他痊癒出院了，就有除了繪畫之外的第二個謀生技能。

他說明他願意拿社會安全基金來付學費，因為他不想透過心理健康局的採購課來買相關的用具。「我需要電腦桌、纜線、程式來自學打字，我可不想聽保全部囉嗦，在我還沒用電腦以前，就把電腦拿去通過金屬探測器，把裡頭的東西都刪除掉。」

心理健康局下令只要與密利根的電腦有關的東西一律直接送給他的社工，在東西送抵的同一天就送到密利根的手上。

他們也迎合他的要求，不再對媒體釋放他的消息。他不要媒體知道他是在何種條件下同意停止死亡絕食的。對外只能說院方穩定地供給營養，他正緩慢地恢復力氣。

有天下午他的東西送來了，他領了出來。一樣也不少。他暫時不訂數據機，因為他不確定數據機究竟是怎麼樣的功能，可是他很肯定警衛也不知道。他只是回想波登說的話，纜線連結電腦——透過數據機——接上電話線接孔，就能夠從外在世界得到想要的資訊。

而資訊一向就是他最大的平衡桿。

他改變了主意，又訂了數據機，還有電子通訊方面的書。

心理健康局跟他說他一面學電腦，另一方面盡快開始治療也是很重要的事。因為他不信任中俄法醫單位的人，所以他最後同意見見那個心理健康局預備聘請來當他的主治醫師的社工。

庫拉提醒他席拉．波特從他的案子一開始，也就是回溯到一九七七年，她就插手了。身為有精神學背景的社工，她也是治療小組的一員，同事則有桃樂絲．透納醫師及史黛拉．凱若林醫師。事隔十年之後，法庭又指派她來讓比利活下去。

他通過金屬探測門，進入會客室，就看見她在打量他。她倒是一個纖瘦的女人，黑眼犀利，黑髮藏在帽下，很時髦的樣子，皮膚潔白如瓷器。長指甲修剪得很整齊，塗著鮮紅色蔻丹，跟口紅色調一樣。波特跟他記憶中的模樣不同，而且也不像他見過的心理醫師。

她面前擺了黃色便條紙，她匆匆寫了些字。比利料到她會做筆記——每個心理醫師都做，可是他們都還沒開口說話呢，她有什麼可寫的？

3

席拉．波特的筆記：

一九八七年五月二十二日——七點——下午八點半。

外表——有些邋遢，十年的光陰讓他老了，也憔悴了。

我相信「比利」在場，雖然提到的時候總是說「我們」。他很孤立無助，表達出自殺的想法，也深信一輩子也得不到自由。他的眼神死寂，他病得非常重，非常非常重。是「反社會型人格異常」嗎？

比利自願來到會客室，談話也並沒有勉強之意。他說還記得我，不想要我「蹚這淌渾水」。恨透了他是政治犯，永遠也不會獲釋。

好幾次重複說他沒有危險，沒有在華盛頓殺人，除了一開始的強暴案件之外，沒有犯過法。

他說必須拒絕我擔任他的主治醫師，理由有二：

一、在這樣的時空背景下接受治療會妨礙他請求較開放環境的上訴——「治療不能只有談話。我需要學習在社會上生活，需要學習帶著我的病生活。」

二、由社工建議出院無論如何抵不上精神科醫生的一句話。他怕我的報告上不了法庭，心理健康中心會橫加干預。

最後談到他在公設律師事務處的工作，談到他覺得是凱若林醫師和林德納醫師鬥爭的犧牲品，談到他的逃亡、逃亡途中的活動，以及被捕的情況。

他立刻就施展三寸不爛之舌，討價還價，但差不多是半真半假。談到少數幾段自由的時期，他的神色一亮，但火花也迅速熄滅。他目前：

一、不信任別人——想要孩子無條件信任父母的那一種信賴，可是每一個類似父母的角色都讓他失望。

二、沒有痊癒的動機——非但覺得何苦來哉，也認為減低防衛再試一次會不會反倒遭致毀滅？

4

比利不知道該不該信任她，有人警告過他誰也不能相信。詹姆士．庫拉跟他說過，只怕心理健康局是在玩什麼把戲：讓席拉．波特提供治療，然後又中傷她的意見，引入更符資格的專家來說密利根需要待在重警備的單位。

比利想要信任她，想跟她合作，可是他中過太多次暗箭，害怕讓自己去相信這一次不一樣。要是他能抓住什麼把柄，以防他們又惡整他就好了。

他通過安檢，往病房路上走，一面尋思。忽然，他聽見有人喊：「密利根的電腦玩意在樓下。」

他的數據機到了！

他叫值班人每天都帶他到健身房運動。他戒了菸。繪畫，研究程式設計，研究電腦。幾時准許他繪畫也有過爭議，可是據走漏出來的消息說，潘．海德局長下了命令，讓比利愛什麼時候畫就什麼時候畫。要是他三更半夜醒來，想要繪畫，就讓他畫，比利猜她是不想再上報了。

員工漸漸了解密利根幾乎是想做什麼都可以，而且也隨他想什麼時候做就什麼時候做。潛規則是只要跟他合作，他就有可能早早離開。這段時間安靜無波。

比利花了幾個星期的時間駭進心理健康局的電腦紀錄，但起初他並不想下載什麼東西。他駭進去只是想摸清楚是怎麼回事。一開始很慢，反正他有的是時間。他提醒自己：等你有了資訊，也摸透了系統是怎麼運作的，就誰也不能糊弄你。你可以拿他們用來控制你的力量對付他們。這就是他的角度。他會慢慢等，同時學習如何控制想要毀掉他的系統。

而在此同時，既然他們實踐了承諾，給了他電腦，他也會遵守他這邊的交易。他告訴席拉．波特他隨時可以合作。

二十五、比利到此一遊！

1

席拉．波特的筆記：

一九八七年六月三日——有電腦的圖書館內——對電腦的亢奮——自己的設計——破解棋賽密碼——忙碌、活躍、較少無助感、提出教育計畫。仍提防我與心理健康局共謀。有趣的反應——容稍後思索。提到需要不貳過的計畫。

一九八七年六月十一日——不舒服——頭痛——在房間內——秀電腦——秀設計。說他對教育計畫有興趣——仍提防，但稍有進步——相處融洽。討論畫家魏斯。

一九八七年六月十二日——會客室——帶畫給我——解釋何以不接受或不討論教育計畫——質疑心理健康局何以現在又對他有興趣。談到不知服從。麻煩。我問「其他人」——他不想多談——畫風——「他們會的我都會。」

六月十七日——他談起……失蹤的人——電腦怪胎——暫住幾天。有天波登駭入銀行電腦，偷走十七萬八千元，遁入加拿大。「我幫他拿到新的證件，是用我自己的錢——怕會牽連到他的贓款。從強暴案之後我就沒有犯過罪（顯出自豪）。

早先的犯罪——當俠盜——看見一名婦人在西五街吃狗食——搶了食品券店。誰做的？雷根和——然後——全部送人。他們是誰？討厭鬼。不做事。

藥物幫了大忙。現在可以當比利，可是忍不住腦子裡的放影機咯噠聲。盡量——盡量保住意識——有些日子簡單。有些日子四十到五十次。史黛拉說要小心艾倫。艾倫騙過她。

六月二十七日——會客之間與會客期間有些許的不同——他是在改換還是在掩飾？（找史黛拉談）……

六月三十日——看似憂鬱、壓抑，遺失四點半至晚上七點半的時間。說經常發生——沒有固定模式——就只是行為舉止不像別人。唯有服藥後覺得正常。醫師說瞳孔擴散——說跟我談話時沒有，但白天時發生多次……他是否耍手段弄藥？還是真的出事了？

離開西雅圖之後服藥。一號化名克里斯多福．考爾。認為服藥的話可能不會被捕。干擾集中力與功能性——與克里斯多福討論，提及擁有新身分的美妙之處——沒有過去——可以讓人引以為榮。

七月八日——承認有數次「腦中的眨眼」——明顯，回來，極力想「跟上」談話——微恙？——是什麼？他說雖然不是不同的人，但不同是不是更細微了？確實不同——是誰在這裡？……

七月二十二日——我們談到他的幼年，我問他對生父的記憶……他說生父是娛樂圈的，跟吉米．杜蘭特是好朋友。他說有小時候跟兄妹合照的照片，坐在杜蘭特先生大腿上。

2

比利告訴她強尼·摩里森有極佳的幽默感，對孩子寵愛有加。其實強尼跟桃樂絲夫妻感情並不好，因為他沉溺賭博，無法自拔，比利四歲他們就分手了，強尼還曾幾次自殺。

他憶起了母親的恐懼，不付強尼的賭債，孩子可能會遭綁架，要求贖金。他記得桃樂絲急急忙忙收拾行李，他們四個人搭上了飛往俄亥俄州哥倫布市的飛機，機上只有他們四名乘客。

席拉·波特問他覺得自己跟強尼·摩里森哪點像。「第一個像的地方是，」他說，「幽默感。還有強尼是猶太人，我的眼睛跟頭髮像他。」

「你覺得自己也有他的表演天分，跟他的憂鬱傾向嗎？」

他揉揉腦袋，點點頭。「算是類似的特質吧。」

＊

比利聽說庫拉的上訴被駁回了，心理健康局又害他失望，他再一次感覺到儘管他們口頭上承諾得好聽，他們卻要讓心理健康局的官僚把他關起來，爛死在見不得人的病房裡。

他並不怪席拉·波特，可是他決定現在要讓心理健康局那些大人物吃點苦頭了。

他知道心理健康局的電話交換台，而且他也做了個檔案，記下了每一個可能的電話，序號多達一百個。

他熬夜撥電話。第一次接通到心理健康局，他連上的是傳真機。沒有用，可是也很接近了。最後，他接上了電腦的號碼。他發現大多數的檔案都是經由微波傳送送抵心理健康局紀錄中心的，而需要運用或儲存的資料就下載到各科室的電腦裡。電腦技術員把他們的電腦打開，訂購單、運貨清單、員工紀錄、護理筆記、病人的用藥史都由主機接收，再儲存到紀錄中心的電腦裡。

他大剌剌進了他們的資料庫。晚上十一點半左右，感覺上好像試了一千多次，忽然之間他就看見了螢幕上閃動著一行字：

俄亥俄心理健康局

他進去了！

他興奮得在椅子上彈上彈下，程式的選單閃現出來：

一、文字處理

二、資料登錄

三、電傳通訊

他開始查資料，他思考過植入病毒的可能（放個邏輯炸彈，可以遙控）萬一他們食言而肥，他可以報復。可是他得要慢慢摸索，做秘密入口，留下逃生的通道，才能登出而不留下他來過的痕跡。

拉出一個目錄，他找到了他們的選單檔，複製了閃動序列，會讓內文在螢幕上明滅不定。

他使用他們自己的編輯程式，打下了：

比利到此一遊——哈！哈！哈！

文字出現之後，他讓它閃光，儲存，接著想辦法刪除，可是卻沒辦法把他打的文字從系統的檔案裡叫出來，他被困在裡頭了。

天啊！他心裡想。要天下大亂了！他知道等明天早晨輸入資料的操作員打開電腦，他打的字就會出現在所有人的螢幕上，而他絕對沒有辦法阻止。

他趕緊把房間收拾好，因為他知道明天早上一定會有大搜查。他拔掉了所有機器的插頭，把磁碟都做了備份，然後上床睡覺，他估計九點一過警衛就會出現。

*

隔天早晨電腦資料操作員到心理健康局上班，展開固定的作息。喝咖啡，上廁所，聊天聊到八點半上班的訊號響。然後所有的操作員俯身打開電腦，選擇需要的資料登錄表單方塊，預備進入程式。

可是今天，平常閃動的標題和程式選單沒有出現，螢幕上赫然出現了另一行字：

房間裡一片低沉的聲浪，資料課課長大喊：「別動！誰也別動！這是怎麼回事？」她衝出房間，還不忘回頭提醒大家。「誰也別碰電腦，可惡！什麼也別碰！」

她搭電梯，下去第十一樓，看見別人也從電梯出來，慌慌張張地在走廊上跑，而且全都朝一個方向跑——潘．海德局長的辦公室。

有人比她先到一步，從敞開的門傳出了焦灼的叫聲：「是誰讓那個混蛋靠近電腦的？」

*

他坐在交誼廳裡，等著警衛過來。大約九點半，他果然聽見鑰匙聲，還有鞋跟敲在地板上，他微笑了。

病房門砰地打開，一個警衛大吼大叫：「查房，密利根！」

他聳聳肩，走出房間，對著門口瀟灑一擺手，請他自便。

他們想叫他也進去親自監督他們搜檢他的東西，可是他拒絕了。「聽著，我知道你們這些傢伙想幹什麼，我可不會還幫著你們當見證，除非是我死了。」

「天殺的王八蛋！」

社工站在外面，警衛把他的衣服丟出來，有人把他的印表機丟在地上，踢出房間。

「喂，小心點。」比利說。

「沒收了！」警衛厲聲喊，扯下了螢幕和電腦的電線。

「打破了你得賠。我可是拿我自己的錢買的。」

他們把他的東西都丟到房間外，尋找他的磁碟片。一名警衛找到了三個空的磁碟盒。「東西呢？」

「寄出去了。」他說。大半夜的，他當然沒有時間去寄磁碟，可是他們竟然沒想到這一點，他其實是把磁碟藏在交誼廳裡。

「幹嘛拿走我的衣服？」他問道。

「你是安全上的大漏洞，密利根。」

「我又怎麼了？我一直坐在這裡看電視啊。」

「你一定是幹了什麼好事，」警衛兇巴巴地說，「因為天下大亂了，而且要把你再弄回去自殺觀察。」

為了懲罰他，他們又把他丟回去一對一監視。管理階層一直到午餐後才有人下來，一名警衛帶他到治療小組室，他看見了林德納醫師，還有潘．海德的個人秘書柴克曼醫師，護理課的課長，全都是層峰的大頭目。

「你知道我們可以控告你觸犯了聯邦法律和重罪？」

他聳聳肩。「我有精神病耶。你們能怎麼樣，把我送進醫院嗎？」

他已經學會了玩他們的遊戲。

「我們可以讓你生不如死，你覺得轉回岱頓司法醫院怎麼樣？我們應該請法庭釋放你，讓你回去坐牢，我們就能控告你了。」

這句話惹惱了他。「你給我等一等！我有電腦已經好幾個月了。你以為我都在幹什麼？

我是把你們檔案裡的什麼資料刪除了？你們最好想清楚——比方像是付給你們喜歡的合約商十一塊九買一盤食物，還有你們跟販賣機公司的安排，你們從岱頓運送食物的費用，下載員工的個人資料。」

他看見他們兩人交換了一個眼色。

他霹哩啪啦地說個不停，心裡明白他們不可能知道他究竟把他們的紀錄怎麼樣了。

他是分析了他們的一張帳單才得知這些事實的，現在也深信他的假設沒有錯，眼前他必需要讓他們相信這不過是滄海一粟，他從他們的檔案裡得到的資訊還要多得多。除了暗示他知道超支及違法的合約之外，他還暗示他進入了他們最重要的資料庫，也就是精神病患的病歷，張揚開來的話他們的形象可就跌到谷底了。

「我知道俄亥俄州心理健康局有超過八萬三千名精神病患，需要四千萬百萬位元組才能把這些人的資料儲存在壓縮的資料庫裡。」

他當然沒有進入病人的檔案，不過這些人可不知道他是在虛張聲勢。

「你們站在那兒，想告訴我怎麼過日子，還利用這裡的員工來達到目的——我可知道你們很多的警衛、看護都有犯罪紀錄。媒體應該很喜歡這個新聞吧！

「我不但希望你們給我換個電腦，還希望你們會遵守承諾，安排一位外州的多重人格專家來鑑定。我要你們別忘了你們說過的話，要是我的健康沒有問題——意思是我融合了，沒有危險了——你們就會建議我出院。」

他得知，大多數的俄亥俄州法官都對心理健康局言聽計從，他知道一年四億四千萬的預算讓心理健康局變成本州最大的部門。官僚體制裡的精神科醫生其實就是政客，少有法官敢觸怒他們，他們是權力的源頭，而他決定要讓他們注意他。

他們藉口私下商議離開了，等他們回來，他們臉上堆滿了笑容。「密利根先生，你有空嗎？」

「當然。」他說，朝一對一的警衛歪歪頭。「你們要這隻猴子在這裡跟我一起聽呢，還是使用醫病的保密權？」

「喔，他不用跟著你了。」

他知道他們一心想協商。

「我們非常佩服，你能夠自學到這個程度。你顯然有很高的學習能力。我們覺得應該把這種精力導引到比較正向的領域。」

「我關在這個監獄裡怎麼正向得起來？」他問道。

「不……不……不……我們不會改變遊戲規則，我們也得到意見，盡快重回軌道。所以我們會找席拉．波特談。我們會開始聘請專家來給你檢查，然後，盡快——說不定就在一個星期以後——你可以到波士頓去做鑑定。」

他們先前就說過外州鑑定，可是始終只聞樓梯響，不見人下來。

「好。」他說。「我還沒去過波士頓呢。」

他們果然沒有食言。

首先，莫利茨單位聘請了一名精神科醫師，在一九八八年一月五日來看他，在病歷中寫下了他的意見：

「……以本人專業的看法，輔以合理的醫學事實，密利根先生不再因心理疾病而對自身或他人有危險。我認為他不再需要關在重警備醫院裡，譬如提摩西．莫利茨法醫單位。

我也認為心理疾病的徵兆，亦即憂鬱症與或多重人格，已減輕，時間超過六個月，因此我以為密利根先生不再符合法庭裁定的住院標準。

在此建議密利根先生在有條件的出院前提下重入社會。」

他們另外也請來了喬治．葛利夫斯，他是多重人格疾患繼景中心的院長，十年前曾鑑定過密利根。葛利夫斯寫道：

威廉．史丹利．密利根是現今世上第三個最出名的多重人格疾患患者，繼『夏娃』（克莉絲．柯斯特納．西茲摩）及『西碧兒』之後……

當前的臨床病歷上看不出有什麼必須住院治療的清楚理由……將密利根先生繼續羈留在重警備的州立精神病醫院顯然是因為臨床上認為他對自身及他人有即時的、持續的危險。但從病歷或會談中我都無法發現類似的情由。

這些報告幫他開闢出前往波士頓的道路。同行的人還有席拉．波特。

3

比利的外州鑑定即將來到，消息卻走漏了，地檢署及假釋局一片愕然。兩個機構都千方百計要阻撓這一趟旅程。

檢察官與華盛頓州貝林漢警局聯繫，詢問殺人案的偵辦進度，密利根曾列為該案的頭號嫌犯。

一九八八年一月二十五日，威爾·紀貝爾警探回覆：

「回覆貴署之查詢，下為一九八六年九月法蘭克·波登失蹤案之偵辦進度。本警局經過一年四個月之調查，仍未能尋獲波登之屍體。本人認為波登已死亡，是兇殺案受害人。本案之頭號嫌犯是威廉·史丹利·密利根……」

假釋局局長約翰·休梅克私下寫信給強生法官，抗議波士頓之行，信件日期是一九八八年二月十二日：

「本局相信密利根的犯罪史……加上他心知肚明一旦改由假釋局管轄便將重回牢獄，兩者都足以證明他對社會會造成傷害，也是嚴重的安全問題。鑑於上述理由，假釋局反對將之移轉至俄亥俄州以外，亦反對任何非嚴密監管之治療計畫。此外，本局再次建請將威廉·密利根移交本局管轄。」

強生法官並沒有同意休梅克的請求。

比利和席拉·波特飛到了波士頓。一九八八年二月二十二日，比利住進了麻塞諸塞州伯蒙特市麥克連醫院，住到當月二十七日。

在四天的個人療程、綜合心理測驗、神經學評估、腦電波檢驗之後，詹姆士·楚醫生（美國精神病學暨神經學會認證的精神病學家）在一九八八年三月三日寫下了他的鑑定：

「鑑於本人的評估結果，本人不認為應將密利根先生視為對自身及他人有危險之病人……本人認為各人格已融合……」

一九八八年三月十四日，大衛．考爾醫師死於心臟病，席拉．波特把這消息告訴比利，他反反覆覆只說了一句話：「我早就說過……」他並沒有解釋是什麼意思，可是波特聽過他不只一次說：「凡是想幫我的人都會受傷害。」

*

十天之後，俄亥俄州第十區上訴法庭駁回詹姆士．庫拉的上訴，仍維持強生法官的原判，比利仍需要在莫利茨重警備醫院再治療兩年，可是強生卻突然推翻了自己的判決。由於新的精神評估出爐了，密利根的各人格已融合，現在情況穩定，所以強生裁定讓比利出院，與他妹妹凱西同住，但前提是他能夠找到工作。在此之前，他先轉移到中俄法醫單位的開放病房。

強生法官批准比利「有條件出院」，庫拉的詮釋是強生法官的用意在阻撓假釋局逮捕比利。同時，心理健康局也拒絕了休梅克的要求，不給他精神鑑定報告或是密利根治療計畫的資料。他們說他的病歷一概是機密。

休梅克在一九八八年三月三日發了一封備忘錄給下屬，引用〈俄亥俄修正法〉予以反擊：

「凡州府官員與地方官員皆須應主管之請將類似資料送交假釋局，俾其執行公務。」

「本人正式要求取得全部相關資料。務請相關個人確知密利根仍正式公告之違反假釋犯，可能之訴訟事由多年前即確定，且一俟假釋局合法取得管轄權，著即送回監獄，等候撤銷庭。」

同一天，休梅克也寫了一封「內部參照函」給他的法務科長，抱怨法庭的立場：

「我要你同檢察總長辦公室研究我們有的選項。是否能夠在他一出院時就直接逮捕，送回俄亥俄州立感化院？如果該選項不是明智之舉，檢察總長是否願代表我們發出人身保護令，以測試法庭之司法裁判權範圍？」

顯然休梅克意圖對抗法庭以心理健康局為盾牌，保護比利。庫拉發覺在數千件假釋犯紀錄中，休梅克的案頭只擺了兩份紀錄，其中一份就是比利的檔案。

*

比利出院重回社會的前提是必須找到工作，而在哥倫布市又沒有人願意雇用他，所以心理健康局給了比利．密利根一份臨時工作，時薪十元，擔任電腦程式設計師。

二十六、空房間

1

霍華．強生法官裁決密利根「有條件出院」一年，另附但書，規定他每週至少和席拉．波特聯絡兩次，並且由東南社區心理健康中心監督，該中心會定期向法庭呈交進度報告。

比利的地位因此改變。目前他不是直接由心理健康局管轄，而是由「六四八委員會」監督，這是當地的心理健康體系，處理那些仍受心理健康局約束的人，這些人都在社區中生活工作。

治療小組現在改由委員會接手，由某個心理健康中心指派，目的在幫助病人回到社會展開生活，幫他們找公寓，幫他們處理日常瑣事。

席拉．波特看出了問題所在。大部分的受託人都是慢性精神分裂症，以及嚴重的心理殘障，幫助他們的人員受到的訓練，也是按照標準程序來處理他們的事務。

她認為「比利的狀況，完全是另一回事。說真的，他們的訓練沒辦法應付他，他們從來沒有遇見過像他這樣的人。」

六四八委員會成員帶比利去找公寓，是在低收入的住宅區，可是卻沒有想到比利惡名在外，應該要先做好規劃。他們去接他，駕車去看各公寓，要他填申請表，但是只要他一報上姓名，門就當著他的面關上。

波特明白，這種經驗餵飽了比利的兩個負面傾向：像怪胎的感覺，以及他的自戀。她覺得委員會需要事先規劃，把不好的情況都篩檢掉。可是治療委員會卻有個需要遵循的公式。

委員會想要把原有的框架套到比利身上，他們想要波特幫忙把比利套進他們的公式中，而比利卻希望波特叫他們來適應他。

這種情況下比利該怎麼辦？波特非常清楚他會開始玩離間征服的手段。她一發覺當前的情勢，就跟自己說：「又來了，我不玩這種遊戲。」

*

她打電話給菲利普．凱斯，當地六四八委員會的會長。「有一件事我絕不同意做，就是讓比利循規蹈矩。」她說。「因為不會成功。這樣子不是治療。以前也總是這樣。我們的一切努力又會功虧一簣，最後他又送回中俄法醫單位。」

凱斯問她有什麼想法，她說：「我要完完全全由我一個人負責。我要消除比利離間征服的能力，因為他的周圍沒有多少人是盡力跟彼此配合的。我要一個人——只有一個人——負責帶他。」

凱斯說他會考慮。幾天後他回電，說：「妳說得對。已經有輪子了，何必再去發明一個？我審閱了整個案子，每次都是這樣。也不知道是為什麼，只要是跟比利有關，體制就常常作繭自縛，總是搬石頭砸自己的腳，而裂開的卻是他。我們現在唯一能做的就是讓妳既是治療師，同時也負責向法庭回報。」在這樣的條件下，波特接下了工作，每次比利因為某個原因需要到外州去，她也負責向強生法官通報。

現在，只需要應付一個人，比利的狀況有了急遽改善。

2

往後半年，比利心滿意足地在俄亥俄州心理健康局當他的電腦技術人員。席拉．波特終於幫他找到了一間公寓，他的晚上和週末時間都花在繪畫上。

一九八九年一月二十日，蓋瑞．史維卡打電話給比利，說俄亥俄州高等法院無異議裁定四年前憲法所賦予他的權利確實受到侵犯，當時亞倫警長為了穀倉開槍案，要副警長秘密錄下他從監獄裡打給蓋瑞的電話。

「所以休梅克不能用穀倉射擊案當藉口，把我弄回去坐牢了。」比利說。「這是你第二次救了我，律師。」

「如果你是一般人，本來是會這樣子結束的。」蓋瑞說。「可是法院給你一隻手，又會抽走另一隻，雖然他們認為你的權利受到侵犯，監聽應該『普世譴責』，他們卻沒有撤銷你的罪名。他們把原案發回艾森斯重審，由一名新的刑事庭法官決定錄音是否故意而為，意在取得機密消息，還有檢方是否知道我方的辯護策略。」

「那假釋局就會把我弄回去坐牢了。」

「我保證你不會去坐牢。」

「別說什麼你沒辦法履行的承諾，蓋瑞。我太尊敬你了。我一直知道外頭有個人想整我，對我來說是權勢太大的人，對你也是。」

「我讓你失望過嗎，比利？」

「沒有，可是——」

「那就別緊張，比利。還有，不管你要做什麼，千萬別逃跑。」

3

席拉．波特跟比利都感受到壓力，時間快不夠用了，他跟心理健康局簽的八個月兼職合約三月就到期了，他的「有條件出院」限定他必須有工作，否則就必須回到中俄法醫單位。而在地球上絕對沒有人會願意給他工作。

波特跟幾家不同的機構老闆談過，他們倒願意給比利工作，可是他們的員工卻不肯。走進了死胡同。沒有解決之道，沒有答案。她需要找人傾訴，就打電話給一個老朋友傑瑞．奧斯丁。奧斯丁是紐約人，以前當過社工，現在是政治公關，傑西．傑克森競選總統時，他曾擔任他的操盤手。

「傑瑞，我們來腦力激盪一下。你推銷過政治候選人，請問要怎麼推銷比利．密利根？」

「多給我一點資訊。」他說。

她說明了工作現況，可能是雇主的反應，與州政府的情況，休梅克與假釋局的如影隨形。

「給我一點資訊，傑瑞，我們是不是角度弄錯了？我們需要不同的切入點嗎？」

「把他送過來，我跟他談談。」奧斯丁說。

她跟比利解釋，奧斯丁的專長就是為那些想選舉的官員炒新聞、搏版面。「傑瑞會跟你談改變形象的事，教你怎麼樣把自己塑造成人見人愛的美國男孩。」

看了比利的畫作，聽了他的故事之後，奧斯丁安排他搬進一棟透天厝公寓，附車庫，他還可以把車庫改裝成畫室。

他堅持要比利繼續作畫。

他雇用比利擔任電腦安全顧問，為他的電腦資料設立防火牆。

奧斯丁跟比利解釋，他做的是政治競選這一行，有許多敵人，他和政治上的同事必需要讓資訊網路無懈可擊，而比利的工作就是防止任何人滲透他的系統。

奧斯丁的信任以及慷慨的協助讓比利凜然起敬，他把奧斯丁買給他的複雜電腦設備裝設了起來，以前所未有的專心學習保全系統，在公寓裡兢兢業業守衛著奧斯丁的電腦資料。

奧斯丁還找來了藝術專家，他們對這個年輕人的才華讚譽有加，於是奧斯丁又成了他的贊助人，幫他安排了秋季個展，有了這個動機，比利畫得比以往都更勤快，而且他將超現實的形體揮灑在畫布上：

一幅四十八乘六十呎的壓克力顏料與油彩畫，題目是〈政客的心血來潮〉，畫面是一個十來歲的男孩躺在水泥地上，身體扭曲，失去意識，旁邊有電線，類似電擊治療使用的電線。背景的磚牆上有塗鴉，其中有一句是「達利沒死」。

在〈壓抑的創意〉中，一名鋼灰色格鬥士主宰了七十二乘四十八呎的畫面。格鬥士戴著白色蛋殼面具，一隻藍色獨眼神光湛湛，雙手銬著金手銬，握著畫筆，飄浮著的巨大顏料管噴射出一條條的黃、紫紅、藍。

〈黑心淑女〉是一名黑髮美女從背景的草地灌木迸穿而出，躍入前景的樓梯和秘密通道，由呈十字架型、酷似安妮布娃娃的稻草人把守。一個破裂的蛋，一只花瓶插著一枝凋萎的花，一個佈滿血絲的眼珠狀球體，前景有顆黑心飄浮。

十九幅超現實畫作，有戴頭巾的人，有陰影家族，有批判的眼睛，還有撕裂的、流血的、釘上十字架的安妮布娃娃。

在白天看這些畫，連他自己都害怕。

藝廊經理布蘭妲．柯如斯為他的個展命名：「比利——發自內心的吶喊」，還排定了十月二十七日星期五的哥倫布開幕日，還有茶會，展期到一九八九年十二月十五日。

*

畫展開幕前三星期，蓋瑞．史維卡通知比利，十月一日他必須到艾森斯出庭，為四年前的穀倉射擊案受審。

蓋瑞駕車從哥倫布到艾森斯，途中比利連聲抗議，說是被陷害，要是巡迴法官判定他有罪，即使只是微罪，休梅克也會逮著這個機會，把他丟回去再坐上十三年的牢。

「我不會讓休梅克把你送去坐牢的。」蓋瑞說。

「我對司法一點信心也沒有了。」

蓋瑞兩隻巨掌按住比利的肩頭，捏了捏。「你的敵人撞上了一堵磚牆了。」

「什麼牆？」

「我。」

＊

抵達了艾森斯郡法院後，蓋瑞私底下跟檢察官會面，等他出來到走廊上，他說他們開了條件。

一九八五年之後，情勢起了變化，檢察官的一名關鍵證人在犯罪紀錄上多了一條重罪，另一名關鍵證人多了兩條重罪，第三名證人過世了，第四名證人的可信度也大減，因為他對於射擊事件的說法不一致。

真正開槍的人已經賠償了拖車屋的損失，也坐了三十天的牢出獄了，所以證據不足，甚至根本不成案。

氣度不凡的白髮法官提出了條件。他會以證據不足撤銷一項罪名，其他罪名則合併為二。要是比利對這兩項罪名沒有異議，也不控告亞倫警長及州政府，那麼就只判一年徒刑，並且刑期會併入羈押在莫利茨的時間中計算。

比利忿然拒絕。「我是無辜的，我要在法庭上證明。」

「我建議你接受法官的條件。」蓋瑞說。

「我們可以贏。」比利說，一臉的難以置信。「我不相信你會這麼說，不然你是來幹什麼的？」

蓋瑞一臉的疲倦，啞著聲音說：「我媽把我養大不是要叫我當笨蛋的。審判會怎麼進行，誰也說不準，接受這個條件，至少你不用坐牢。」

「我不相信你竟然要我接受。我要先問問傑瑞．奧斯丁的看法。」

但他打電話找不到奧斯丁，等他回來，他一臉迷惑地看著蓋瑞。「他是要我為我壓根沒做的事情認罪。經過了這麼久的時間，他們給我吃了那麼多苦頭，我不敢相信你要我投降。」

「接受認罪協議，比利。」蓋瑞的聲音很累，彷彿是費盡了力氣才沒有倒下。

「這樣太不像你的作風了，蓋瑞。」

比利看著地板。「報紙會說我有罪。」

「現在不是擔心你在俄亥俄的名聲好不好的時候，最重要的是不讓你去坐牢。千萬不要因為賭氣，讓某個有成見的法官判你去坐牢。」

比利的肩膀垮了下來，說：「好吧。」

他們進入法庭，蓋瑞向法官陳說他們達成了雙方都能接受的協議。

史維卡把比利無罪的抗辯改成了無異議，於是法官判決比利一年徒刑，得以緩刑。

稍後的慶祝會上，蓋瑞．史維卡說他頭痛得厲害。

＊

《哥倫布快報》一九八九年十月三日的頭條寫道：密利根兩項罪名成立。

俄亥俄大學學生報《郵報》的頭條則是：密利根有罪但免繫囹圄。

兩個星期之後，《哥倫布快報》又登出麥克．哈登的專欄，報導即將開幕的畫展：

自成一格的畫家恐怕是叫座不叫好。

……比利現在要開畫展了……畫展為期七週，畫廊主人柯如斯既不貪這次畫展能賺進的鈔票，也不圖展覽會招惹的麻煩，她自稱是想「給他一點喘息的空間」。……

挑剔一點來看，比利的畫作只是把一堆唯有他自己懂得的符號拼湊在一塊的業餘之作。樂觀其成的話，則可說他的作品展現了潛力。

密利根願意將賣畫所得捐出若干百分比，可是要找到非營利團體接受這筆善款，只怕並不容易，還不如找三名安全警衛來接受捐贈。

有人認為密利根此舉是真心懺悔，有人卻相信這只是公關噱頭，是狡猾的騙徒想要在哥倫布街上昂首闊步。

有一點是肯定的：等畫展結束，密利根拿到酬勞，是哪一個「比利」花錢，這一點是無庸置疑的。

*

一九八九年十月二十七日，名為「發自內心的吶喊」的畫展開幕，地點在哥倫布市的布蘭妲·柯如斯畫廊，還有開幕茶會。

《哥倫布活動報》十一月九日的「視覺藝術」一欄記者麗莎·雅雄報導了畫展，介紹了畫家：「他曾身陷媒體與政治的閃電攻擊，單單《哥倫布快報》就在一九七八年至七九年間提到他二百九十七次……」她寫道。「接下來的十年間，密利根被政治投機客、媒體操作利用，受各機關霸凌，還有憤怒的社會大眾執意要報復他。」她引述密利根的說法：「以前我覺得有滿滿一個房間的朋友，可是後來出了很大的差錯。這個差錯慢慢地修正過來了，但是這個滿是朋友的房間現在空了。」

*

隔週，比利得知藍道．戴納包了一架私人飛機，把蓋瑞．史維卡送到約翰霍普金斯醫院。專家確認了俄亥俄醫師給蓋瑞作的診斷——蓋瑞始終密而不宣——他得了癌症，只剩下三個月的壽命。

二十七、加拿大櫃子裡的白骨

一九九〇年三月七日傍晚，也就是蓋瑞·史維卡過世後兩個月，電視主播道格·俄代爾在節目上說加拿大皇家騎警隊在英屬哥倫比亞惠斯特勒一處滑雪勝地，發現一具男性骸骨埋在數呎白雪下，骸骨出土的地點就在美加邊界的北邊，貝林漢市警員懷疑那具屍體是法蘭克·波登。

「為了查明比利·密利根是否涉及華盛頓州貝林漢市一宗男子失蹤案，警方請我們協助調查，《新聞追蹤》節目也將播出去年秋天密利根在哥倫布市開畫展的畫面。」

短小精幹、滿頭白髮的俄代爾又意味深長地說：「在他的畫作中，是否可能找出波登遇害的地點？波登最後一次露面是和密利根在一起……加拿大騎警隊正在測試一具骸骨，據信可能是波登，可是他們說可能需時一年才能將密利根依殺人罪起訴。」

對發現骸骨一事，作家憂心忡忡，比利卻只是嗤之以鼻。「我那一段的人生，我們已經談過了。我說過法蘭克·波登還活著。」

「你說他還活著是在一九八六年，是你最後一次看見他的時候。之後他很可能被誰殺害了。他們找到了一具白骨，可能就是波登，而你還是他們的頭號嫌犯。」

「那不是法蘭克·波登。」

「你說你開車送他到加拿大，兩個星期之後又帶他越境回美國，他去取槍，然後你看著他上了船，可是他沒有回來。你最後一次看見他就是他上船嗎？」

「對啊。等騎警比對了波登的牙醫病歷，就會知道不是他。所以別瞎操心了。」

第二天晚上，加拿大皇家騎警隊發佈消息，波登的牙醫紀錄莫名其妙失蹤。沒有牙醫紀錄可以比對，皇家騎警隊宣布只能做DNA檢定，時間可能要拖上好幾個月。

比利臉色變白。「壞了。」

「怎麼了？」作家問道。

「DNA檢驗可以作假。他們可能會到他的公寓去採樣，像什麼梳子上的頭髮之類的，要是還有毛囊，他們就可以說骨骸是他的，然後來逮捕我。可惡，這個天殺的波登！」

「人都死了還罵他，太不厚道了。」

「我跟你說他沒死，那些白骨不是他的。我又被陷害了。天啊，我沒想到他們會花那麼大的力氣，追到四年前的事，還大老遠跑到英屬哥倫比亞。我得想點辦法。」

「你能怎麼樣？」

「我有一些東西……」他喃喃說。「你還是不要知道我有哪些門道得好。不過我可以放話出去，說我要見波登，不然就找媒體，因為如果是政府或聯邦調查局來做DNA檢驗，我怕他們會做什麼手腳，讓白骨跟波登的DNA完全符合。」

＊

一個星期之後，作家來到比利的住處，做定期訪問。比利來開門，像是有好幾天沒睡的樣子。

他打呵欠，笑一笑。「我就說嘛，沒什麼好擔心的，波登還活著。」

作家打開錄音機，往後靠著椅背。「說來聽聽。」

比利起身，一邊講一邊踱步。

「星期六下午一點電話響了，我一接起來就聽見了『嘿，混球！』我說：『什麼？』他說：『是我，豬頭！』我就知道是波登了。我們以前都是那麼叫的。他都叫我混球，我都叫他豬頭。然後他接著說：『你找我嗎？』我說：『你他媽的人在哪兒？』他說了一個地名，還告訴我怎麼到一家商場去，然後他說：『明天見了。』」

「你心裡是怎麼想的？」作家問道。

「我很生氣。我想知道他究竟在哪裡。他起碼該寄張照片來，拿著報紙露出日期，證明他沒死。可是卻沒那麼簡單。我跟他說：『喂，你得答應我不用再保密了。』可是他說：『不行，因為問題不在我會不會坐牢，問題是我會送命。』」

「我說：『喂，他們要控告我殺人耶，你知不知道？』『不知道啊。』他說。『我們見個面好了。』然後他就掛斷了，就這樣。」

作家很震驚。「你不會沒有強生法官的許可就跑到外州去了吧？」

他聳聳肩。「沒時間了。那天星期六，我花了十二個半鐘頭才趕到那裡。我大概是星期天早上七點半到了商場的停車場，等了差不多一個小時。然後我就看見一輛銀色龐帝克跑車在繞圈子，我猜就是波登，所以我就下了車，站在車子後面，俄亥俄州的牌照旁邊。我知道得給他一點時間確認是我，因為我跟以前的樣子不太一樣。

「他慢慢開車經過，搖下車窗，揮手要我跟上去，我們開了二十來分鐘，他停在一家路邊餐廳，我不記得名字是秀尼還是艾爾畢，反正就是其中之一，然後我們就進去談……」

「告訴我你們談了什麼。」作家說。

「啊，我氣壞了，因為上一次我看見他——他上了那條船——我嚇得屁滾尿流。他跟我說了事情經過，他去了哪裡，為什麼去——」

「跟我說啊，到底是怎麼一回事？」

「他說他上船去拿七公斤沒加工的哥倫比亞中國白，他應該拿去給另一個傢伙的，是個送貨的，可以把毒品帶過猶他州的北邊，越過邊界，讓人查不到毒品的來源。」

「什麼叫『中國白』？」

「就是純冰毒，純度百分百的古柯鹼，沒有加工，沒摻料。那玩意一定得稀釋，不然吃了會死，這可是最純的貨。」

「他是到那艘船上去做買賣的？」

「他說本來應該是在船上的，可是他上了船以後，他們就要他從另一邊下船，又帶他到另一艘船上。交易完了以後，有人在船上開槍，他們硬要他從另一條路離開。你相信嗎？雷根差一點就害波登被人宰了。」

「你不是順口胡謅的吧？」作家問道。

「我發誓。為了我自己我也需要知道是怎麼回事，我非知道不可。」

「好吧，說下去。」

「他說他們把他帶到了伯連，就在海岸北邊，然後丟下他……」他搖搖頭。「他說的經過很離譜，你絕對不會相信。我自己都不知道該不該信。」

「他說了什麼你照說就是了。」

「法蘭克說他離開加拿大的時候，一點也不知道什麼失蹤人口案，也不知道貝林漢警局指控我殺了他。他說他到了檀香山，他以前在那裡當兵駐紮過，然後又到了巴哈，在墨西哥待了一陣子，後來又跑到聖塔菲，一直住到錢快用完了，他才決定再利用電腦弄點錢，他的想法是駭進拉斯維加斯，因為他說：『那是聚寶盆。』所以他就開始下載檔案，一個星期接一個星期，他說就已經弄了三、四百張磁碟了。」

「那一定花了不少時間，他就只是隨便搜尋嗎？」

「電腦駭客就像是作畫或是拼拼圖，最後一塊拼上去了，你早先取得的資料就價值連城了，因為可以用在很多方面。」

「他在找什麼？」

「他說他在找銀行的帳戶號碼。」

「誰的？」

「他說他不知道，也不在乎。那個時候，他沒有把犯罪組織跟拉斯維加斯聯想在一起，他覺得那只是電視在炒作，所以他就繼續挖檔案——不同的賭場，執照局，賭博佣金，所有能跟州政府拉上關係的東西，看誰最有錢，誰又有註冊、有執照。他駭進了個人紀錄，檔案上的電話序號，能找到什麼資料都好。」

「那些人不是都有保全系統嗎？」

「有的不需要，因為資訊太容易取得了，差不多就像是公開的。」比利說。「可是有的人就有。他不明白某些人有很嚴密的保全系統，包括數位自動記憶系統，可以告訴他們撥過來的電話是幾號。他說他運氣好，他們來找他的時候他碰巧不在家。」

「等他知道他偷到的資料是屬於犯罪組織的大頭目的，他就想還是逃命要緊。他知道需要一個新身分，可是沒時間自己來了，就打電話給司法部，沒讓他們知道他是誰，只告訴他們要做個交易。」

「那個時候他覺得手裡有籌碼，他可以拿磁碟來換他的命和自由，還有一個新身分。他們要他把一些磁碟寄過去，兩天之後再打電話過去。他打了，負責的探員說：『你確實有我們需要的東西。』」

「探員告訴他兩個犯罪組織的大老闆即將在紐約被起訴。法蘭克堅持就算那個傢伙逃過法律制裁，他也要受保護。所以他的家人跟貝林漢警局也蒙在鼓裡。他們把法蘭克．波登列進了證人安置計畫。我跟他說他們打算用那副加拿大白骨來起訴我謀殺，他說他會跟他的負責探員說，他們會去處理。」

「這故事還真有點天花亂墜。」作家說。「那麼失蹤的牙醫紀錄呢？」

「法蘭克跟我說：『混球，我不會讓你因為謀殺我被起訴的。』我就說：『我現在倒想宰了你了，可是我很高興見到你。』他說：『我也一樣，很抱歉給你惹了那麼多麻煩，可是這一次事關我的小命，兄弟。』」

「然後我就跟他說我需要擔保，因為我一點也不想上法庭打殺人官司——尤其是他明明活得好好的。他說：『我會確定有人罩你。萬一你被起訴了，報紙跟電視會大肆報導，我的負責探員也會幫你洗清罪名。我不會讓你因為什麼沒有發生的事被吊死，你可以洩漏我的秘密的，可是你沒有，我欠你一個人情。放心吧，我會還給你的。』」

作家到廚房去喝杯水，在餐桌上看到了那個地方的報紙，在這裡的兩州之外，比利說他和波登見面的地方。日期是那天早晨。等他回到客廳，比利在沙發上睡得都打鼾了。

作家駕車回家，既糊塗又沮喪，因為比利那個奇異的會面實在引人懷疑。似乎太湊巧了——對他太有利了。

*

隔天早晨，作家打開電視，看《哥倫布新聞追蹤4》，主播道格·俄代爾仍然在追蹤報導加拿大的白骨。他說：「法蘭克·波登的牙醫紀錄離奇出現在北卡羅來那，目前正送到華盛頓州貝林漢市。」

電話響了，作家接起來，只聽比利大呼小叫：「萬歲！我就知道可以相信這個豬頭！」

次日，道格·俄代爾又報導了最新消息。

「假如白骨是波登，」俄代爾說，「騎警就會到哥倫布市詢問比利·密利根，之後才會透露他們有什麼發現。昨晚本節目報導了波登的牙醫紀錄在北卡羅來那出現，目前正送往西岸，當局在幾天之內就會確認結果。自一九八六年波登失蹤以來，密利根就被列為頭號嫌疑犯……」

《艾森斯新聞報》報導了電話訪問貝林漢某警探的內容，他說如果牙醫紀錄與白骨吻合，比利·密利根將被控謀殺。「目前仍是失蹤人口案，可是如果白骨是我們要找的人，那就變成兇殺案。」

《哥倫布新聞追蹤4》宣稱，道格·俄代爾正飛往英屬哥倫比亞，實地去採訪波登的牙醫紀錄與白骨比對的結果。

*

隔了一週，有天晚上的夜間新聞報導了白骨與牙醫紀錄的比對結果：

「……在加拿大發現的骸骨並不是據信四年前與密利根同行的失蹤男性……並無證據證明波登遇害。因此針對密利根的殺人案調查已撤銷。」

比利決定拿以前幫波登偽造的社會安全號碼，還有波登本來的號碼來追查他的下落，可是用電腦快速地搜尋之後，就發現法蘭克・波登這兩組社會安全號碼都消失了。與他的過去有關的一切都切斷了，他的身分不存在了，現在他是別人了。

比利知道那是什麼情況，他為波登難過，無論他現在是誰，身在何處。

二十八、燙手的公文

一九九〇年五月七日，霍華・強生法官與詹姆士・庫拉見面，討論下一場精神鑑定聽證，也提到了精神科醫師呈上的報告，報告中說密利根目前情況穩定，對自己及他人都沒有危險。

「我們放比利走吧。」強生說。

這一次換庫拉說：「不。」

他現在視霍華・強生為比利的保護傘，為比利遮擋假釋局的暴雨。蓋瑞臨死之前，在安寧病房向家人、朋友訣別，曾在病床上打電話給庫拉和戴納，說：「答應我你會照顧比利，我要你確定他沒事。」

庫拉和戴納都答應了。

庫拉正面對十分棘手的問題，休梅克一心一意要把比利丟進監獄，而他則要履行對臨終之人許下的承諾。起初，庫拉很願意交由時間來處理。他知道俄亥俄州法律規定假釋的時間也併入刑期計算。即便扣除比利逃亡的五個半月時間——如何計算這段時期也有爭議——庫拉估計比利的最高刑期也快期滿了。席拉・波特聯絡了假釋局，他們同意白紙黑字載明比利的假釋期快結束了。

有了這份文字保證，庫拉現在要求強生法官把密利根最後一次聽證排定在一九九〇年八月，那時已經超過了休梅克能以違反假釋法的罪名逮捕監禁比利的時限。

可是庫拉沒料到的是約翰．休梅克卻拒絕了上級的詮釋，反而一口咬定從密利根「因精神錯亂而獲判無罪」開始，他就不在假釋局的管轄之下，而假釋的時鐘已停止。休梅克的論點是密利根一直未處於假釋狀態，而除非比利回到監獄，否則時鐘不會開始計時。

庫拉設法理解休梅克這種史無前例的態度。比利這樣一個病人，在重警備醫院關押的時間遠遠超過了認罪服刑的刑期，休梅克為什麼還不罷手？

庫拉調來了假釋局的檔案，在剪報中找到一張有比利照片的報導，有人在比利的頭上用墨水畫了角，在他一邊臉頰畫了線，還畫了一把匕首插進他的頸子。

庫拉判斷休梅克一定是為了深不可測的私人理由而對比利一案念念不忘，未必是什麼不懷好意的理由，可是休梅克一定是覺得他是在為社會除害。

所以他和比利才會纏鬥至今。

雖然庫拉覺得他拿到了每一份假釋局做的比利檔案，他還是向別的律師請益。他們這一生都在代理假釋撤銷的人。他們坐下來，向他敷陳假釋局的官僚作風，也跟他說明要詮釋假釋局檔案中數百件的公文是需要先解開密碼的。

「怪了，」一名律師說，看著一份公文，「這張小紙條說比利已經處於假釋狀態。在這些檔案裡，應該有一份正式信件，叫做假釋局備忘錄，恢復他的假釋身分，而且該由休梅克所簽名。」

庫拉知道現在比利有權重享自由了，這樣子的公文會是無可辯駁的證物，可是他卻遍尋不著，就到休梅克的辦公室去，因為傳票仍具效用，他要求休梅克出示據說藏在他辦公桌抽屜裡的密利根檔案。

庫拉翻閱了一遍，什麼也沒找到。

他又到別的科室去，要求調閱更多檔案，從頭到尾翻了一遍，還是什麼也沒找到。說不定是遺失了，說不定有人藏了起來，也說不定根本就沒有白紙黑字寫下來，而且比利也始終沒有恢復假釋的身分，而時鐘一直沒有重新開始計時。

假釋局備忘錄成了關鍵，是那把燙手的槍，少了它，庫拉只有那份右上角有個小密碼的公文，憑這份文件要讓休梅克承認假釋局將比利置於假釋身分，只怕是難上加難。

*

一九九一年六月十一日，約翰．休梅克來到公設辯護律師事務處來錄口供。

庫拉看著這名富泰的長者，戴著細框眼鏡，一身淺藍色套裝，白皮鞋，白腰帶，白領帶，庫拉心裡想錯不了的，這個意志堅強的人就是成人假釋委員會的縮影。

比利也來了，穿著骨白色的褲子，明亮的夏威夷襯衫，戴著草帽，彷彿是剛從聖克羅伊的海灘過來的。

庫拉介紹兩人認識。

依庫拉看來，休梅克大半生位居要津，只有別人聽他的、他不用聽別人的，對全俄亥俄州的假釋犯來說不啻上帝。要是比利贏了，休梅克並不會有影響。對他並不是生死攸關的戰鬥，對比利則不然。

庫拉事前安排了座位，要休梅克不得不筆直看著對面的比利。這麼些年來，比利只是他的外勤人員送來的報告，報紙的頭條，電視的三言兩語。今天，庫拉要他看著有血有肉、活蹦亂跳的一個人。

庫拉知道到今天為止比利還是把休梅克看成一個邪惡的人，跟撒旦一樣。而假釋局檔案裡那張塗毀的照片，也可見休梅克（或是他辦公室裡的人），對比利也有同樣的看法。

以庫拉想來，假釋局局長的權勢是可敬可畏的，就連法官都沒有那麼大的權力，因為法官們必須遵循更固定的法條，受制於訴訟法，受制於議會轄下的高等法院，受制於憲法，受制於查核他們判決的上訴法庭。

休梅克卻不然。假釋局不須聽命於這類機關，他們自己寫法條，也很少有人敢挑戰，他們拍板定案的那種權力（作了決定就不會有覆核，沒有外來的建議，沒有制衡）。庫拉相信，必定會製造某種的孤寂，而導致一個人行事荒唐。

錄口供時，休梅克顯然對比利一案瞭如指掌，卻似乎對自己的檔案裡許多的公文一無所知。庫拉會不時出示公文，都是他自己機關的基本程序，還有一份接一份的報告，是當地的假釋官寫的紀錄，內容載明他們通知了比利每一位主治醫師他們的病人在假釋中，而且病人也都向各假釋官報到。

休梅克堅稱假釋官是自作主張，並未得到他的授權，他重申個人立場，亦即比利從一九七七年開始就不是假釋身分，所以欠俄亥俄政府十三年的鐵窗生涯。

假釋局的檔案整理得並不好，沒有按時間順序，也沒按公文類別，就是一堆剪報、筆記、信件全部混雜在一起，塞進不同的檔案夾，放在不同的地方。庫拉不禁懷疑假釋局會不會把檔案都湊聚起來，不讓他找到他需要的資料。

錄口供花的時間超出了預期，拖到午餐之後。

休梅克的同事假釋監督處處長尼克．山波在外面等著錄口供，還有一名總檢察廳所指派的律師，他們三個決定先去吃飯。

山波的律師交給庫拉一個盒子。「你的辦公室申請了攜證出庭傳票，要我們把其餘的檔案都帶過來。你想看可以打開來看看。」

庫拉謝了他，把盒子放到餐桌上。

比利出去買熱狗當午餐，庫拉快速瀏覽裡頭的公文，掃描內容，看到了那張比利頭上畫了角、頸上插匕首的照片。他拿了起來，盤詰的時候或許會派上用場。

接著他看到了什麼東西，頓住了。他速讀了一遍，看見底下有休梅克顫抖的簽名，然後他又從頭到尾再細讀一次：

俄亥俄州

成人假釋委員會

特別備忘錄——R／W／A／L

鑑於威廉·密利根，編號LEC192849，被判二至十五年徒刑，並於一九七七年四月二十五日假釋，又鑑於該犯違反假釋法，仍在逃，自一九八六年七月四日起生效；

又，鑑於假釋監督處處長建議恢復該犯之假釋身分，自一九八六年十二月九日起生效；

又鑑於成人假釋委員會已仔細考量該案所有因素；

因此，根據修正法二九六七條十五款，假釋局恢復該犯之假釋身分，自一九八六年十二月九日起生效，持續由假釋監督處監督。

日期：一九八八年二月十日於俄亥俄州哥倫布市

成人假釋委員會局長：約翰．休梅克

右上角還打了一行字：「損失時間：五個月零五天」。

這就是其他律師說的那份公文，尋尋覓覓了幾個月，他終於找到了這份燙手的公文，可以證明比利已經服完了假釋期。

「找到了！」他大喊。

比利也瀏覽了一遍。「休梅克還簽了名！他在證人席上說的話不攻自破了。」

「還不止呢，這還證明了你的假釋期真的過去了。」

他們趕緊到影印室去印了十二張。「我自己要一張——當紀念。」比利說。「這是我通往自由的門票！」

山波用完午餐後回來，坐上證人席，庫拉盡量保持冷靜。他的一位法學院教授就說：「如果你有一份資料，可以在盤詰的時候釘死證人，你就跟自己說：『好戲上場了。』你要做的就是幫他帶位，讓他一再地否認，然後你再把那份可以摧毀他的證詞的資料秀出來，這是律師出庭最大的滿足。是你夢想的一刻，你等待的一刻。」

庫拉的手上就有這麼一份熱騰騰的公文，而且他一定會使用。

＊

七個星期之後，比利出現在霍華．強生法官的法庭，穿了一件黑T恤，上頭印了「魔鬼終結者II：審判日」。

強生法官請出庭律師表明身分以茲記錄，每名律師都起立報上姓名。完畢後，庫拉又起立，補充說：「……以及蓋瑞．史維卡的英靈。」

強生法官一點頭，表示默許。

強生讀了心理健康委員會最新的報告，讓書記官記下，然後抬頭，說：「……在這些報告的紀錄期間，密利根先生不像是患有嚴重的精神疾病，也沒有證據指向他對自身或他人有危險。精神病學家的意見是不需要再監管。

「唯一的證據倒指出他非常正常，有相當一段時間是由一個人格主導。」

一九九一年八月一日下午四點整，霍華．強生法官釋放了比利．密利根，他不再需要精神科醫師監督，也不再由法院監管。

比利站起來，朋友與善心人士圍著他，拍他的背，和他握手。他朝出口走去，起初一步一步走得很慢，透著自由人的尊嚴，但是走著走著，再也受不了法庭了，他拔腿就跑。

後記

撒旦伸直腰……

許多年前，比利的妹妹凱西帶我去俄亥俄州布萊曼，看過查默．密利根的農場，我卻沒有跟比利來過。那年是一九九一年暮秋，他打電話來，說想要再看一眼，請我陪他去。

「你可以嗎？會不會太痛苦了？」

「不會的，不會影響我了。我想回去。」

比利駕車，我們由二十二號公路轉上了新耶路撒冷路，他的臉色蒼白。「我只記得這條路晚上的樣子。兩邊的原野上都是小瓦斯井，會冒出火焰，整個地區都被瓦斯火照亮了。查默第一次帶我到這裡來，我以為他是要帶我下地獄。」

「還是回頭算了。」我說。

「不，我要看看這個毀了我、害我發瘋的地方。」

「你現在有什麼感覺？」

「我很害怕。唔，其實是像走去校長辦公室的途中——心裡面空空洞洞的。我一直想，萬一查默站在那裡，拿著槍，或是鐵鍊，而我走進穀倉，他從橫樑上跳下來，想來抓我，怎麼辦？」

「你會怎麼辦？」

「起初我會恐懼，可是恐懼過後我就會把他五馬分屍。我當然知道他已經死了，可是我想在我的心裡我一直都不相信。」

「你現在相信了嗎？」

「相信了……」但是他又緊張地笑出來。「我知道家裡的人都不想讓我知道他埋在哪裡，可是我非得親眼看看他的墳墓不可。我一定得找到它。我想過要下去他的墳墓，拿一把又舊又大的匕首或是木樁插進他的心臟裡。」

他斜睨了我一眼。「我想我會等。等我準備好了，席拉．波特想陪我一起來。沒關係。」

駕車來到農場外緣，他驚愕地張口結舌。

小屋不見了。

「有人把它拆了嗎？」他問道。

小屋的原址上只有焦黑的泥土，被焦黑的橡樹包圍住。

「火勢一定很猛烈。」他說。「猛到不行。有些樹距離屋子有四十呎遠，那棵一百二十呎高的橡樹竟然燒了九十五呎，好像是撒旦本人來把屋子壓扁了，好像他伸直了腰，把這整個地方都吸進地獄去了。」

他忿忿地來回踱步，踢動腳下的枯葉。「狗屎！」

「怎麼了？」

「魔鬼在我之前把他抓走了。」

唯有他被凌虐的穀倉仍屹立著，他惴惴不安地靠近，指著橫樑上垂下來的繩子，以前查默都用這個來綁住他。

我們走過雜草叢生的院子，比利強忍著眼淚。「為什麼沒人來把這裡清一清？」他大喊。「為什麼我還找得到小時候的東西？我要我的童年回來！」

到車庫裡，他找到查默浸泡兔寶寶的汽油罐。我看見比利的臉色煞白，就說：「夠了，你看得夠多了。」

「不，有很多回憶回來了，我不能不回憶。我那時候八歲，快九歲了，那是他第一次帶我來這裡。」

在一個角落上，半埋在土裡，我找到了一小幅油畫，畫在灰色石板上，畫的是鮮紅色的北美紅雀。「你該把這個帶走，當作你早期畫作的紀念。」

「不！」他大喊，不願碰它。「我不要這個地方的東西！放回去。這裡好像有個警告標誌在說：『什麼也別碰！』要是我們把它帶走，我們等於是在散播疾病。」

我小心把它放了回去。

他走到引泉屋，遲遲不願靠近，屏住呼吸。等我們進去以後，他摸了摸工作檯，描述查默如何把他綁在上面，強暴他，還拿開膛破肚的死貓的血給他施洗。

「我現在還能看到他對小比利做那些事。」他說。「我能聽見比利慘叫，還有查默恐怖的笑聲。」

我們走到外面去，他聳聳肩，指著一個落在枯葉裡的東西。「那個就是鑄鐵爐管，查默活埋我的時候，把它放在丹尼的臉上。」

他站在那裡，放聲大哭，我走開一點，給他隱私。慢慢地他恢復了鎮定，沉思了起來。

「你沒事吧？」

「我沒有解離，如果你問的是這個。我是比利。」

「我很高興。」

「我只是在想……」他說，「在納悶，查默小時候是不是也是受虐兒……去理解他可能遭受過什麼痛苦，也許可以解釋他對我的憤怒和暴力。」

我們回頭走向汽車，他說：「說不定密利根爺爺虐待他，說不定爺爺又被他的父親虐待？說不定暴力是父傳子子傳孫，從查默再到我……？」

「你認為呢？」我問。

「我學到了虐待會衍生出另一個施虐者，這不是藉口，可是說不定這就是我為什麼吃這麼多苦頭的原因。說不定我因為對那三個女人做了那種事，所以要受懲罰，我活了過來，也終於了解了，所以到了我這裡就結束了。我現在明白她們會因為我而一輩子都痛苦，我實在太對不起她們了。要是她們就因為我，繼續這個循環下去，傷害小孩子怎麼辦？天啊，請讓她們從心底找到原諒，像我一樣痊癒。」

他看著這些焦黑的樹。

「我想這就是說，我也得要先原諒查默。我想找到他的墳墓，確定他死了，可是我不會破壞他的墳。我會告訴他我原諒他了，讓他的靈魂也原諒在他小時候傷害過他的人，說不定寬恕的力量可以一路滲透到過去，改變未來，人們不能再彼此傷害了。」

我們坐進了汽車。比利駛離燒毀的屋子，開在坑坑巴巴的小路上，穿過有屋頂的橋，接上新耶路撒冷路，他沒有回顧，連從後照鏡瞥個一眼也沒有，一次也沒有。

眞人實事改編！
探討「多重人格」
最膾炙人口的經典之作！

24個比利

完整新譯本

丹尼爾·凱斯 著

我的腦子裡住了24個人，
就像轉速33的唱片放在轉速78的唱機上，
愈轉愈走調，直到失控……

比利·密利根在獄中醒來，發現自己因為綁架、搶劫、強暴多位大學女生而被捕，但他卻對自己曾經犯下的罪行毫無記憶。媒體未審先判，民眾對於「校園之狼」落網更是群情激憤，檢察官也順應民意求處重刑，根本不知道發生了什麼事的比利只能撞牢房牆壁企圖自殺。
法庭決定暫緩審判，讓比利接受心理評估，醫生卻赫然發現比利飽受精神分裂之苦，在他體內共有十個主要人格、十三個被放逐場外的「討厭鬼」，以及融合所有人格的「老師」。二十四種人格不斷互相爭奪主導權，也讓比利的「時間」和「身分」陷入混亂。
面對確鑿的證據，比利究竟真的是多重人格失序的受害者，還是裝瘋賣傻、意圖脫罪的高明騙子？……

本書堪稱歷來探討「多重人格」最膾炙人口的經典之作，多年來也被列爲各大學、高中、國中的最佳推薦讀物。作者丹尼爾·凱斯透過大量的訪談和調查，深刻揭露這樁創下美國司法審判史紀錄的眞實事件，也完美呈現人類心靈的矛盾、複雜與脆弱。而比利要克服的不只是外界的質疑與殘酷，如何與內在所有的「自己們」和解，也將是最撼動人心的課題。

出版33週年紀念

榮獲德國「科德·拉斯維茲獎」！入圍美國「愛倫坡獎」！
Amazon書店讀者4.5顆星強力背書！即將拍成電影！

***The Minds of Billy Milligan* by Daniel Keyes**

國家圖書館出版品預行編目資料

比利戰爭/丹尼爾・凱斯作；趙丕慧譯. -- 初版.
-- 臺北市：皇冠, 2014. 05 面; 公分. -- (皇冠叢書;第4392種)(CHOICE;268)
譯自：THE MILLIGAN WAR
ISBN 978-957-33-3074-5(平裝)

1.密里根(Milligan, Billy) 2.傳記

785.28 103007289

皇冠叢書第4392種
CHOICE 268

比利戰爭

THE MILLIGAN WAR

作　　者—丹尼爾・凱斯
譯　　者—趙丕慧
發 行 人—平雲
出版發行—皇冠文化出版有限公司
台北市敦化北路120巷50號
電話◎02-27168888
郵撥帳號◎15261516號
皇冠出版社(香港)有限公司
香港上環文咸東街50號寶恒商業中心
23樓2301-3室
電話◎2529-1778　傳真◎2527-0904
美術設計—王瓊瑤
著作完成日期—2013年
初版一刷日期—2014年06月
初版十一刷日期—2020年09月
法律顧問—王惠光律師

讀者服務傳真專線◎02-27150507
電腦編號◎375268
ISBN◎978-957-33-3074-5
Printed in Taiwan
本書定價◎新台幣350元/港幣117元